Sur la route de Key West

Mark Miller

Sur la route de Key West

Roman

XO
EDITIONS

ISBN : 978-2-37448-452-5

À Lisa.

LA FLORIDE

LES KEYS

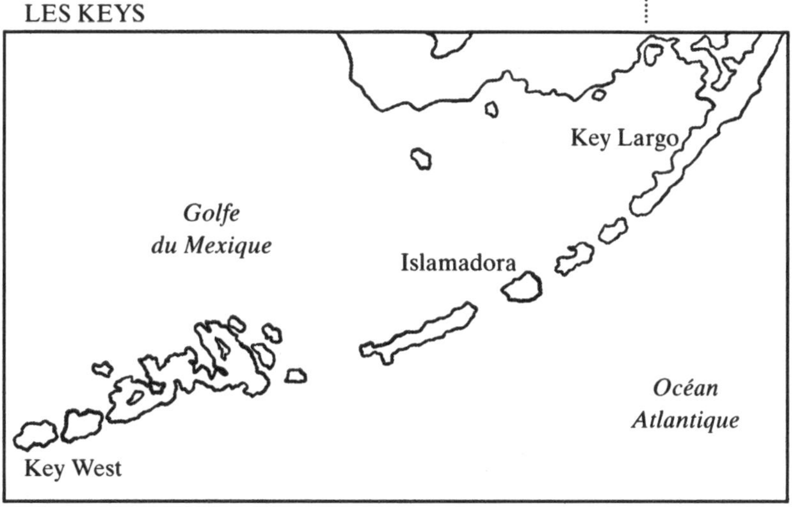

Vivre, c'est survivre à un enfant mort.

Jean GENET

L'amour, ça reste ce qu'on a inventé de mieux contre la migraine.

Zoë Gwendoline MACKENZIE,
dans *Zoë se rebiffe*

Prologue

État de New York, 23 décembre 2017.

Je m'appelle Tom Baldwin, je suis écrivain. Et les écrivains ont trop d'imagination. C'est ce que disait Annabelle, mon ex-femme. Josh, lui, mon merveilleux petit Josh, disait: « Papa, il invente des histoires. »

Et il avait raison, mon enfant adoré; en fin de compte, c'est à ça que ça se résume: j'invente des histoires. Mais celle que je vais vous raconter n'est pas sortie de mon imagination. Et pourtant, j'aimerais tant que ce fût le cas... Elle commence le 23 décembre au soir, aux environs de Philipstown, État de New York, vers dix-huit heures trente ou pas loin, en tout cas à partir de cette heure-là. Car c'est à cette heure-là et au cours des minutes qui ont suivi que c'est arrivé. Quoi? La fin du monde – du moins de mon monde à moi...

Je ne me souviens pas de tout, pas exactement, pas de chaque détail. Mais je me rappelle qu'ayant quitté Fishkill nous roulions vers le sud, sur la US 9, et que Josh n'arrêtait pas de parler sur la banquette arrière quand j'ai aperçu, au sommet de la côte, le poids lourd orange qui descendait vers nous.

C'était un énorme camion-toupie OshKosh à quatorze roues et à déchargement frontal (je ne l'ai su qu'après, étant donné que je le voyais seulement de face, de même que j'ai appris le modèle en signant les documents d'assurance relatifs à l'accident). Il m'a semblé l'espace d'un instant que l'énorme *truck* roulait un peu trop vite, compte tenu de la neige qui tombait dru en cette fin d'après-midi.

Je me rappelle que j'éprouvai un bref sentiment d'inquiétude – une sorte de pressentiment, si vous voulez – qui dura à peine une demi-seconde. Josh ne cessait pas de babiller et de s'agiter à l'arrière, bien que le trajet commençât à peine, accaparant ainsi une partie de mon attention. On devait être à North Haven dans la soirée, ce dimanche 23 décembre. On serait certainement en retard, ce que la mère de Josh ne manquerait pas de me reprocher. Même si c'était elle et pas moi qui allait passer Noël et les fêtes de fin d'année avec notre fils. Ainsi en avait décidé la juge.

— C'était vraiment super, papa, a dit Josh.

— Ouais, ai-je répondu, tout sourire. C'était chouette.

Josh souriait aussi – et tout l'amour que j'avais pour lui en cet instant me dilatait le cœur comme une bulle de savon. Pour mon fils, j'avais transformé le jardin en un mini-parc d'attractions illuminé (rien que des leds, rassurez-vous), peuplé de rennes, d'un traîneau clignotant, de guirlandes multicolores, et j'avais passé des chants de Noël : The Crystals, *Santa Claus is Coming to Town*, Darlene Love, *White Christmas*, The Ronettes, *Frosty the Snowman*, etc.

— Tu crois que maman va être en colère parce qu'on est en retard, papa ? m'a demandé mon fils de six ans, mon fils si perspicace pour son âge, mon fils né prématuré et toujours en avance sur tout, ses immenses yeux bleus m'observant attentivement dans le rétroviseur.

— Bah, c'est Noël, ai-je dit d'un ton trop léger. Personne ne se met en colère à Noël, pas vrai, bouchon ?

— Sauf maman, a-t-il répondu.

Sauf maman... C'était vrai... Si je n'avais pas eu l'esprit aussi occupé par les remarques de mon fils, peut-être aurais-je agi différemment – mais lui faire porter la responsabilité de ce qui est arrivé serait cruel et injuste.

— Papa, il est gros le camion, a-t-il dit ensuite.

Le gigantesque OshKosh série S n'était plus qu'à trois cents mètres environ, dévalant la côte. J'ai ralenti encore. Il faut dire qu'il neigeait de plus en plus fort et qu'un épais édredon blanc recouvrait déjà la chaussée, où apparaissaient les sillons noirs et profonds d'autres véhicules.

— Papa, il était rigolo, ce film, a-t-il dit. Tu l'as aimé, toi ?

— Oui, Buzz. Beaucoup. Et toi ?

Je l'appelais Buzz à cause de Buzz l'Éclair : le jouet animé de la saga de films *Toy Story*, que Josh et moi avions vu quelque chose comme deux millions de fois ; le ranger de l'espace rigolo dont la devise était : « Vers l'infini et au-delà ! » Buzz était le personnage préféré de Josh.

Le camion n'était plus qu'à deux cents mètres quand le pick-up Toyota immatriculé FV 443 DN qui nous suivait et qui s'impatientait a décidé que le moment était venu de doubler et qu'il avait le temps de le faire dans la montée. C'était plutôt hasardeux, compte tenu de la faible distance dont il disposait et de la neige sur la route. Il s'est d'abord écarté pour évaluer la distance, puis, sur ce, il s'est élancé.

Quand il a déboîté, le poids lourd en face de nous lui a fait un appel de phares à travers les tourbillons de flocons, sa corne de brume émettant au même moment un son extraordinairement puissant qui a déchiré l'air froid et qui signifiait sans nul doute : « Eh, connard, où tu vas comme ça ? T'as vu le temps, abruti ? » Je suis sûr que le routier a copieusement juré dans sa cabine, pleine de guirlandes de Noël elle aussi. Quelque chose comme un frisson m'a traversé. *Il n'aura pas le temps*, ai-je pensé.

— Papa, quand je serai grand, je pourrai m'asseoir à côté de toi ?

Je n'ai pas répondu. J'étais bien trop accaparé par ce qui se passait sur la route. J'ai carrément ralenti, ai jeté un coup d'œil furax au conducteur sur ma gauche. Il était à présent à ma hauteur, mais je n'ai vu que sa passagère – une blonde d'à peine vingt ans qui m'a rendu mon regard en ruminant un chewing-gum, aussi inconsciente du danger que son débile de voisin. J'ai commencé à paniquer.

— Papa, le camion, il va entrer dans la voiture ! s'est exclamé soudain Josh, mon merveilleux petit Josh, si futé, si clairvoyant, avec un début de panique dans la voix.

Il était penché en avant, tirant sur sa ceinture de sécurité, regardant entre les sièges. Je me rends compte aujourd'hui que tout ça s'est enchaîné de façon beaucoup plus chaotique que ma mémoire ne le restitue, mon esprit analytique extrayant l'un après l'autre chaque détail de cette soirée tel un joueur de mikado.

Il n'aura pas le temps…

J'en avais de plus en plus la certitude. Le routier multipliait les appels de phare à travers les flocons argentés. Il a de nouveau actionné sa corne de brume, qui a mugi une deuxième fois. Un brâme assourdissant qui m'a mis les nerfs à vif. Je me suis raidi, bras tendus, mains moites sur le volant, notant au passage que mon Josh ne parlait plus. Mon cœur battait la chamade. Je crois bien que j'étais en nage.

Allez, vas-y, double, sombre idiot ! ai-je pensé. Ce crétin aurait pu lever le pied, renoncer, mais non : il s'obstinait !

— Papa…, a gémi Josh, terrifié.

Le pick-up a accéléré, nous dépassant. Il s'est rabattu au dernier moment, son arrière chassant sur la chaussée glissante, juste à temps pour ne pas se fracasser contre l'énorme pare-chocs du poids lourd fondant sur lui, mais bien trop tôt pour ne pas nous toucher. Ce qu'il a fait : son arrière-droit a à peine heurté l'avant-gauche de ma Chevy, mais suffisamment pour nous éjecter de notre trajectoire et nous précipiter vers l'accotement. J'ai juré tout bas et senti que je perdais de l'adhérence, je me suis agrippé de toutes mes forces au volant. Josh a crié quand notre voiture a foncé droit vers la grosse congère qui s'était formée au bord de la route, quand elle a fait une brusque embardée en montant par-dessus, puis quand elle a basculé cul par-dessus tête dans la pente enneigée de l'autre côté.

Il y a eu une demi-seconde de silence étrange, de temps suspendu, flottant, quand la voiture s'est retournée dans l'air glacé.

Suivie d'une succession ininterrompue de grincements, de craquements, de raclements et de bris de verre – un bruit qui ressemblait à celui d'un lustre en cristal agité par un violent courant d'air – quand la Chevy a roulé sur elle-même, tonneau après tonneau, la carrosserie s'enfonçant de tous côtés, les vitres et le pare-brise explosant, l'*air bag* me frappant comme un coup de poing. Et j'ai entendu mon Josh hurler, mais comme si j'avais la tête sous l'eau, ou des bouchons de cire dans les oreilles.

Puis l'atroce cri creux de la tôle quand l'avant a embouti un tronc d'arbre, en a épousé la forme, se moulant dessus. Josh a brusquement cessé de crier.

Le silence...

Seulement troublé par le *ploc-ploc* d'un liquide qui tombe goutte à goutte quelque part, un sifflement aigu dans mes tympans et le *skouïk-skouïk* d'une roue qui tourne encore. J'inhale l'air très froid, qui me brûle les poumons ; le vent s'engouffre par les vitres et le pare-brise explosés, en même temps que des flocons mouillés. J'ai mal dans ma poitrine comprimée par la ceinture de sécurité, dans les côtes et surtout au visage, tandis que l'*air bag* dégonflé gît, flasque, entre le tableau de bord et moi. Les phares et les lumières se sont éteints mais, étrangement, la radio continue de fonctionner et Darlene Love de chanter *Christmas (Baby Please Come Home)*[1] dans l'habitacle ouvert à tous les vents.

Et une chose alors me frappe, une chose qui me glace, me terrifie au-delà de tout : *le silence derrière moi.*

L'instant d'après, je perds connaissance.

On m'emporte. En ambulance. J'ai quelques très brefs moments de lucidité. Si seulement je pouvais me faire

1. *Noël (Bébé s'il te plaît rentre à la maison).*

comprendre à travers le masque à oxygène, demander des nouvelles de mon fils. C'est ce que je tente de faire, me semble-t-il. Je n'en suis plus si sûr aujourd'hui, je ne suis plus sûr de rien. Sinon que, dans ma tête, Darlene Love continuait curieusement de chanter *Christmas*. Puis le coma. Six jours entiers hors du temps, hors du monde.

Jusqu'à l'horrible vérité.

C'est mon ex-beau-père qui a joué les messagers. En l'occurrence porteur de mauvaises nouvelles est une bien trop faible expression. Mon ex-beau-père s'appelle Raynard Lanier Wailand III, il a soixante-treize ans, il est veuf. Il est la classe new-yorkaise incarnée. Très intelligent, très cupide et redoutable. Dur en affaires, agressif dans ses relations avec les autres. Exigeant, intimidant, arrogant – et j'en passe. Il fut un temps où le seul fait d'apercevoir sa crinière blanche, son visage chevalin et ses yeux bleu pâle faisait couler de la glace dans mes veines. Il fut un temps où le père d'Annabelle me fichait littéralement la trouille.

Mais plus maintenant…

Raynard Wailand est un homme d'affaires, un philanthrope, un mécène et une ordure. À New York, pas une soirée mondaine, pas un vernissage, pas une première sans qu'il soit invité. Il est légèrement plus grand que moi et, étant donné la nature de nos relations, pendant tout le temps que nous nous sommes fréquentés, il s'est servi de cet avantage pour me prendre de haut et m'intimider. Ce jour-là cependant, il n'a visiblement envie de faire ni l'un ni l'autre.

Mon ex-beau-père a toujours adoré Josh. Et cette adoration pour son petit-fils l'a poussé à s'immiscer dans nos vies et surtout dans l'éducation de Josh bien plus que je ne pouvais le tolérer. Nous avons eu de violents affrontements à ce sujet, mon ex-beau-père m'ayant constamment dénié le droit de choisir – en tant que père – ce qu'il y avait de mieux pour mon fils.

Quant à Annabelle, mon ex-femme, aussi loin que je me souvienne, elle a toujours pris le parti de son père.

Ce jour-là pourtant, quand il ouvre la porte de ma chambre, il n'a rien de l'homme arrogant et autoritaire que j'ai connu. C'est une toute petite chambre plongée dans la pénombre, au Health Alliance Hospital de Kingston. Avec un lit médicalisé, une table de chevet, une fenêtre étroite au store baissé qui donne sur un parking enneigé, des moniteurs et des appareils émettant toute une série de bruits sourds et réguliers. Rassurants. Apaisants.

Le visage de Raynard Wailand, en revanche, ne l'est guère, rassurant. Il a l'air défait, hagard. Il a les yeux injectés comme s'il venait de pleurer. Ce qu'il vient probablement de faire. Mâchoire serrée, il s'approche du lit dans lequel je suis étendu et me regarde. Il y a dans ses yeux une telle expression de désespoir que je baisse les miens, honteux, confus.

Il sanglote à présent, secoué tout entier par un chagrin sidérant, les bras ballants comme un boxeur sonné, et je le regarde avec une stupéfaction sans bornes. Je n'ai jamais vu Raynard Wailand pleurer avant ce jour. Qu'il le fasse devant moi, sans se cacher le moins du monde, d'une manière si absolue, si complète, est encore plus stupéfiant.

Puis il me fixe avec une férocité démente. J'essaie de soutenir le terrible regard bleu, mais je dois finalement détourner les yeux.

— Ce que je vais t'annoncer maintenant, Tom, n'est pas facile, dit-il lentement, douloureusement, avec toujours cette expression haineuse mêlée d'une infinie tristesse. J'aimerais tant ne pas avoir à le faire. Annabelle devrait être là, mais elle n'a pas eu la force ni l'envie de… te parler. Bref, il se trouve que je suis là, que tu viens de te réveiller et que c'est donc à moi de…

Rien de plus, mais j'ai compris. Pour un peu je le supplierais de se taire. Je n'ai pas envie d'entendre le reste.

— Josh est mort, dit-il ensuite, très doucement, si doucement que je dois le faire répéter.

Je suis bouche bée. Je dois probablement avoir l'air stupide, mais qui s'en soucie ? Il a toujours les yeux remplis de larmes. Et de rage. De mon côté, une première larme roule sur ma joue, suivie d'une deuxième, puis d'une troisième. À aucun moment je ne prononce le moindre mot. Et, bien qu'ayant sans doute envie de ressortir, de s'enfuir, il reste là à me fixer, sans rien dire, sans une once de compassion, comme il fixerait un meurtrier, et nous pleurons tous les deux en silence, unis par le chagrin, séparés par la haine.

— Josh est mort par ta faute, finit-il par ajouter.

Première partie
Les Keys

1
Islamorada

Quand tu es sur une mer dorée,
tu n'as pas besoin de mémoire.
Weezer, *Island in the Sun*.

Les Keys. Il paraît que c'est le paradis. En tout cas, ça y ressemble. Pour moi, c'est juste un endroit où oublier. Même si je n'oublie pas vraiment.

L'endroit, il est vrai, a tout d'un éden. Un chapelet d'un millier d'îles et d'îlots reliés par une seule route, l'US 1, qui s'avance comme une virgule de deux cents kilomètres posée entre le golfe du Mexique et l'océan Atlantique, tout au sud de la Floride. Tous les matins, quand je me lève, je vois la mer au-delà des palmiers bruissant dans la brise marine. En dehors de la saison des pluies, il y a de très fortes chances pour que le ciel soit bleu et sans nuages et que le soleil brille. Il fait une température des plus clémentes – entre vingt-cinq et trente-trois degrés – presque toute l'année, à l'exception des étés, qui durent de juin à septembre, et qui sont étouffants et saturés d'humidité, rythmés par les orages tropicaux et les ouragans.

C'est précisément pendant une de ces journées humides que tombe l'anniversaire de Josh : il est né un 29 juillet. Et c'est bien entendu pour moi, avec celui de sa mort, le jour le plus affreux de toute l'année.

Mais revenons aux Keys : j'avais acheté ma maison à Islamorada, face à l'océan, un an plus tôt, à un acteur vieillissant qui était passé de mode et qui avait besoin de renflouer un peu ses finances pour maintenir son train de vie (il lui restait un *penthouse* à New York et une maison à Pacific Palisades). C'était une très belle villa caribéenne en bois peinte en blanc, avec un balcon qui courait tout autour de la façade, pourvu d'une très jolie balustrade abritant à l'étage inférieur une véranda à colonnes. Entourée d'une végétation luxuriante, elle était séparée de la plage par une vaste pelouse immaculée plantée de palmiers. Un endroit superbe à tous égards. Et hors de prix. Caché au milieu des arbres, à distance respectable des autres maisons, lesquelles cultivaient pareillement la discrétion, car les riches et célèbres d'ici (Gene Hackman n'habite pas loin) aiment à choisir le moment où ils se montrent.

La bâtisse m'a coûté un bras et même deux, mais il faut dire que ça allait plutôt bien pour moi, merci, à ce moment-là, si on s'en tient au seul aspect matériel des choses.

Il faut que je vous explique un truc : quand mon petit Josh était encore de ce monde, je rêvais de devenir J.D. Salinger, Hemingway ou Jonathan Franzen. Rien que ça. Je rêvais d'écrire le grand roman qui me ferait entrer directement au panthéon des lettres américaines et remporter le National Book Award, le prix Pulitzer et le PEN/Faulkner – avec en ligne de mire le Nobel à cinquante ans. Pas moins. Je passais tout mon temps libre à essayer de bâtir cette cathédrale de papier.

Après la tragédie, j'ai renoncé à ces rêves absurdes – et, en ce qui me concerne, inatteignables, j'en suis convaincu – et j'ai écrit coup sur coup, en l'espace de neuf mois, trois courts romans sentimentaux, l'équivalent littéraire des comédies romantiques que je regardais alors à la télé, étant devenu incapable de visionner autre chose – et surtout pas des drames où il y avait des accidents de la route et des enfants.

J'avais fait la connaissance d'un agent durant une soirée des Wailand, un type basé à Miami, et je lui envoyai mes textes. Il me réveilla au beau milieu d'une nuit venteuse de novembre où l'océan grondait pour me dire qu'il avait lu mon manuscrit jusqu'à trois heures du matin, que (je cite) « bordel de merde » les mésaventures de Zoë Gwendoline Mackenzie l'avaient fait rire et chialer comme une putain de madeleine et (je recite) « qu'on allait casser la baraque avec cette héroïne pour cœurs brisés ». « Héroïne, vous l'entendez comment ? demandai-je. Vous voulez parler du personnage principal ? — Je parle de *brown*, de poudre, de speed-ball, de crack, mon pote… Croyez-moi, après avoir absorbé une dose de Tom Baldwin, il leur en faudra plus… »

Le lendemain, on envoyait les trois manuscrits à Penguin Random House, à HarperCollins, à Simon & Schuster et à Myers and Son.

Trois semaines plus tard, nous revenait la première réponse. Positive.

Un mois après, les trois autres. Toutes également positives.

Encore deux semaines et Rosie Myers, fondatrice des éditions Myers & Son, nous signait dans ses bureaux du One World Trade Center, à Manhattan, un chèque de trois cent mille dollars en guise d'à-valoir. Je ne savais même pas qu'une telle chose fût possible dans le monde hyperconcurrentiel de l'édition – où il y aura bientôt plus d'auteurs et d'éditeurs que de lecteurs.

Cela ne changea rien à mon chagrin, vous vous en doutez. À cette douleur qui pourrait contenir l'univers entier tant elle est vaste et qui s'infiltre dans les plus petits recoins de mon existence, me rendant par moments incapable d'accomplir la moindre tâche, à d'autres me laissant simplement survivre – et écrire. Mais cela m'apporta à la fois une source de revenus conséquente, car le premier roman puis le deuxième connurent un succès fulgurant, et un moyen d'occuper mon esprit, ou, à tout le moins, de maintenir les fantômes à distance. Dans la journée en tout cas. Car la nuit vient toujours avec son cortège de cauchemars, ses crises de larmes – et, parfois, ses envies suicidaires.

Mais je franchis l'épreuve, comme on dit. Et, au bout de trois ans, si la douleur était toujours là, j'arrivais en général à l'apprivoiser, à la mettre en sourdine, à défaut de la faire taire.

Sauf le jour anniversaire de la mort de Josh et celui de sa naissance : le 29 juillet donc. Ce jour-là était chaque fois un enfer.

Comme les années précédentes, cela commença aux petites heures du jour. Je m'éveillai en pleurs, incapable de me contrôler. Je restai un long moment prostré dans mon lit à attendre l'aube et songeai à tout ce que j'aurais donné pour revenir en arrière, pour rembobiner le film, ne pas avoir pris la route en retard ce soir-là. Mais on n'est pas au cinéma. Il n'y a pas de deuxième prise. Il paraît qu'il faut être fort, qu'il faut rester stoïque face au malheur. Laissez-moi vous dire que tout ça, c'est des conneries. Ne me parlez pas du chagrin et n'employez surtout pas ce mot à la mode : « résilience ». Ne me parlez pas de l'oubli et du temps qui passe. Je ne veux pas oublier. Pleurez. Pleurez tout votre soûl, pleurez autant qu'il vous plaira. Vous avez le droit de pleurer, vous avez le droit d'avoir mal, parce que la vie fait mal, qu'elle a des dents et que, tôt ou tard, croyez-moi, elle vous fera payer d'une manière ou d'une autre tous les petits instants de bonheur qu'elle vous a octroyés.

C'est ainsi que, ce matin-là, je me traînai jusqu'à la cuisine, tel un enfant qui a du chagrin, en short chino beige et tee-shirt blanc.

Je fis tourner la broyeuse et me coulai un café à la grosse machine à expresso Elektra – du Kona Coffee en grains de Hawaï – tout en considérant à travers la vitre l'océan gris et le ciel sombre entre les palmiers qu'agitaient les rafales de vent. Un temps approprié. Seuls les oiseaux de mer goûtaient la météo du jour, dérivant sur le vent tels des surfeurs célestes, mais, en vérité, j'appréciais que le temps se fût mis au diapason de mon humeur et m'obligeât à me calfeutrer pour travailler.

J'étais déjà assis devant mon ordinateur, posé sur l'épaisse planche de bois brut qui me sert de bureau, face à la fenêtre et à l'océan, en train de taper la première phrase du cinquième tome des mésaventures sentimentales (et *sexuelles*, n'oublions pas le sexe après *Cinquante Nuances de Grey* et *After*) de Zoë Gwendoline Mackenzie : « Cela arriva le matin de Noël, alors qu'à genoux au pied du sapin, Zoë déballait le cadeau de Perry », quand le carillon retentit : quelques notes éthérées de Bill Evans.

Zut, Tucker.

J'avais oublié que mon pote Tucker Devine devait venir m'aider à passer la dernière couche de peinture dans la petite maison d'amis, à trente mètres de là, que je m'étais enfin décidé à louer. C'était d'ailleurs son idée, pas la mienne :

– Ça te fera de la compagnie, une présence, m'avait-il dit. Ils seront assez loin pour ne pas t'importuner mais assez près pour que tu te sentes moins seul.

– Je ne me sens pas seul…

– Menteur. Et puis, qui sait ? Peut-être que tu vas la louer à un joli brin de fille qui t'invitera à regarder le coucher du soleil en sifflant une bière, assis les fesses dans le sable, tu y as pensé ?

– Et si c'est un connard de Miami qui s'est goinfré en pariant sur le bitcoin et qui s'en sert pour y faire la bringue tous les week-ends ?

Tucker avait haussé les épaules.

– Je te connais, Tom Baldwin, tu es assez physionomiste pour reconnaître un sale con quand tu en vois un et tu loues ta baraque à qui tu veux, *man*, penses-y. C'est comme un casting. C'est toi qui choisis les acteurs.

Tucker, donc. Il se tenait adossé à son pick-up tout-terrain Ford F-150 garé sur l'allée sablonneuse, une bouteille de bière Heineken à la main malgré l'heure matinale, vêtu d'un short cargo plein de poches et d'un tee-shirt qui clamait SI VOUS ME TOUCHEZ JE VOUS TUE. Tucker Devine a quarante-trois ans, c'est un type un peu sanguin. Court sur pattes, râblé, il a une tête de bouledogue, une très fine moustache et des yeux de chien battu. À première vue, il peut paraître renfrogné voire désagréable pour ceux qui ne le connaissent pas, mais il ne faut pas se fier aux apparences: Tucker, c'est de la crème d'homme et l'un de ceux qui m'a tout de suite fait me sentir bien quand je me suis installé ici. C'est le seul dans l'île qui connaisse mon histoire. Il tient le Blue Motel sur Overseas Highway et il organise, à l'occasion, des parties de pêche au marlin, à la dorade coryphène et au tarpon pour les touristes. Islamorada est la capitale mondiale de la pêche en mer: on y compte plus de bateaux de pêche au kilomètre carré que n'importe où dans le monde.

— Bon, alors, on s'y met? me lança-t-il ce matin-là. Où est-ce que je vais encore devoir me taper le boulot tout seul?

Le soleil se couchait quand j'accrochai l'écriteau «À LOUER» sur la façade. J'avais aussi mis une petite annonce en ligne sur Realtor, Trullia et Zillow. La brise agitait doucement les palmes et l'océan commençait à se creuser avec le soir.

Tucker me tendit un Dr Pepper bien frais sorti de sa glacière. Il avait de la peinture jaune sur son tee-shirt, sur les bras et même sur les sourcils et la moustache. On aurait dit un clebs qui vient de plonger son museau dans un bol de mayonnaise.

– Et voilà, me dit-il, bientôt il y aura de la lumière le soir derrière les fenêtres et tu auras de charmants voisins.

– Ou d'horribles voisins, objectai-je.

Les yeux de Tucker se tournèrent vers le ciel.

– Tom Baldwin l'optimiste…, résuma-t-il.

Je le remerciai pour son aide, il me donna une tape à me déboîter l'épaule et remonta dans son pick-up. Pendant qu'il s'en allait, je pivotai vers la maison d'amis dont on avait laissé les lumières allumées. Pour la première fois depuis bien longtemps, elles brillaient dans la grisaille du soir qui descendait sur les pelouses et sur la plage. Au-delà, peint en violet et orange sous les nuages, le ciel ressemblait à un décor de cinéma ou de pub au-dessus de l'océan – de ceux, amovibles, qu'on retire une fois la scène tournée.

J'éteignis toutes les lumières, refermai la porte et regagnai ma maison tandis que le vent se levait de nouveau.

Retournant à ma table de travail, je rallumai l'écran de l'ordinateur, où mon traitement de texte afficha la page en cours d'écriture. Machinalement, je décidai de consulter mes mails avant de commencer. Je poireautai le temps que la messagerie s'ouvre et mon regard se posa sur les derniers courriels entrés dans ma boîte. Il s'arrêta presque immédiatement sur l'un d'eux, dont l'expéditeur, inconnu, était une suite de lettres et de chiffres mais dont l'objet était…

ANNIVERSAIRE.

Une sueur glacée perla à mon front, pareille à la buée sur mon soda bien frais. Mes yeux glissèrent sur le texte, qui se résumait à une seule phrase, dont le sens eut sur mon cerveau l'impact de la foudre :

TON FILS EST VIVANT

2
Chris

Ton nom est écrit partout.
Cole Swindell, *You Should Be Here.*

Je contemplai l'écran, sonné, la peau hérissée et le cœur tapant. Je ne doutais pas un instant qu'il s'agît d'une sinistre plaisanterie, mais qui pouvait vouloir me faire une blague aussi cruelle ? Après trois ans, pourquoi m'infliger ça ?

Je me sentais à la fois stupéfait et furax. Ce message insultait la mémoire de Josh. Qui était capable de se servir de la mort d'un enfant pour m'atteindre ? Je ne voyais personne. Une partie de moi-même n'avait qu'une envie : envoyer ce mail à la corbeille, la vider et passer à autre chose. L'autre, plus insistante, voulait savoir. Je pianotai :

QUI ES-TU ?

J'envoyai le message. La réponse me parvint presque aussitôt. Ou plutôt une non-réponse :

Mail Delivery Subsystem, mailer-daemon@googlemail.com
Adresse introuvable

Bien sûr: l'expéditeur avait créé une adresse pour l'occasion et l'avait supprimée ni une ni deux. Mais là encore, la question était: *dans quel but?* Qui, en ce jour pénible entre tous, avait soudain éprouvé le besoin de me torturer de la sorte? Un instant, je pensai à Annabelle, mon ex-femme, mais non, c'était absurde. Annabelle avait été aussi dévastée que moi par la mort de Josh. Nous avions eu nos différends, et elle me haïrait éternellement pour avoir causé la mort de notre fils, mais seul un psychopathe pouvait avoir envie de me punir de cette façon. De toute manière, j'étais sans nouvelles d'elle depuis trois ans.

Raynard Wailand?

Non. *Même lui…*

Il est vrai que, quand sa fille unique s'était entichée d'un étudiant en lettres modernes sans le sou qui rêvait de devenir écrivain, et plus encore quand elle avait permis à cet étudiant de s'installer chez elle, de passer ses journées à écrire pendant qu'elle faisait bouillir la marmite et qu'elle était tombée enceinte de lui, Raynard Wailand s'était mis à haïr cet intrus qui lui avait volé sa fille. Et il n'avait pas manqué une occasion de le lui faire savoir.

J'avais cent souvenirs plus cruels les uns que les autres des humiliations, des sarcasmes et des piques dégradantes qu'il m'avait fait subir. Est-ce que c'était du harcèlement moral? Sans l'ombre d'un doute. Il fut un temps où il était parvenu à me faire perdre toute confiance en moi, où je m'étais mis petit à petit à penser qu'il avait raison: que j'étais un raté, un parasite, un moins-que-rien. Était-ce à cause de lui que je m'étais mis à boire? Possible. Mais ce n'était pas la seule raison: je n'écrivais rien de bon, ma relation avec sa fille se dégradait, la mort de ma mère m'avait affecté plus que je ne le pensais. Bon, d'accord, je me cherche des excuses : j'étais un ivrogne en ce temps-là. Un poivrot. Point barre.

Mais mon ex-beau-père a beau être un salopard et avoir en lui – je n'en ai jamais douté – une forme de folie très personnelle, il adorait Josh au-delà de tout : jamais il n'aurait sali le nom de son petit-fils, jamais il n'aurait touché à sa mémoire, même pour m'atteindre ; sa mort l'avait brisé presque autant qu'elle nous avait brisés. Et il ne s'était jamais véritablement remis de sa disparition. Je suis sûr que le cancer qu'on lui avait diagnostiqué l'année suivante venait de là...

Alors qui ? Et, tout à coup, un doute me vint. Ou plutôt un espoir. Insensé. Déraisonnable. *C'était impossible*, je le savais.

J'avais besoin d'en parler à quelqu'un : là, tout de suite. Tucker n'aurait pas pu m'aider. Tucker Devine est un homme simple, carré, sans malice. Je pensai à quelqu'un d'autre, un type plus roué, plus retors, celui qui était devenu à la fois mon agent littéraire et mon ami : Christophorous Georgiadis.

Le trajet entre Miami et Islamorada prend une heure trente en temps normal – quoique cette durée soit très variable : aux heures de pointe, elle peut facilement passer du simple au double. Cent vingt-trois kilomètres exactement séparent le duplex de Chris à Coral Gables de ma maison près de la plage : c'est lui-même qui a mesuré la distance sur le compteur de sa Porsche Cayenne. Chris est comme ça, il compte tout : les kilomètres, les heures, les minutes et surtout les dollars.

Fils de Onesimos et Kalliopi Georgiadis, arrivés de Thessalonique en 1993, il a grandi au sein de la communauté grecque du comté de Broward, au nord de Miami. Mais Chris ne s'est jamais senti spécialement grec. Chris est un quadra du XXIe siècle : l'histoire ne l'intéresse pas, la géographie encore moins. Je ne suis même pas sûr qu'il aime les livres. Mais il n'a pas son pareil pour lire un contrat. Il a été avocat d'affaires avant de devenir agent littéraire.

Dès que j'entendis le moteur de sa Porsche, je me précipitai dehors. Chris refermait déjà sa portière. Il portait ce soir-là un pantalon à pinces et une très élégante veste souple en lin beige chiné sur une chemise blanche en coton et une cravate mouchetée, le tout caressé par la lumière sanguine du crépuscule. Chris aime s'habiller à la mode des années 1990, on dirait un personnage sorti d'*American Psycho*. Ses épais cheveux noirs étaient comme toujours mouillés par du gel coiffant à fixation forte ; il a des yeux en amande, noirs eux aussi, durs, brillants, et une gueule d'acteur d'où émane un singulier mélange de virilité et de séduction quasi féminine.

— T'en fais une tronche, constata-t-il en me voyant. On dirait que tu as vu un fantôme. Pourquoi tu n'as pas voulu me parler au téléphone ?

— Parce que j'ai vu un fantôme. Suis-moi.

Il le fit, et je devinai qu'il se demandait combien de temps ça allait prendre : la phrase « le temps, c'est de l'argent » a été inventée pour Chris.

— Putain de merde.

Ce fut son seul commentaire. Dans un premier temps du moins. Il fixait l'écran comme je l'avais fait avant lui : hébété.

— C'est quoi cette dinguerie ? dit-il.

— Un message anonyme.

Il garda le silence un moment puis :

— Anonyme, mon cul ! Qui est le malade qui t'envoie ce truc ? Ne me dis pas que t'as gobé ça ?

— Non, bien sûr que non.

Mais il perçut un soupçon de doute dans ma voix.

— Tom, bon Dieu ! Tu as répondu ?

— L'adresse est invalide, elle a été supprimée.

— Ben voyons. Quelle saloperie ! Y a vraiment des malades, j'te jure.

Il secouait la tête, allant et venant à présent comme un lion en cage dans mon bureau, dont les murs étaient tapissés de livres. Au-dessus de la porte était fixé un écriteau qui clamait « *tu feras une pause plus tard, retourne travailler* ». Ce genre d'avertissements était disséminé un peu partout dans la maison ; dans la cuisine il était écrit : « *cherche une idée* », dans le living : « *éteins la télé et remets-toi au boulot* », et même au-dessus de mon lit : « *regarde ton ordinateur plutôt que le plafond* ».

Chris redressa machinalement le nœud de sa cravate.

— Tu as une idée de qui a pu te l'envoyer ?

— Pas la moindre.

À travers les fenêtres, le ciel était de plus en plus sombre, l'océan prenait des teintes menaçantes, des éclairs de chaleur blanchissaient l'horizon. Les orages électriques sont fréquents au-dessus du golfe du Mexique, surtout en été.

— Même ton enfoiré de beau-père ne ferait pas fait un truc pareil, dit-il sombrement.

— *Ex*-beau-père, précisai-je. Non. Bien sûr que non. Raynard était fou de Josh…

Chris semblait aussi perdu que moi.

— Trois ans après, ça n'a pas de sens, commenta-t-il. Tu devrais en parler à la police.

— Un mail anonyme affirmant que Josh est vivant ? Ils ont d'autres chats à fouetter…

— Pourquoi tu m'as appelé dans ce cas ?

— J'avais besoin de montrer ça à quelqu'un en qui j'ai confiance, Chris, bon sang. Et puis, je voulais savoir si tu pensais qu'il pouvait y avoir la moindre chance que… que… enfin, tu vois ce que je veux dire…

Il me dévisagea. Et je lus dans ses yeux noirs qu'il avait du chagrin pour moi. Chris est peut-être avide, radin, manipulateur, mais c'est aussi mon ami.

— Tom, t'es sérieux là ?

Je le vis hésiter. Il expira. Longuement.

— Tom, *ton fils est mort*, ça me brise le cœur d'avoir à te le répéter, mais j'ai vu le chagrin d'Annabelle et de ton ex-beau-père, j'étais là quand le docteur a constaté le décès : dans la maison de Long Island. Pendant que tu étais dans les vapes à l'hôpital. Je l'ai vu, putain. Josh. Mort. Ça a été horrible pour tout le monde. Il n'y a pas le moindre doute, Tom : ce mail, c'est du flan. De l'excrément.

Mon fils n'était pas mort à l'hôpital, après l'accident. Il était sorti du service de réanimation, il était rentré à la maison – ou du moins dans la propriété que Raynard Wailand possédait à North Haven, à côté de Sag Harbor, au nord-est de Long Island. Comme si de rien n'était. Et tout le monde l'avait cru tiré d'affaire.

Josh était mort deux jours plus tard : dans la nuit, d'une hémorragie cérébrale, peu de temps avant que je ne sorte du coma.

Nous restâmes silencieux un long moment après ça. Il n'y avait rien à ajouter.

— Sinon tu en es où du prochain Zoë Mackenzie ? demanda-t-il au bout de quelques minutes pour changer de sujet et aussi parce que les mésaventures érotico-sentimentales de Zoë Gwendoline Mackenzie mettaient du beurre dans ses épinards, pas seulement dans les miens.

— Je viens d'écrire la première phrase ce matin.

Je vis la stupeur s'afficher sur ses traits.

— Comment ça : tu as écrit la première phrase ce matin ? dit-il sans masquer son inquiétude. Attends, tu te fiches de moi ? Ça fait huit mois qu'on a publié le dernier : tu as foutu quoi pendant tout ce temps ?

— J'ai écrit autre chose…

Cette fois, il fronça les sourcils d'une façon quasi comique.

— Comment ça : « autre chose » ?

— Ça s'appelle *L'Accident.*

Il me scruta, soupçonneux.

— C'est quoi ? C'est quel genre ? demanda-t-il prudemment.

— Post-moderne, je dirais... comme si David Foster Wallace avait rencontré Thomas Pynchon.

Je vis qu'il se demandait clairement si je me payais sa tête. Je m'extirpai de ma prostration et sortis le tapuscrit d'un tiroir, le déposai sur le plan de travail. Un bon gros paquet de cinq cents feuillets imprimés recto-verso. Soit quasiment mille pages écrites au cours d'environ deux cent quarante nuits de fièvre et de transe créative, aidé en cela par des dizaines de litres de café hawaïen. Raison pour laquelle j'avais une mine de déterré, les intestins qui faisaient la grève du zèle, le scrotum en feu et des cernes noirs sous les yeux.

Il jeta un coup d'œil prudent à la page de garde :

TOM BALDWIN
L'ACCIDENT

— Attends, tu comptes publier ce truc sous ton vrai nom ?

— Mmm. Et c'est pas un truc. C'est mon chef-d'œuvre.

Il fronça les sourcils de plus belle.

Deux ans plus tôt, on avait décidé d'un commun accord que je publierais sous pseudonyme les mésaventures romantico-sexuelles de Zoë Gwendoline Mackenzie. Non pas que j'eusse honte de mes écrits. Je les trouvais plutôt bons, à vrai dire ; je respectais scrupuleusement les codes du genre et j'y ajoutais une petite touche personnelle d'humour et de style. Nabokov ne disait-il pas : « Le style, c'est l'homme » ?

Mais je savais que ça serait compliqué de passer à la littérature « sérieuse », ou prétendue telle, si d'aventure il m'en prenait l'envie (je n'avais pas encore totalement abandonné l'idée d'écrire un jour mon « grand roman »), après avoir publié les histoires d'une jeune femme qui ne boit rien d'autre que du champagne Bollinger, fait l'amour sur des billets de banque et chante *L'Opéra de quat'sous* sous la douche. Essayez de vendre à un éditeur que vous êtes le prochain Bret Easton Ellis après ça.

— Tom, tu as pensé à tes lecteurs ? dit-il doucement mais avec une voix que je connaissais et qui signifiait : « arrête de déconner, mec ».

— Quoi, mes lecteurs ?

— Ce n'est pas ça qu'ils attendent de toi…

— Qu'ils *attendent de moi* ? Ce truc-là (je tapotai du bout de l'index le gros tas de feuilles) me vaudra peut-être un jour d'être enseigné dans les universités.

Il se mit à marcher de long en large, passant méthodiquement sa main sur les objets comme pour dire : « tout ce que tu vois, c'est à Zoë Gwendoline Mackenzie que tu le dois ».

— Tu auras bientôt autant de lecteurs que Stephen King, dit-il. Des lecteurs, Tom. Des gens qui lisent *vraiment* tes livres, qui les dévorent, qui attendent le prochain en tremblant d'impatience et d'espoir, pas des bobos qui collent directement le dernier roman à la mode bien en vue sur les rayons de leur bibliothèque. Combien de personnes ont lu *Infinite Jest* jusqu'au bout, d'après toi ?

— Moi, je l'ai lu.

– Tom, tu as quarante ans, insista-t-il. Tu as tout le temps pour publier ce... *chef-d'œuvre.* Et je t'aiderai le moment venu. Mais pas maintenant. Garde ça sous le coude. Peaufine-le. Écris-en un autre plus tard si ça te chante mais, en attendant, consacre-toi à Zoë Gwendoline Mackenzie, à ses peines de cœur, à ses histoires de cul... et à notre argent.

Je savais qu'en dehors des heures de travail Chris menait une vie joyeusement dissolue, où se mêlaient alcool, cocaïne, conquêtes féminines et voitures de sport. Et qu'il était tout le temps dans le rouge à la banque.

– Tom, je vais pas te faire un caca nerveux, dit-il, sa belle gueule mi-ange mi-démon déformée par une grimace, pas aujourd'hui... Mais il faut que tu te remettes au travail, mon pote. C'est Zoë qui a payé cette jolie maison et ta nouvelle vie ici, ne l'oublie pas.

– Zoë n'existe pas.

– Faux. Elle existe pour des milliers de gens. Elle est plus vivante pour eux que leur mari, leur belle-mère, leur voisin ou leur patron. Elle leur apporte de la joie, du réconfort, du rêve. Elle leur remonte le moral quand ils l'ont en berne et pour certains peut-être même autre chose. C'est un travail de salubrité publique que tu accomplis là.

– Chris...

– Écoute, je te ferais volontiers la danse du ventre le corps nu et enduit de miel avec une guirlande clignotante autour de la queue si j'avais la moindre chance que ça puisse te convaincre, mais je ne crois pas que ce soit ton genre. Pense à moi, à l'hypothèque sur mon duplex de Coral Gables, à mes huit enfants, à mes trois épouses qui ne mangeront plus jamais à leur faim si…

– C'est bon, c'est bon. J'ai compris. Et tu n'as pas d'épouse, je te signale. Et pas d'enfants non plus.

– Que tu crois.

3
Tom appelle le médecin

Toutes les fois où j'ai pleuré.
Cat Stevens, *Father and Son.*

Dès que Chris fut reparti, je me jetai sur mon ordinateur. Pas pour travailler, non, pas pour me consacrer à Zoë Gwendoline Mackenzie, mais pour dénicher un nom et un numéro de téléphone dans mon moteur de recherche.

Il restait en moi une infime parcelle de doute.

Même si je savais que c'était absurde, même si je savais que c'était insensé. Après tout, des milliards de personnes sur cette Terre croient en un dieu qu'elles n'ont jamais vu. Et d'autres pensent qu'Elvis n'est pas mort le 16 août 1977, ni Michael Jackson, les théories complotistes les plus fumeuses ont désormais droit à leurs documentaires sur les plates-formes de vidéo à la demande. Alors, ne m'accablez pas.

À l'extérieur, les petites lampes disposées au pied des palmiers s'allumèrent automatiquement avec la nuit qui tombait, détachant leurs hauts fûts sur l'obscurité, telles des sentinelles montant nuitamment la garde sur ce coin de paradis.

Tout à coup, je me rendis compte que, trois ans après, ma mémoire avait quelques défaillances et que je ne me souvenais plus du nom de notre ancien médecin de famille, qui suivait toute la famille Wailand et avait le premier constaté le décès de Josh. On dit que, dans l'Antiquité, on tuait les messagers porteurs de mauvaises nouvelles: il semblait bien que ma mémoire eût fait de même. Van quelque chose… C'était tout ce dont je me souvenais. Puis je me rappelai que le bon docteur portait le nom d'un personnage de cinéma. Une comédie de Lubitsch, c'est ça. Et tout à coup, ça me revint. La coïncidence me fit frissonner. *Le Ciel peut attendre*, un film de 1943, que j'avais vu plusieurs fois. Le film racontait l'histoire de Henry Van Cleve, un homme riche qui vient de mourir et qui arrive au Purgatoire. Je me souvenais même d'une des répliques les plus célèbres: «Tout le monde autour de moi parlait doucement en disant du bien de moi, alors j'ai compris que j'étais mort.»

Le docteur Van Cleve: c'était son nom…

Le Dr Alvin Van Cleve était grand, très grand, en vérité un géant: deux mètres ou pas loin. C'était le médecin de la famille et un homme foncièrement bon, sérieux et compétent, grand nounours aux joues rondes, à la moustache imposante et au regard doux derrière ses lunettes. Empathique. Bienveillant.

Couvert de chair de poule à cause de la coïncidence, je le cherchai sur Internet et finis par le trouver. Il exerçait toujours à Manhattan. Je regardai l'heure en bas de l'écran, j'étais bien décidé à ne pas attendre le lendemain. Il y avait peut-être une chance qu'il fût encore à son cabinet.

Je savais que tout cela n'avait aucun sens et, quand la sonnerie se fit entendre, je me demandai comment j'allais lui présenter la chose. Je n'eus pas le temps d'y réfléchir plus longtemps, car on décrocha et la voix chaude, enveloppante et familière retentit :

— Dr Van Cleve.

— Docteur… c'est Tom Baldwin… vous vous souvenez de moi ?

Le grand nounours laissa passer deux interminables secondes, le temps de digérer sa surprise sans doute.

— Tom ? C'est vous ? Bien sûr que je me souviens. Comment allez-vous ?

Je l'imaginai en train de reposer ses lunettes rondes sur son sous-main et de frotter ses paupières fatiguées, geste qu'il effectuait si souvent pendant ses consultations.

— Je vais bien, docteur. Je chauffe mes vieux os au soleil de Floride.

— Où ça en Floride ? demanda-t-il, sans doute pour faire la conversation plus que par véritable intérêt.

— Les Keys.

— Oh ! J'ai visité Key West l'année dernière. Une idée de ma femme. Si j'avais su, on serait passés vous voir.

Mais nous savions l'un et l'autre que c'était sans doute la dernière chose qu'il aurait eu envie de faire.

— Docteur, j'ai une question à vous poser qui va peut-être vous paraître bizarre… surtout trois ans après.

Le silence qui suivit signifiait sans doute que le Dr Van Cleve n'avait guère envie de remuer le passé, et je pouvais le comprendre : après tout, Josh, comme le reste de la famille, avait été son patient pendant six ans et ça avait dû être un choc terrible pour lui aussi.

— Êtes-vous absolument certain que Josh est mort ?

Cette fois, le silence s'éternisa. Tellement longtemps que je dis :

— Doc ? Vous êtes là ?

— Pourquoi cette question, Tom ?

La voix à l'autre bout était infiniment triste. J'avais la gorge nouée, j'étais au bord des larmes, je marquai un temps avant de répondre :

— J'ai reçu un message qui affirme que mon fils est vivant.

— Vous savez qui vous l'a envoyé ?

— Non. C'est un message anonyme.

— Vous l'avez reçu quand ?

— Il y a quelques heures.

Nouveau silence. Suivi d'un très gros soupir :

— Effacez-le et oubliez-le, Tom. S'il vous plaît. Je ne sais pas qui vous a écrit ce message ni dans quel but, mais je puis vous affirmer avec 100 % de certitude que Josh est mort. Croyez-moi, j'aimerais tellement pouvoir vous dire autre chose. Mais je ne peux pas. Ça m'a brisé le cœur, peut-être pas autant qu'à vous, Tom, mais ce fut le moment le plus douloureux de toute ma carrière. Je suis vraiment désolé.

Je me sentis stupide, tout à coup. Et l'amère liqueur du désespoir me descendit de nouveau dans la gorge. Il n'y a rien de pire qu'un espoir déçu.

— Merci, docteur.

— Vous allez bien ?

Je raccrochai sans répondre. Contemplai les palmiers illuminés derrière la vitre, brouillés par les larmes qui m'inondaient les yeux. Prostré comme si on m'avait injecté du ciment à prise rapide. À travers mes larmes, je vis la phrase briller sur l'écran : « TON FILS EST VIVANT ».

Espèce de salopard de fils de pute, pensai-je. *Puisses-tu brûler en enfer.*

4
Kay et Randy

Elle te répondra simplement
qu'elle est venue.
Al Stewart, *Year of the Cat.*

Elle appela le lendemain. Une voix sympathique, enjouée, tonique, qui me plut d'emblée.

— Salut, j'appelle pour l'annonce, dit-elle simplement.

J'avais passé une nuit épouvantable à pleurer et à enrager contre l'auteur du mail, à ruminer des idées noires aussi, et je ne m'étais assoupi que vers cinq heures du matin.

— Quelle annonce ? dis-je, hébété.

Un silence.

— Celle de Realtor… Pour la location… À Islamorada… Je me suis trompée de numéro ?

Je levai les yeux au plafond.

— Ah non, non… C'est bien ici.

— Je m'appelle Kay Calloway. Mon mari et moi, on aimerait visiter la maison.

— Quand ?

— Aujourd'hui, si c'est possible. On est arrivés de Chicago il y a trois semaines et depuis on cherche un meublé à louer. Et votre maison nous semble parfaite.

Elle est vraiment tout près de la plage avec des palmiers, comme sur la photo ?

Je devinai son enthousiasme.

— Absolument. C'est un très bel endroit, confirmai-je, commençant déjà à regretter de l'avoir mis en location.

Un couple. Plutôt jeune à en croire la voix. Pourquoi pas ? « C'est comme un casting. C'est toi qui choisis les acteurs », avait dit Tucker. En tout cas, le premier contact était positif : cette voix-là était agréable et, me sembla-t-il, émanait d'une personne qui souriait facilement.

— D'accord. Vous pouvez être là vers 15 heures ? dis-je.

Je voulais aérer la maison avant, évacuer les dernières odeurs de peinture fraîche et passer un ultime coup d'aspirateur.

— 15 heures. C'est parfait. Et vous êtes ?

— Tom Baldwin.

— À tout à l'heure, alors, Tom.

Le ciel était encore plus noir que la veille quand ils débarquèrent. Le tonnerre grondait sur la mer. J'entendis d'abord un bruit de moteur. Je sortis sur le pas de la porte. L'océan avait pris ses teintes les plus décourageantes, le vent soufflait fort et je craignais que la pluie ne se mette de la partie. Mais, après tout, pour quelqu'un venant de Chicago, le vent ne devait pas être un problème, non ?

Un fourgon Ford Transit Cargo blanc se présenta sur la piste sablonneuse, entre les arbres décoiffés par les rafales. Kay fut la première à descendre, côté passager, et je me souviens très exactement de la pensée qui fut la mienne à cette seconde : « Oh, bon Dieu, cette fille, elle doit pouvoir se mettre dans la poche n'importe qui – hommes, femmes, enfants et animaux compris – avec ce sourire et ces yeux-là. » Kay Calloway avait des cheveux châtains, d'immenses yeux verts transparents et elle était diablement, fichtrement jolie. Je lui donnai dans les trente ans. Elle portait un short en jean frangé, une chemise rouge vif déboutonnée, nouée à la taille sur un haut de maillot blanc, et des tennis si blanches que ses jambes en paraissaient encore plus bronzées. Elle avait mis un rouge à lèvres carmin plutôt voyant. J'apprendrai plus tard qu'elle préférait des rouges plus discrets – ou pas de rouge du tout – mais qu'elle avait voulu en mettre plein la vue au proprio ce jour-là.

— Quel temps, dit-elle en me regardant droit dans les yeux, tandis que le vent soulevait ses cheveux.

Je ne vais pas vous mentir : je fis à peine attention à Randy, son mari, sur le moment. Kay avait cette faculté d'aimanter l'attention.

Mais je tournai tout de même la tête quand il s'approcha. Randy était grand, athlétique. Il ressemblait comme deux gouttes d'eau au chanteur du groupe de country Midland, avec sa belle gueule, sa mâchoire carrée, sa moustache virile et ses prunelles claires. Sa physionomie exprima très nettement de la défiance lorsqu'il me tendit une grande main au bout d'un bras musclé. Paupières plissées, il avait l'air tout entier absorbé dans l'examen de ma personne, comme s'il jaugeait un éventuel rival ou ennemi – une attitude qui ne me plut pas du tout – et, de nouveau, je songeai à la phrase de Tucker : « C'est toi qui choisis les acteurs. »

— Salut, dit-il, je suis Randy, le mari de la jolie dame.

Il avait insisté sur le mot *mari.* Puis il contempla l'océan et les palmiers avant de tourner son regard délavé vers Kay.

– Le paradis, hein ? Il fait souvent ce temps-là ? me demanda-t-il d'un ton soupçonneux, comme s'il avait affaire à un vendeur de voitures d'occasion malhonnête qui l'aurait trompé sur le kilométrage au compteur.

– Il y a souvent des orages l'été, confirmai-je fraîchement, ayant déjà décidé que je ne louerais pas ma maison d'amis à ces deux-là et l'envie qu'ils foutent le camp.

– Vous nous faites visiter ? s'interposa Kay. Je suis absolument certaine qu'il fait beau la plupart du temps.

– C'est absolument parfait, dit-elle après avoir fait le tour des pièces, de la lumière plein les yeux.

Elle jeta un dernier coup d'œil par une des fenêtres du living et battit des mains comme une petite fille.

– Oh mon Dieu, cette vue ! Cet océan ! C'est incroyable ! Randy, qu'est-ce que tu en penses ? Tu as vu ça ?

– C'est chouette, concéda Randy à contrecœur, mais c'est pas donné…

– C'est le prix à payer pour vivre ici, dis-je. C'est un peu cher, en effet, mais je suis sûr que je trouverai à la louer à ce tarif-là.

J'avais conscience d'être à la limite de la muflerie et je ne faisais aucun effort pour les convaincre. En vérité, je cherchais plutôt un moyen de les dissuader. Je n'avais pas envie d'avoir ce grand type désagréable et hautain pour locataire et voisin.

– Et il y a aussi les ouragans, ajoutai-je. On est aux premières loges ici. Ils arrivent de l'océan sans avoir rencontré le moindre obstacle. Croyez-moi, c'est très spectaculaire.

— Des ouragans ? dit Randy. Ouah, ça me plaît !

— La maison qui est là, c'est la vôtre ? voulut savoir Kay.

Dans la pénombre de l'orage en approche, ses yeux émeraude paraissaient briller d'une sorte de phosphorescence, comme des algues bioluminescentes dans l'océan. Dans le ciel sombre, le tonnerre roula sinistrement.

— Oui. C'est aussi là que je travaille.

Elle ressortit sur la petite véranda. Le bruissement des palmiers et le grondement de la mer nous entourèrent.

— Vous travaillez à domicile ? C'est quoi votre travail ?

— Je suis romancier.

— Oh ! Vraiment ? Vous êtes écrivain ?

Elle avait dit ça d'un ton quasi extatique, comme si elle venait d'apprendre que son voisin était Brad Pitt ou Will Smith. Elle sourit, avec toujours cette lueur envoûtante au fond des yeux.

— Oh non, par pitié, gémit Randy, vous n'auriez pas dû dire ça à Kay !

Je me tournai vers lui.

— Elle passe tout son temps libre à lire, expliqua-t-il.

Elle me décocha un clin d'œil complice, et je sentis mes cheveux se dresser sur ma nuque comme de la limaille sur un aimant.

— C'est vrai ? Et vous lisez quoi ?

— De la fiction, des essais, dit-elle. Richard Powers, Jay McInerney, Joan Didion, Zadie Smith… En ce moment, je lis *Nickel Boys* de Colson Whitehead.

— Je vois, dis-je sans pouvoir détacher mes yeux de son regard vert.

— Vous vous appelez comment déjà ?

— Tom Baldwin.

Elle secoua la tête.

— Désolée, je ne pense pas vous avoir lu.

Je souris.

— C'est normal, j'utilise un pseudo. Et je ne suis pas exactement votre genre de lecture, si j'en crois les auteurs que vous venez de citer.

— Pourquoi ça ? dit-elle, surprise. J'aime le mot écrit sous toutes ses formes.

— Oh ça, c'est vrai, confirma Randy en hochant la tête. Elle serait capable de lire la liste des courses pour le seul plaisir de lire.

De nouveau, elle m'adressa ce sourire complice qui excluait Randy de la conversation et qui signifiait : « ne l'écoutez pas, ce gros balourd, il n'y connaît rien ; je suis un être beaucoup plus subtil et raffiné que lui... » Et, l'espace d'un instant, je me vis ayant de longues conversations passionnantes avec ma nouvelle voisine. Du moins, quand son mari ne serait pas dans les parages. *Oublie ça*, me murmura une petite voix, *c'est pas un bon plan.*

— Vous me prêterez un de vos livres, à l'occasion, Tom ? demanda Kay. J'aimerais beaucoup vous lire. Vraiment.

— Pas de problème.

— Et vous vivez seul ici ? Ou il y a une madame Baldwin ?

— Je vis seul, répondis-je en me rendant compte que c'aurait dû être le proprio qui posait les questions plutôt que l'inverse.

Randy se frappa la nuque du plat de la main.

— Il y a beaucoup de moustiques par ici ?

— Des millions, confirmai-je. Surtout l'été, quand le temps est lourd.

— Le paradis, tu parles, répéta-t-il d'un ton renfrogné.

Mais ni Kay ni moi ne faisions plus attention à lui.

— On la prend, si vous êtes d'accord, dit Kay. On a apporté tous les papiers nécessaires. Je n'ai qu'une envie : passer mes dimanches sur cette véranda à lire et à contempler la mer.

— Génial, me surpris-je à dire.

Je fis un cauchemar cette nuit-là. Un rêve affreux. Dans mon rêve – un cauchemar emboîté dans mon propre cauchemar comme des poupées russes –, toutes les fenêtres étaient ouvertes et claquaient au vent quand je me réveillai en sursaut. Haletant et en nage, je me redressai sur mon lit en entendant une voix fragile, lointaine, qui m'appelait dehors. *La voix de Josh...* Je bondis hors de mon lit et me précipitai à l'extérieur en short de pyjama tandis qu'un vent violent secouait les palmiers. *Josh*, pensai-je. *Mon petit Josh ! Tu es vivant !*

Je traversai la pelouse en courant pieds nus sur l'herbe tondue puis sur le sable meuble de la plage, jusqu'au ponton de bois qui s'avance dans la mer et où le précédent propriétaire amarrait son bateau.

— Josh ! hurlai-je.

Mon petit garçon se tenait tout au bout du ponton, tournant le dos à la mer, en pyjama lui aussi. Il m'appelait au secours en agitant les bras.

— Papa ! criait-il, désespéré. Papa !

Je m'engageai sur le ponton, la plante de mes pieds claquant sur les planches, courant vers Josh. Autour de nous, l'océan livide se soulevait en grosses vagues et en creux menaçants, des éclairs blêmes cisaillaient la nuit, jaillissant de monstrueux cumulonimbus hauts comme des buildings.

— Josh !

— Papa !

Mais alors un phénomène étrange se produisit : plus je courais vers lui, plus le ponton de bois s'allongeait, s'étirant vers la mer, gagnant rapidement plusieurs dizaines puis centaines de mètres en direction de l'horizon, de sorte qu'au lieu de me rapprocher de Josh, je m'en éloignais au contraire de seconde en seconde, jusqu'au moment où la silhouette de mon petit garçon ne fut plus qu'un point minuscule, dérisoire, qui gesticula avant de disparaître...

Je m'éveillai pour de bon, fixant les ténèbres de la chambre, en proie au désespoir le plus absolu, à un déchirant sentiment de perte et d'absence dans la maison silencieuse.

5
Raynard Wailand

Il y a un temps dont je me souviens.
Maroon 5, *Memories.*

Le lendemain, mon café à peine avalé, je démarrai l'ordinateur et retournai aux aventures de Zoë Gwendoline Mackenzie. Dans ce nouvel épisode, *Zoë se rebiffe*, elle affrontait encore une fois son meilleur ennemi, Dylan Stark, dont les traits et le caractère étaient assez largement empruntés à ceux de mon ex-beau-père.

Comme lui, Stark portait beau avec son épaisse crinière blanche, ses costumes coupés sur mesure et son éclatant sourire. Comme mon ex-beau-père, une seule chose l'intéressait : faire de l'argent, le plus d'argent possible. Et écraser la concurrence. Comme le sien, le regard de glace de Stark pouvait vous congeler sur place aussi sûrement que le pistolet givrant de Mr. Freeze ou au contraire se faire extraordinairement amical et rieur, comme si la vie était pour lui une inépuisable source d'amusement et d'étonnement.

Soudain, tandis que mes doigts volaient sur le clavier et que Dylan Stark proférait une fois de plus les pires menaces à l'endroit de Zoë, me revint en mémoire une dispute que nous avions eue, mon ex-beau-père et moi, au cours du dernier Noël que nous avions passé ensemble : Raynard m'avait coincé dans la grande cuisine de la maison de North Haven pendant qu'Annabelle et Josh étaient dans la piscine et il m'avait demandé si je comptais prendre un jour un véritable travail.

– J'ai un travail, avais-je répondu, j'écris.

J'avais lu dans ses yeux le plus profond mépris pour cette activité.

– Un travail *rémunéré* je veux dire, avait-il précisé. Pas une pseudo-occupation qui consiste à vivre aux crochets de ma fille et à aligner des mots sur un écran tout en nourrissant de ridicules rêves de grandeur qui, très vraisemblablement, ne se réaliseront jamais.

Chaque terme était choisi pour me faire mal, j'en étais conscient, néanmoins en être conscient n'enlevait rien à l'offense.

– Ce qui se passe entre votre fille et moi, ce ne sont pas vos oignons, Raynard, avais-je rétorqué en ayant les plus grandes difficultés à garder mon calme.

J'avais bu plus que de raison ce jour-là, bien qu'il ne fût que 5 heures de l'après-midi, et boire pouvait me rendre agressif. Il ne valait mieux pas me chercher quand j'étais bourré. Mais Raynard Wailand n'était pas homme à se laisser impressionner par un poivrot. Il avait contourné l'îlot central pour se rapprocher de moi.

– Oh que si, ce sont mes oignons, espèce d'ivrogne, m'avait-il soufflé dans la figure. Tu pues l'alcool. Et je ne tolérerai pas une minute de plus que tu picoles en pleine journée dans ma baraque et devant mon petit-fils, tu m'entends ?

Mon ex-beau-père était un homme costaud, plus grand que moi, je l'ai dit, qui suis d'une taille moyenne, et, malgré la différence d'âge, je suis sûr qu'il aurait eu le dessus si nous nous étions battus. Mais la rage me brûlait le ventre. Cet après-midi-là, dans cette cuisine, je crois bien que nous avons été à deux doigts d'en venir aux mains.

— Ne me touchez pas, grondai-je. Reculez, putain…

— Sinon quoi ?

Raynard Wailand avait envie de me frapper, ça se voyait, il n'attendait que ça. Ses yeux bleus brûlaient d'une fièvre démente, son visage puissant frôlant le mien. C'est alors que j'ai aperçu Josh sur le seuil de la cuisine. J'ignore depuis combien de temps il était là. Il nous observait avec des yeux tristes, noyés de larmes, choqué par ce qu'il voyait – ou entendait.

Raynard Wailand a surpris mon regard et il s'est retourné :

— Josh, mon chéri ! s'est-il exclamé tandis qu'il changeait totalement d'expression, se décomposait, tentant un sourire, mais Josh était déjà parti en courant et en pleurant.

Je me souviens très exactement de ce que mon ex-beau-père a dit ensuite, en pointant un doigt sur moi :

— Espèce de salopard, si jamais tu touches à un cheveu de cet enfant, *je te tue.*

J'en restai frappé de stupeur :

— Hein ? Qu'est-ce que vous racontez, Raynard ? Jamais je ne pourrai faire de mal à Josh ! Vous êtes dingue ou quoi ?

— Tu as traumatisé notre fils ! m'avait attaqué bille en tête Annabelle le soir même après avoir couché Josh. Tu as dépassé les bornes cette fois !

Elle hurlait littéralement, sachant que rien ne pouvait réveiller Josh une fois qu'il avait plongé dans son premier sommeil.

— Quoi ?

— Tu étais saoul en plein après-midi ! Et tu t'en es pris à son grand-père devant lui !

— Hein ? C'est ton père qui s'en est pris à moi !

— Ton fils t'a vu le menacer, Tom !

— Je ne savais pas que Josh était là ! Et je ne l'ai pas menacé, c'est lui qui...

Mais je me sentais dépassé ; il y avait belle lurette qu'Annabelle avait choisi le camp de son père et déserté le mien.

— Tu sais que mon père est à deux doigts de t'envoyer ses avocats. J'ai dû le supplier de ne pas le faire... Bon sang, Tom ! C'est lui qui paie le loyer de notre appartement, c'est aussi lui qui me verse un salaire !

— Et c'est pour ça que je devrais accepter de me laisser humilier et rabaisser en permanence ?

— Tom, tu te fais des idées. Papa peut être brutal, c'est vrai, mais il t'aime bien.

Je n'en revenais pas de son aveuglement.

— Quoi ? Ton père me déteste ! Il ne peut pas m'encadrer, et tu le sais !

— Si tu picolais un peu moins, peut-être que mon père te considérerait un peu plus…

On n'en était peut-être pas conscients à ce moment-là, mais notre mariage était fichu depuis un bon bout de temps. Mort. Condamné. Une dernière image : Josh et moi jouant dans la piscine sous le regard vigilant de son grand-père assis dans un siège en osier, torse nu, sur la terrasse devant la maison de North Haven. Raynard Wailand ne me quitte pas des yeux, paupières plissées, regard bleu comme de la glace, tandis que Josh s'approche et me dit, en baissant la voix pour ne pas être entendu par un autre que moi :

— Tu sens l'alcool, papa…

Oui, j'étais un ivrogne en ce temps-là. Aujourd'hui, je suis sobre, mais mon fils est mort.

6
Premier orage

Il ne se passe pas assez de choses ici.
Eric Clapton, *Mainline Florida.*

Un orage avait éclaté sur les Upper Keys, entre Key Largo et Lower Matecumbe Key, le jour où Kay et Randy Calloway vinrent s'installer dans la maison d'amis. Il pleuvait des cordes. Heureusement, ils n'avaient avec eux que deux valises de vêtements, quelques lampes et ustensiles de cuisine et surtout des cartons de livres qui devaient appartenir à Kay.

Kay suivait le Ford Transit conduit par Randy au volant d'un petit SUV gris métallisé. Elle en descendit vêtue d'un ample pantalon de survêt, d'un tee-shirt sans manches qui laissaient voir un ventre plat et des abdominaux bien dessinés et d'un K-Way deux fois trop grand pour elle et qui ruisselait. Randy, habillé de toile de jean de la tête aux pieds, était coiffé d'un stetson clair dégoulinant et il portait même des santiags. Avec sa moustache qui gouttait, il ne lui manquait plus que les éperons et le cheval.

Je les aidai à transbahuter leurs menues possessions du fourgon dans la maison le plus rapidement possible tout en leur prodiguant quelques conseils. Après quoi, vers midi, Randy m'offrit une bière, que je déclinai, et nous nous assîmes tous les trois sur la véranda, à regarder la pluie couler de l'avant-toit. Je leur expliquai, en contemplant l'océan gris au-delà des palmiers, que les moustiques pullulaient en cette saison et qu'ils étaient particulièrement voraces dans les Keys, qu'il valait mieux qu'ils renoncent à l'anti-moustique acheté à Chicago pour en acheter un ici et qu'ils ne devaient pas hésiter à s'en asperger. Je leur dis aussi que, s'ils partaient en randonnée, ils devraient mettre des chaussures montantes (Kay était chaussée de tongs) et bien regarder où ils posaient les pieds à cause des scorpions et des serpents venimeux. Qu'il y avait un orage violent presque chaque jour en cette saison et qu'ils devaient donc s'informer sur la météo avant de sortir en mer, même avec un paddle.

– Le paradis, hein ? répéta Randy, sarcastique.

– C'est le paradis pour la pêche, dis-je, et c'est aussi le paradis des oiseaux : vous verrez des grands hérons blancs, des aigrettes, des spatules rosées, des pélicans bruns, des balbuzards, des pics et des dizaines d'autres espèces... N'abandonnez jamais un hameçon ou un fil de pêche dans la nature, et si jamais un oiseau se prend à votre hameçon, s'il vous plaît, coupez le fil pour qu'il ne s'étouffe pas avec.

– Tous ces oiseaux, c'est merveilleux..., lança gaiement Kay en sirotant sa bière. Je sens que je vais me plaire, ici.

– Vous pourrez aussi faire de la plongée, du paddle, du kayak..., dis-je. Et même nager parmi les dauphins. À chaque nuit de pleine lune, ajoutai-je, on a la Fête de la pleine lune sur la plage de Morada Bay : on danse pieds nus sur le sable, il y a des DJs et un feu d'artifice. Ça commence vers vingt et une heures et tous les fêtards de l'archipel rappliquent.

— Ça a l'air merveilleux, répéta Kay.

Elle semblait véritablement aux anges, et même Randy, qui devait en être à sa cinquième ou sa sixième bière depuis qu'il était descendu du fourgon, paraissait intéressé.

— Pour prendre un verre et faire la fête, il y a aussi Duval Street à Key West. Vous y trouverez toutes sortes de bars, de pubs et de spectacles, mais aussi pas mal de touristes.

— C'est là où il y a les *drag queens* ? demanda Kay.

— Exact. Il existe même un roof où vous pourrez prendre un verre à poil si le cœur vous en dit.

Elle rit, d'un rire chaleureux, qui fit courir un frisson le long de ma nuque. Et Randy rit aussi. Il avait l'air moins méfiant que la dernière fois.

— Les permis de pêche en eau douce comme en mer sont téléchargeables sur Internet ou à retirer dans les magasins qui vendent du matériel de pêche. Et n'oubliez pas écran solaire et lunettes de soleil : ça tape dur sur l'océan.

— Vous avez toujours vécu ici, Tom ? voulut savoir Kay en posant sur moi son regard vert enveloppant.

— Ça fait à peine plus d'un an que je suis là.

— Vous étiez où avant ?

— New York, répondis-je, baissant la tête.

Silence. Puis Kay dit :

— Je vous aime bien… Je sens qu'on va bien s'entendre.

C'était sorti comme ça. Spontanément. Et je vis que Randy était aussi surpris que moi. De nouveau, Kay chercha mon regard et, cette fois, je sentis ma gorge s'assécher en affrontant ces deux lacs immenses et rayonnants.

— Je me trompe rarement sur les gens, insista-t-elle, et je crois que vous êtes quelqu'un de bien... Je suis heureuse d'être ici. Je suis sûre que nous allons très bien nous entendre, pas vrai, chéri ?

La conversation prenait un tour des plus inattendus.

— Tu ne vois pas que tu le mets mal à l'aise ? dit Randy, et je crus de nouveau percevoir un soupçon de jalousie dans sa voix. Je crois que je vais me reprendre une bière, ajouta-t-il, vous êtes sûr de ne pas en vouloir une, Tom ?

— Certain, merci.

Une fois que nous fûmes seuls, je jetai un coup d'œil à Kay. Elle me rendit mon regard un peu trop longtemps, et je détournai le mien en frissonnant à cause de ce que je lisais, croyais lire, dans ses prunelles vertes. Une complicité naissante. Une tendresse immédiate et – mais peut-être est-ce les tragiques événements survenus par la suite qui me font rétrospectivement voir dans ce regard ce qui ne s'y trouvait pas à ce moment-là – un muet appel à l'aide.

La tempête se calma en fin de journée et je sortis le paddle. Debout sur ma planche, je pagayai tranquillement le long de la côte jusqu'à atteindre la mangrove, de l'autre côté de l'île. Le crépuscule incendiait le fouillis inextricable de la végétation. Un flamboiement qui illuminait les raisiniers, les pistachiers lentisques, la masse tordue des figuiers étrangleurs, les troncs, les lianes, les grosses racines émergeant de l'eau d'un embrasement cuivré, comme si la mangrove était en feu. De temps en temps, je glissais devant une plage de coquillages brisés ou une vasière qui dessinait une trouée dans la forêt. On se serait cru aux premiers matins du monde – quand l'homme n'y avait pas encore posé un orteil.

Puis je rebroussai chemin, longeant les marinas, les pontons, les centaines de bateaux amarrés, les complexes de loisirs et les jolies maisons caribéennes planquées parmi les palmiers. Je tirai le paddle hors de l'eau, sur la plage, le saisis par sa poignée et le soulevai quand des éclats de voix montèrent de la location. Hésitant, je levai la tête en direction des fenêtres illuminées dans l'ombre violette du soir.

Ce que je vis ressemblait à une très grosse dispute entre Kay et Randy. Leur gestuelle ne laissait guère de doute sur la violence de l'affrontement.

De là où j'étais, je ne saisissais pas la teneur de leurs propos, mais je ressentis un profond malaise devant la façon dont mes nouveaux voisins se donnaient en spectacle et l'inquiétante tension qui régnait entre eux. J'étais trop loin pour comprendre de quoi il s'agissait, mais je voyais leurs bouches grandes ouvertes et, à un moment donné, Randy s'approcha si près de Kay que je crus qu'il allait la frapper. Je repensai alors au muet appel à l'aide que j'avais lu dans les yeux de la jeune femme plus tôt dans la journée. Il y avait dans cette odieuse scène quelque chose de profondément sinistre – et l'idée me traversa l'esprit que l'irruption de Kay et de Randy dans mon existence jusque-là sans joie mais paisible risquait de la bouleverser d'une manière que ni moi ni Tucker n'avions prévue.

7
Kay

Maintenant, c'est seulement l'océan et toi.

Jack Johnson, *Only the Ocean.*

On cogna à la porte le lendemain, alors que je terminais mon café. Derrière les vitres de la cuisine, j'avais vu Randy partir au volant de son Ford Transit cinq minutes plus tôt, le visage fermé.

J'allai ouvrir et découvris Kay plantée devant moi. Tout sourire. Comme si la dispute de la veille n'avait laissé aucune trace sur elle. Mais elle en avait laissé une en moi – et je me sentis gêné, tout à coup, en sa présence.

— Bonjour, dit-elle, j'espère que je ne vous dérange pas. Je suis venue vous emprunter un de vos romans, Tom.

Même en jean, chemise de toile bleue et sandales ouvertes, elle dégageait une classe certaine. Ses cheveux châtains étaient mouillés et de ce fait plus sombres que la veille. Ses grands yeux bouffis et un peu rouges comme si elle avait passé trop de temps dans l'eau. Elle dut remarquer mon regard, car elle dit :

— Je viens de prendre un long bain matinal. C'est vraiment le paradis ici…

Elle me dévisagea intensément et, pendant une demi-seconde, une image s'imposa à moi : Kay en maillot deux-pièces sortant de l'eau, ruisselante... Je me secouai :

– Entrez, dis-je avec une tiédeur qui frisait l'impolitesse.

Elle entra.

– Un café ?

– Volontiers, dit-elle.

– Court, long, sucré, *latte*, cappuccino, *mochaccino* ?

– *Latte*, sucré. Par lequel vous me conseillez de commencer ? me demanda-t-elle une fois dans la cuisine, tandis que je remplissais une tasse à la machine.

La présence de cette jolie femme trop souriante, trop insouciante, trop enjouée dans ma maison de divorcé en l'absence de son mari colérique et jaloux ne laissait pas de me mettre mal à l'aise. J'avais vu les papiers qu'ils m'avaient fournis pour la location : Randy, malgré son allure de cowboy, était représentant en produits pharmaceutiques. Il m'avait expliqué la veille qu'il passait souvent la semaine sur la route, dormant dans des motels, car son nouveau territoire couvrait tout le sud de la Floride. Et, par conséquent, *laissait sa femme seule.*

N'y pense même pas, Tom Baldwin...

– *Minuit ! New York*, le premier, répondis-je après une hésitation. Mais j'insiste : je ne crois pas que ce soit votre genre de lecture...

– Laissez-moi en juger, d'accord ? dit-elle – et j'aimai cette réponse.

Je fermai un instant les yeux, offrant mon visage au soleil matinal qui traversait la vitre. Pivotai et lui tendis sa tasse.

— Il est bon, ce café, commenta-t-elle après une seconde.

— J'ai vu Randy partir ce matin, dis-je, le plus innocemment du monde.

— Oui, il est parti pour la semaine.

— Et vous, Kay, vous faisiez quoi avant de venir ici ?

Je l'observai, les reins appuyés contre le plan de travail, et je dus une nouvelle fois me faire violence pour chasser toute expression d'avidité de mon visage. Elle tira une chaise et s'assit à la table de la cuisine sans me demander la permission.

— Je travaillais dans la police, dit-elle. Enquêtrice... Brigade criminelle. J'y ai passé dix ans... À la fin, je n'en pouvais plus de toute cette violence, je ne me voyais pas continuer comme ça dix ans de plus.

Je notai la tension dans sa voix.

— Et puis, il s'est passé quelque chose et j'ai décidé d'arrêter. De changer d'air... Randy a eu cette opportunité en Floride et on s'est dit que c'était le bon endroit pour démarrer une nouvelle vie, prendre un nouveau départ...

Ces deux derniers mots avaient une tonalité un brin défaitiste dans sa bouche – comme si elle n'y croyait vraiment. Je repensai à la dispute d'hier soir et me fis la réflexion qu'elle partait plutôt mal, en effet, leur nouvelle vie. (*Ah bon ? Parce que toi tu ne te disputais jamais ?*) Je n'osai lui demander ce qu'il s'était passé. Son visage s'était soudainement assombri, et elle n'avait pas l'air de vouloir en parler.

Je filai dans mon bureau et en rapportai *Minuit ! New York*, avec, en gros plan sur la couverture, une paire d'yeux bleus appartenant à un homme dans la trentaine et mon nom de plume : Mark Miller.

– Merci, dit-elle en se levant et en s'approchant de l'évier, où elle rinça sa tasse. Je ne vous dérange pas plus longtemps.

Sur ce, elle me lança un regard absolument sensationnel.

– Déranger un écrivain, c'est comme proposer de la came à un junkie, dis-je. En général, ils n'attendent que ça.

Elle rit un peu trop fort à ma piteuse blague, puis s'en fut comme elle était venue – et la petite voix raisonnable résonna de nouveau en moi : *N'y pense même pas...*

Je retournai dans mon bureau et m'assis devant l'ordinateur, mais je fus incapable d'écrire la moindre phrase après ça. Le souvenir du cauchemar qui m'avait visité quelques nuits plus tôt et celui du message ne me quittaient pas non plus. Il y avait pourtant autre chose : je ne pouvais ignorer que la visite impromptue de Kay était le genre de perturbation que je ne pourrais me permettre trop souvent. Aussi finis-je par prendre mon téléphone et je cherchai Annabelle, mon ex-femme, dans mon répertoire. Depuis combien de temps n'avais-je pas composé ce numéro ? Deux ans ? Trois ?

Seule une voix artificielle me répondit, m'annonçant que le numéro n'était plus attribué. Ce qui n'était pas plus mal, au fond. Car qu'avais-je en tête ? Qu'est-ce que je cherchais à prouver, au juste ?

Je ne sais pas combien de temps je passai ainsi, abîmé dans mes pensées. Mon esprit était un chaos noir et dissonant. Tout à coup, le téléphone vibra et sonna sur la table. C'était Chris.

— Tu travailles ? demanda-t-il d'emblée.

Il faut reconnaître au moins ça à Chris : il y va rarement par quatre chemins quand il s'agit de ses intérêts, et donc des miens.

— Oui, maître, dis-je.

— Sur quoi ?

— Sur cette salope de Zoë Gwendoline Mackenzie, répondis-je, un peu agacé par son attitude inquisitrice.

— Tom, tu sais que ce genre de langage n'est plus tellement à la mode, dit-il prudemment.

— Et toi, tu sais que je suis un vrai gentleman et un type bien élevé d'ordinaire, que ce genre d'expression ne fait absolument pas partie de mon vocabulaire, ce qui te donne une idée de mon degré d'exaspération devant tes questions.

Il rit :

— Tom Baldwin ! Enfin de retour ! Travaille bien, mon pote ! Cette merveilleuse Zoë Gwendoline Mackenzie mérite toute ta dévotion : elle t'a rendu riche. Et elle rend tes lecteurs heureux.

— Et elle paye en grande partie les traites de ton luxueux appart à Coral Gables, pas vrai ? complétai-je.

— C'est pourquoi j'allume chaque matin une chandelle en son honneur et lui souhaite une très longue vie.

— Tom, j'ai une question à te poser, dis-je soudain.

— Je t'écoute.

— Après l'accident, est-ce que tu as vu Josh ?

Un temps. Long.

— Tom, putain, tu dois arrêter avec ça ! Tu dois oublier cette saloperie de message !

— Il y a bien une raison pour laquelle quelqu'un l'a écrit…

Un soupir au bout du fil.

— Aucun doute là-dessus. Et j'aimerais bien savoir quel est l'enfant de salaud qui l'a fait pour lui tirer les vers du nez à ma façon… Une chose est sûre : cette personne te ment, Tom.

— Tu l'as vu ou pas après l'accident ?

— Tom…

— Réponds.

— J'ai vu le cercueil, oui. Comme tous ceux qui étaient présents ce jour-là.

— Tu m'as dit que tu avais vu Josh mort.

— Oui, dans son cercueil. Putain, Tom, tu fais chier !

— Désolé, dis-je, un nœud au ventre.

Il se calma aussitôt.

— Excuse-moi. C'est moi qui suis désolé. Tom, bon sang, tu m'inquiètes, tu sais, frangin…

— T'en fais pas, dis-je. Je vais l'écrire, ton fichu bouquin.

Et je raccrochai.

Ce que je fis. Écrire, je veux dire. À la fin de la journée, j'avais mes trois premiers chapitres. Je les relus et les trouvai plutôt bons. Je me préparai une énième tasse de café et sortis torse nu sur le côté de la véranda qui regarde la mer, tandis que le soir tombait rapidement sur Islamorada. Malgré les nuages noirs à l'ouest, la température ne baissait pas, le thermomètre sur le mur affichait toujours trente-cinq degrés.

Presque toutes les pièces de la maison d'amis étaient illuminées et je réalisai que ces lumières, là où auparavant il n'y avait qu'obscurité et silence, donnaient au paysage un aspect nouveau, plus amical et réconfortant – malgré la scène à laquelle j'avais assisté.

Mon café avalé, j'allais rentrer quand, tout à coup, une silhouette jaillit de la maison voisine et descendit rapidement les marches de la véranda avant de traverser la pelouse en direction de la plage, courant gracieusement entre les palmiers. C'était Kay. En maillot deux-pièces. Ivoire, me sembla-t-il, bien qu'avec l'ombre violette du soir il fût difficile d'en déterminer la couleur exacte. Quoi qu'il en soit, quelque chose d'échancré haut sur la taille et coupé dans une quantité de tissu absolument ridicule, qui contrastait avec sa peau plus sombre et mettait en valeur sa silhouette.

Elle courut jusqu'à l'eau dans laquelle elle entra sans une hésitation, et je la vis plonger puis se redresser et ramener ses longs cheveux mouillés dans son dos, faisant face au large, en un geste de pure naïade. Les vagues produisaient un doux bruit de tissu froissé en venant mourir sur le sable, la lumière baissait de minute en minute, laissant place à une nuit qui ne serait pas moins étouffante que le jour. Je l'observai un moment, immobile, solitaire, inaperçu. En proie à un déchirant, à un bouleversant sentiment de tendresse et de désir pour cette femme que je connaissais à peine.

Une partie de moi-même n'avait qu'une envie : la rejoindre. Là, tout de suite. Une autre hurlait qu'il fallait que je me tienne aussi loin que possible de ces deux-là.

8
Kilgore

Mais maintenant il se fait tard
et la lune grimpe haut.
Neil Young, *Harvest Moon.*

Il faisait nuit noire depuis longtemps quand Kilgore engagea son gros GMC Sierra sur Morada Way, roulant au pas, dans sa partie asphaltée d'abord, puis, quittant l'asphalte, sur la piste sablonneuse, entre les broussailles et les figuiers étrangleurs. Il allait être minuit. Kilgore coupa le moteur. Éteignit les phares. La maison se dressait à vingt mètres à peine.

C'était une belle et grande demeure de style bahaméen, avec de longs balcons et une véranda à colonnes courant tout autour. Nulle lumière ne brillait aux fenêtres. Il pleuvait à seaux renversés sur le toit pentu et Kilgore enfila son vêtement de pluie en tissu imperméable noir, coiffa un chapeau du même tissu sur son crâne chauve avant de descendre du GMC. Il était grand, très grand même – et maigre.

Il marcha très tranquillement vers la maison, comme s'il avait toute la nuit devant lui, continuant à la fixer d'un air étrangement absent, indifférent, ses pas amortis par le sable meuble, étouffés par le vacarme de la pluie sur les feuillages. Il s'arrêta à environ dix mètres, là où les broussailles et les ficus anarchiques de Morada Way cèdent la place aux pelouses rases plantées de palmiers et parsemées de buissons fleuris. Restant à l'abri des regards derrière les arbres, debout sous la pluie, il observa la bâtisse un moment. Dans l'ombre de son chapeau aux bords ruisselants, ses yeux étaient profondément enfoncés dans les orbites d'un visage tout en arêtes, méplats et saillies osseuses. Ils étincelaient comme des silex, quoique ce même visage fût d'une impassibilité qui frôlait la catalepsie. Kilgore était un être aussi imperméable aux émotions qu'un requin l'est à la tendresse. C'était aussi un homme des plus compétents. Et les rares personnes qui avaient connaissance de cette compétence très particulière qui était la sienne l'appréciaient à son juste prix.

Comme le squale ou les alligators qui hantaient les Upper Keys, Kilgore était un être parfaitement adapté à sa fonction et à son environnement.

Il reporta son attention sur la maison voisine, plus petite, à une trentaine de mètres de la première. Une lampe brillait derrière une fenêtre. Un SUV était garé devant.

Son examen terminé, Kilgore rebroussa chemin vers le gros GMC, s'assit au volant et repartit comme il était venu, solitaire, inaperçu, avalé par la nuit. Mais, à la différence de Tom Baldwin, en proie à nulle autre pensée que celle du travail qui l'attendait.

Tucker Devine vit le grand type efflanqué et osseux en long vêtement de pluie noir pénétrer dans la réception de son motel peu après minuit. Il lui avait loué une chambre deux heures plus tôt. Tucker était capable de cataloguer les clients du motel en un temps record et il se trompait rarement. Il y avait, bien sûr, les couples adultérins, mais ça, c'était facile : on les repérait au premier coup d'œil. Ils venaient en général de Key West, de Key Largo, de Marathon ou même de Miami pour ne pas être reconnus. Il y avait les touristes désargentés – souvent de jeunes couples qui faisaient du bruit la nuit –, les représentants de commerce qui buvaient sec après leur journée de travail, les ornithologues et les photographes amateurs et ceux qui venaient dans les Keys pour s'adonner à la pêche sportive. Mais le grand maigre chauve au visage en lame de couteau et aux yeux noirs n'appartenait à aucune de ces catégories. Il était fait d'un tout autre bois. Et Tucker se demanda pourquoi un type pareil traînait dans son motel.

Une chose était sûre : Tucker avait éprouvé une antipathie spontanée, une méfiance instinctive à l'endroit de ce nouveau client dès les premiers mots que celui-ci avait prononcés.

Le grand type – Tucker lui donnait la cinquantaine – traversa la petite réception en laissant des empreintes mouillées et du sable sur le plancher : il avait dû marcher au bord de l'eau. Puis il tendit la main vers Tucker sans un mot.

Ce dernier haussa les épaules, philosophe, cessa de caresser Winston, son chat, qui était d'une laideur inimaginable, avec un museau écrasé, un croc qui dépassait de ce dernier et des yeux méchants, mais qui ronronnait paisiblement sur le comptoir en cet instant. Il se retourna pour attraper la clé. La 17.

— L'air conditionné de ma chambre ne fonctionne pas, dit l'homme d'une voix plus dénuée d'intonation qu'une voix synthétique, dans son dos. Vous pouvez arranger ça ou alors me changer de chambre ?

Tucker soupira, se retourna, posa la clé sur le comptoir.

— D'accord. Je regarderai ça demain matin.

Le visage de l'homme était d'une impassibilité pour tout dire assez perturbante, ses yeux noirs brûlant cependant dans les orbites profondes. Une statue en marbre dont on aurait remplacé les pupilles par des leds. Et sa grande main aux doigts étonnamment longs caressait Winston, qui semblait apprécier, les paupières mi-closes, ronronnant comme un moteur deux-temps.

— Non, maintenant.

Tucker haussa les sourcils :

— Pardon ?

— Vous allez le faire maintenant.

Tucker soupira une deuxième fois. Il se connaissait suffisamment pour savoir qu'il avait parfois un tempérament trop sanguin, mais il n'y pouvait rien : la moutarde lui montait facilement au nez.

— Écoutez, l'ami, dit-il. Il est plus de minuit. Les gens dorment. Alors, ce sera demain matin. Vous avez le choix entre attendre ou vous trouver un autre motel.

L'homme ne bougea pas. Il continua, impassible de caresser Winston.

Qu'est-ce qu'il attend, bon sang ? Il est sourd ou quoi ?

En même temps, son air impénétrable commençait à foutre les jetons à Tucker. Il y avait quelque chose de véritablement flippant chez ce type. Il regarda la main caressant son chat. Elle venait de glisser du dos de Winston à son cou, qu'elle entoura. Tucker vit nettement le matou se raidir et ouvrir de grands yeux surpris quand l'homme serra.

– Hé ! Qu'est-ce que vous faites ?

Winston ouvrit la gueule, siffla, gronda, émit un miaulement atroce, les yeux exorbités, puis se tut brusquement quand l'homme lui eut coupé la respiration. Tucker lut la terreur dans le regard de son chat, qui cherchait à se libérer de l'étreinte mortelle, et il eut peur à son tour.

– D'accord, d'accord : je vais vous donner une autre chambre, dit-il. Mais, s'il vous plaît, lâchez mon chat.

9
Tom se fait voler

Qu'est-ce que je suis censé faire ?
Lord Huron, *The Night We Met.*

— *Toutes les ressources inconscientes de votre esprit se mobilisent, Tom*, me dit le Dr Veronica Fox d'un ton monocorde, avec une lenteur calculée.

Elle laisse passer un long silence. Je connais ça : ce n'est pas la première fois que je viens ici. En avant donc pour la transe hypnotique.

— *... elles mobilisent en vous, à tous les niveaux et à chaque respiration, de plus en plus profondément, l'état hypnotique suffisant pour une transe agréablement profonde...*

Le Dr Fox est assise à ma gauche, dans un fauteuil à oreilles, près d'une des fenêtres qui donnent sur Whitehead Street, où passe en ce moment même un trolley rouge. Son cabinet se trouve à proximité de la somptueuse Audubon House et du Key West Museum of Art & History, dans le cœur historique de Key West, où abondent les *conch houses*, les pimpantes « maisons-conques » en bois peintes en blanc, datant du XIXe et du début du XXe siècle.

— Je vous invite à vous relaxer, Tom. Prêtez attention à la façon dont vous êtes assis dans ce fauteuil, à vos mains posées sur les accoudoirs, à vos pieds posés au sol, à votre respiration, à la façon dont cette respiration commence à se modifier…

— Oui.

Elle continue tout aussi lentement :

— Au moment où vous entrerez dans cet état modifié de conscience, Tom… lorsque vous l'aurez décidé… pas avant… comment ça se passe d'habitude ?

— Je suis coupé de mon environnement, centré sur moi…

— C'est ça… exactement… Vous y êtes, Tom ?

— Je crois que oui, dis-je, les yeux fermés.

— Et donc vous pouvez vous détendre un peu plus maintenant… ou plus tard… à votre guise.

Penses-tu, je suis aussi détendu qu'on peut l'être, tout est devenu si léger tout à coup, si aérien, si éthéré, c'est dingue.

— Qu'est-ce que vous ressentez maintenant quand vous convoquez vos souvenirs, Tom ? Ces beaux souvenirs ? Vous voyez les images, vous entendez les sons. Et ces images et ces sons vous permettent de prendre conscience que ce n'est pas aussi douloureux qu'avant… Vous réalisez que c'est moins douloureux ?

— Oui, c'est moins douloureux…

— Exactement… Et vos nuits aussi sont meilleures petit à petit, vous faites moins de cauchemars, pas vrai ?

— Oui, c'est vrai.

Dans les secondes suivantes, les souvenirs affluent. Mon petit garçon, Annabelle et moi dégustant des pains au homard sur la plage de East Hampton ; les vacances d'été, que nous passions, mon ex-femme, Josh et moi, dans la propriété de mon ex-beau-père, sur Actors Colony Road, péninsule de New Haven ; le soleil couchant sur les eaux miroitantes de la Peconic Bay et mon ex-beau-père disant, son Martini Dry avec deux olives à la main, assis près de moi dans un fauteuil en osier : « Professeur, c'est un métier très noble, Tom. Mais ce n'est pas pour les gens comme nous. Tu es un garçon intelligent, je l'ai su dès la première minute où je t'ai vu. Je pourrais te trouver une place dans l'organigramme de mon entreprise. Un poste digne du mari de ma fille. Un poste très bien payé… » Ça, c'était avant que je me mette à picoler. À l'image d'un Donald Trump, mon ex-beau-père brasse des milliards de dollars et possède des immeubles, des hôtels et des golfs sur plusieurs continents.

Je suis sans doute sa plus grande déception. Que sa fille unique, la prunelle de ses yeux, ait un jour décidé d'épouser un étudiant en lettres modernes aussi fauché que ces personnages qui traversent les œuvres d'Erskine Caldwell a été vécu par lui comme une trahison. Que j'ai refusé le poste qu'il me proposait pour continuer à écrire a été vécu par lui comme une humiliation. En vérité, il n'a jamais renoncé à m'évincer de leurs vies. Et le jour de notre divorce a dû être l'une de ses plus grandes victoires.

Un autre souvenir remonte à la surface, comme les fois précédentes : les vacances de Noël 2010 à Deer Valley, là encore payées par mon ex-beau-père ; nous étions logés dans un des luxueux chalets du complexe qu'il possède dans la station mais, en ce temps-là, à nos débuts,

Annabelle et moi étions follement amoureux et ça ne me dérangeait pas outre mesure qu'elle eût un père assez friqué pour nous permettre de skier dans des endroits aussi chics. Après tout, ce n'était pas sa faute si elle était une gosse de riche.

C'est assise sur le kilim devant la grande cheminée de pierre brute, sous une toile monumentale de Lee Bontecou, alors que nous nous réchauffions auprès du feu après une harassante journée de ski et qu'il neigeait dehors à gros flocons silencieux, qu'elle m'annonça qu'elle était enceinte de Josh. Je m'en souviens comme si c'était hier.

— Je me demande si vous revoyez l'accident à présent, dit doucement le Dr Veronica Fox à mes côtés. Si vous revoyez autre chose que ce que vous m'avez déjà raconté. Si nous allions un peu plus profond, cette fois, Tom ? Un peu plus loin… Un peu comme une goutte d'eau qui creuse progressivement la roche, vous voyez ? Très progressivement. Vous pouvez y aller maintenant, Tom… ou plus tard… c'est à vous de voir.

— Je ne comprends pas, me dit le Dr Veronica Fox quand ce fut terminé. Il y a toujours ce blocage. Dès qu'on aborde l'accident et qu'on essaye d'aller plus profond dans vos souvenirs, quelque chose se bloque. Comme une porte qui se referme. Je n'ai jamais connu ça, quelqu'un sous hypnose aussi verrouillé que vous.

Le Dr Veronica Fox était le plus impressionnant spécimen d'hypnothérapeute qu'on puisse imaginer. Non seulement par son autorité naturelle mais aussi par son physique. Elle mesurait un mètre quatre-vingt-trois pour environ cent vingt kilos, ressemblait au mannequin Velvet d'Amour, avec en prime des yeux du plus beau myosotis, et elle portait été comme hiver des tailleurs grande taille Henning aux tons pastel qui lui allaient à ravir. Elle m'avait été recommandée par des amis de Miami qui la considéraient comme le meilleur hypnotiseur de toute la Floride (et, croyez-moi, il y a encore plus de clients pour ça à Miami qu'il n'y en a à New York).

Elle claqua dans ses mains et bondit sur ses pieds. Avec ses talons, elle me dépassait de quinze bons centimètres, sans compter qu'elle aurait pu me soulever de terre comme on soulève un enfant.

– On se revoit le mois prochain, Tom. Il faut à tout prix qu'on fasse tomber ce blocage.

Je ne lui avais pas parlé du message arrivé dans mon ordinateur, ni des démarches que j'avais entreprises les jours suivants, ni de mes nouveaux voisins. À quoi bon ?

Je quittai Key West et repris la route pour Islamorada. Il faisait très beau et très chaud. L'asphalte de l'Overseas Highway, cette portion de l'US Route 1 qui relie les Keys entre eux et qu'on appelle « l'autoroute au-dessus des flots », tremblait dans la brume de chaleur, les carrosseries des voitures étincelant de mille feux et l'océan lui-même scintillant comme une rivière de diamants sous un azur limpide peuplé d'oiseaux de mer.

Quand je parvins devant la maison cependant, une heure et cinquante minutes plus tard, le temps avait de nouveau changé. Le ciel était sombre, le vent avait forci, et le tonnerre grondait. En grimpant les marches de la véranda, je vis que la porte d'entrée était grande ouverte, battant dans les courants d'air comme celle d'un saloon au temps du Far West. Je me tendis instantanément. Les cambriolages sont fréquents dans les Keys, mais ils concernent surtout les résidences secondaires où les cambrioleurs sont plus tranquilles. Avais-je oublié de fermer la porte en partant ? Absurde. J'étais affecté de ce TOC qui consiste à vérifier encore et encore qu'on a bien verrouillé sa porte d'entrée – quoique je fusse parvenu à le contrôler suffisamment pour ne pas le faire plus d'une fois ou deux.

Je pénétrai dans la maison, vis aussitôt que ma première hypothèse était la bonne : un cambriolage.

Le séjour était sens dessus dessous, les tiroirs et les livres renversés sur le sol. Je ne sais pas ce qu'ils espéraient trouver, mais ils avaient dû en être pour leurs frais : il n'y avait pas grand-chose à chiper. Je ne collectionnais ni les bijoux ni les montres et mon argent était placé sur des comptes, des assurances vie et des plans d'épargne, bien à l'abri derrière les solides murs de plusieurs banques respectables.

Il ou ils n'avaient visiblement rien pris dans le séjour. Je me dirigeai vers mon bureau, vis alors qu'ils n'étaient pourtant pas partis les mains vides : *ils avaient embarqué mon ordinateur et mon disque dur externe…*

Un bruit de moteur. Je levai la tête, me dirigeai vers la porte. C'était Kay, qui rentrait au volant de son SUV. En descendant, les bras chargés de sacs de course Publix, elle dut deviner à mon air sombre que quelque chose n'allait pas, car elle dit :

— Vous en faites une tête, Tom. Qu'est-ce qu'il y a ?

— On m'a cambriolé…

Sous l'effet de la surprise, elle posa ses courses à ses pieds.

— Oh ! Et ils ont pris quelque chose ?

— Mon ordinateur et mon disque dur…

— Et c'est tout ?

— Je crois.

Je retournai à l'intérieur, où elle me suivit.

— Ouah ! s'exclama-t-elle en découvrant l'état du séjour, qui paraissait avoir été traversé par une tornade.

— De toute façon, il n'y avait pas grand-chose d'autre à voler, dis-je en entrant dans le bureau pour y poursuivre mes vérifications.

Kay m'emboîta le pas. Pendant qu'elle me regardait faire, je passai la pièce en revue. Par bonheur, le ou les cambrioleurs n'avaient pas dérobé mon édition rare de la trilogie des Snopes ni la correspondance de Truman Capote avec Cecil Beaton, William Goyen et Gloria Vanderbilt, deux ouvrages qu'ils auraient pu revendre un bon prix et auxquels je tenais particulièrement. Je commençai cependant à me sentir passablement nerveux. *Quelque chose d'autre manquait.* En proie à une panique grandissante, je fouillai et refouillai les mêmes tiroirs pour en avoir le cœur net tout en sachant que je les avais déjà vérifiés. Pas de doute. En plus de l'ordinateur et du disque dur, *ils avaient pris la copie papier de mon nouveau roman.*

L'Accident.

L'espace d'une seconde, je fermai les yeux et me maudis intérieurement. Quel imbécile ! Je savais bien ce qu'est un *cloud* ou une sauvegarde. J'aurais aussi pu m'envoyer à moi-même une copie par mail histoire d'en garder une trace.

Seulement voilà, je ne l'avais pas fait… Autrement dit, je n'avais plus la moindre copie du meilleur texte que j'eusse écrit à ce jour. Il n'en restait plus rien, ni dans cette maison ni ailleurs. Sauf peut-être entre les mains de mes Arsène Lupin du dimanche.

.. ...

10
Interrogatoires

Quelque part sur l'US 1.
Jimmy Buffett, *Floridays.*

Ça m'en ficha un coup sur le moment.

— Vous êtes sûr que vous n'avez pas une copie qui traîne quelque part, au moins une partie ? me demanda une Kay atterrée quand je lui eus révélé ce qui avait été volé.

Elle me fixait intensément. Son ton était celui d'une maman qui parle à un enfant imprudent, et je secouai la tête, agacé.

— Je suis sincèrement désolée, dit-elle.

Elle n'osa plus rien dire après ça. Une brève quoiqu'ululante sirène monta de l'allée et une voiture de police vint se garer devant les massifs de bougainvilliers. J'avais appelé les services du shérif d'Islamorada, *Village of Islands*, lesquels dépendaient de ceux du comté de Monroe, dont le siège est à Key West. Avec ses joues rondes et rouges comme des pommes Red Delicious, sa bedaine et ses sourcils d'un blanc neigeux, le policier qui descendit de voiture faisait penser à un père Noël sans barbe et sans hotte ou encore au M. Patate de *Toy Story.* Son nom et son grade étaient inscrits sur la poche-poitrine de sa chemise : capitaine John Marie Gustave Lafleur, un nom qui fleurait bon la Louisiane et le bayou.

– Je suis Tom Baldwin, dis-je. Merci d'être venu si vite.

– Madame Baldwin, dit Lafleur en tendant cérémonieusement la main à Kay après avoir serré la mienne.

Elle me lança un rapide coup d'œil.

– Ah non, moi, c'est Kay Calloway, rectifia-t-elle, je loue la maison d'à côté à monsieur Baldwin.

Je vis le déjà naturellement rubicond capitaine Lafleur rougir encore plus, comme s'il avait commis un impair impardonnable. Il choisit d'examiner la serrure.

– On ne dirait pas qu'il y a eu effraction, constata-t-il.

– Cette serrure doit être assez facile à crocheter, fis-je remarquer. Vous voulez un café, capitaine ?

– Volontiers. Madame Calloway, vous pouvez nous accompagner ? J'aurai peut-être quelques questions à vous poser.

Encore une fois, je me plantai devant le grand percolateur italien Elektra de la cuisine avec broyeur de grains et buse à vapeur comme si j'étais un *barista* professionnel.

– Avec ou sans sucre ? demandai-je au rubescent officier de police.

– Avec, s'il vous plaît. Même si je n'ai toujours pas récupéré le goût.

– Comment ça ? lui demandai-je.

Le capitaine Lafleur esquissa une grimace.

– J'ai eu le Covid il y a quatre mois. Après une interpellation où l'interpellé, lui-même positif, m'a craché dessus... Je suis sorti de l'hôpital il y a trois semaines. Je n'ai toujours pas récupéré le goût et l'odorat. En revanche, j'ai déjà repris les kilos que j'avais perdus.

Je hochai la tête. Deux de mes amis, un à New York et un à Miami, étaient morts aux premiers temps de la pandémie. Cependant, j'avais envie que le capitaine Lafleur se concentre sur mes problèmes.

— Qu'est-ce qu'on vous a volé ? me demanda-t-il en fronçant ses sourcils buissonnants, manière de souligner l'ampleur de sa concentration.

En dépit de la chaleur, il portait une chemise bleue rigide et tendue sur sa bedaine, une cravate maintenue par une pince en laiton et il avait de grandes auréoles sombres sous les aisselles.

— Un ordinateur, un disque dur, un manuscrit…

— Un quoi ?

— Je suis écrivain. Romancier. On m'a volé le texte de mon prochain roman.

Je lus la perplexité dans les petits yeux déjà naturellement circonspects du capitaine Lafleur. Qui devait se demander en ce moment même quelle était la valeur financière dudit manuscrit.

— Vous ne trouvez pas ça bizarre ? demanda-t-il avec une candeur rafraîchissante mais peu prometteuse de résultats.

— Autant que vous, confessai-je.

Il avait sorti un petit carnet à couverture noire, tel Columbo, et il prenait des notes. Je doutais qu'il en fît un quelconque usage mais il fallait bien donner le change.

— Ça s'est passé quand ?

— Ce matin, pendant que j'étais à Key West.

J'avais failli dire chez ma psy, mais je me retins au dernier moment en constatant que Kay m'écoutait attentivement. Pourquoi ne tenais-je pas à ce qu'elle sache que je consultais ?

— Et vous, vous étiez où ? lui demanda-t-il.

— J'étais partie faire quelques courses, répondit Kay.

— Vous êtes resté longtemps absent ?

Cette question m'était adressée.

— Environ trois heures, dis-je.

— Et vous ? répéta-t-il à l'intention de Kay.

— Euh… une petite demi-heure…

Il hocha la tête.

— Ça fait pas un grand créneau pour agir, commenta-t-il, ses sourcils blancs toujours froncés. Il fallait qu'ils soient en embuscade.

J'étais d'accord avec lui : celui ou ceux qui m'avaient cambriolé nous avaient forcément surveillés – à moins qu'ils eussent frappé à la porte au hasard et constaté qu'il n'y avait personne.

— Il y a longtemps que vous louez la maison voisine ? demanda-t-il à Kay.

— Quelques jours…

— Et vous étiez où avant ?

— Je ne vois pas le rapport, s'agaça-t-elle.

Il lui jeta par en dessous ce regard de flic qui signifie : *ça, ma petite dame, c'est à moi d'en juger, contentez-vous de répondre à mes questions.*

— À Chicago, finit-elle par répondre.

Je vis le capitaine Lafleur froncer encore plus s'il était possible les buissons blancs qui lui tenaient lieu de sourcils, de sorte qu'ils recouvrirent presque entièrement ses yeux.

— Vous permettez qu'on jette un coup d'œil ? demanda-t-il alors à Kay en montrant la location à travers la fenêtre de la cuisine.

J'observai Kay. Elle n'était pas mon personnage de Zoë Gwendoline Mackenzie – laquelle aurait sans doute traité l'officier de police Lafleur de « gougnafier arboricole » ou « d'australopithèque décérébré » et autres expressions piquantes et fleuries. Mais ses yeux avaient en cet instant un éclat bien digne de Zoë. Un rayonnement de colère et d'indignation qui, je dois l'avouer, la rendait encore plus belle. Je crus qu'elle allait éclater, mais mon air abattu fit baisser la température. Elle acquiesça en silence. Nous traversâmes donc presque à la queue leu leu les trente mètres gazonnés séparant les deux maisons, puis Kay grimpa sur la véranda, déverrouilla la porte de la location. Après quoi, elle fit signe au capitaine d'entrer.

— Vous vivez seule ? demanda-t-il en tournant sur lui-même pour examiner le living.

— Non, je suis mariée, répondit Kay d'un ton de plus en plus ouvertement hostile. Mon mari, Randy, est représentant de commerce. Il est en tournée.

— Vous permettez que je fouille un peu ? dit alors Lafleur d'une voix trop douce.

Je vis Kay se raidir comme si un scorpion l'avait piquée. Kay, je n'en doutais pas un instant, n'était pas le genre de personne à se laisser intimider, fût-ce par un policier en uniforme.

— Il vous faut un mandat pour ça, déclara-t-elle.

— Vous voulez dire que vous refusez ?

Je décidai d'intervenir :

— Capitaine, ce ne sera pas nécessaire, je vous assure. De toute évidence, madame Calloway n'a rien à voir avec cette histoire...

Je regardai Kay.

— Ces soupçons sont ridicules et je les trouve même offensants pour tout dire, ajoutai-je sur ma lancée à l'intention de l'officier de police, sans quitter Kay des yeux.

Le gros homme me lança un coup d'œil digne de l'empereur Zurg, le méchant du film *Toy Story 2*.

— Comme vous voudrez..., dit-il après avoir laissé passer deux ou trois secondes. Après tout, c'est vous qu'on a cambriolé, pas moi.

Il haussa les épaules. Je l'avais vexé.

— Je crois que j'ai terminé. Je vous ferai savoir si j'ai du nouveau.

Sur ce, il nous tourna le dos, rejoignit sa voiture et démarra, faisant grincer la boîte de vitesses. Son échappement cracha plusieurs nuages de fumée noire tandis qu'il s'éloignait à toute allure le long de l'allée, disparaissant dans la végétation.

— Je suis navré, dis-je, me tournant vers Kay.

À son tour de hausser les épaules.

— Ne vous en faites pas, Tom. J'ai l'habitude. N'oubliez pas que j'ai travaillé dans la police. Sauf qu'avant c'était moi qui me comportais de la sorte. Et je n'en suis pas spécialement fière. J'ai besoin d'un verre, ajouta-t-elle. Vous en voulez un ?

Une fois de plus, je déclinai.

— Tom, je suis vraiment désolée, dit-elle après avoir bu une gorgée de scotch. J'imagine que ce manuscrit était important pour vous.

Je baissai la tête.

— Plutôt oui..., mais ça n'est pas la fin du monde.

Non, en effet. La fin du monde, je l'avais déjà connue.

— Ça arrive souvent ce genre de choses par ici ? demanda-t-elle après avoir bu une autre gorgée.

— Comme partout j'imagine. Mais sûrement moins qu'à Chicago.

Elle acquiesca.

— Vous n'imaginez pas tout ce qu'on peut voir à Chicago.

Puis elle haussa les épaules à son tour.

— Bah, c'était peut-être moi qui étais trop sensible. Je crois que je n'étais pas vraiment faite pour ce métier, ajouta-t-elle en portant de nouveau le verre à ses lèvres.

— Et vous voulez faire quoi aujourd'hui ? Vous en avez une idée ?

Elle m'adressa un sourire inattendu.

— Que pensez-vous d'une boutique de souvenirs qui s'appellerait « Kay dans les Keys » ?

— Que ça aurait de la gueule, dis-je en répondant à son sourire.

— Il y aurait des présentoirs de cartes postales, des espadons en plastique sur les murs, des cartes pour les randonneurs, des masques de plongée et des tubas, des parasols, des bouées et des maillots de bain, et bien sûr un rayon livres où les œuvres de Mark Miller seraient à la meilleure place...

— Là, ce serait carrément la classe, dis-je.

Nous rîmes.

Et je m'aperçus que cette femme me plaisait, me plaisait en vérité un peu trop pour une femme mariée qui habitait à deux pas de chez moi.

À quoi tu joues, là, Tom Baldwin ? Arrête ça tout de suite.

Un nouveau bruit de moteur dans l'allée. L'expression de Kay changea du tout au tout, sa bonne humeur brusquement envolée.

Elle consulta sa montre d'un air inquiet.

– Merde, c'est Randy ! Je crois que vous devriez y aller, Tom…

Elle avait prononcé cette phrase d'un ton qui se voulait détaché – pourtant, sous cette apparente légèreté, je devinai quelque chose de vaguement, de subtilement sinistre.

– Je crois qu'il est un peu tard pour ça, dis-je en constatant par la fenêtre du séjour que Randy coupait le moteur et m'observait à travers le pare-brise de son fourgon, sur lequel glissaient les reflets de gros nuages noirs.

Un coup de tonnerre retentit sur la mer. Randy descendit du véhicule. Il ne me quittait pas des yeux. Et je dois dire que j'avais rarement croisé un regard aussi lugubre, une telle expression d'hostilité sur un visage. Je me tendis instinctivement en entendant le bruit de ses bottes martelant le plancher de la véranda, puis la porte d'entrée s'ouvrit et je me levai en essayant de ne rien laisser paraître. Mais rien n'aurait pu me préparer à ce qui suivit.

– Putain, qu'est-ce que tu fous dans ma maison, toi ? me lança-t-il d'un ton incroyablement venimeux.

Fouetté par cette ahurissante agressivité, je me figeai, la colère le disputant aussitôt en moi à la stupéfaction.

— Vous avez dit quoi, là ? rétorquai-je, furieux.

Je ne sais s'il se rendit compte à cet instant qu'il avait dépassé les bornes, qu'il ne pouvait s'adresser de la sorte à celui qui leur louait sa maison, car avant que j'aie pu protester davantage, le visage de Randy s'éclaira d'un grand sourire qui retroussa sa moustache brune, révélant l'impeccable émail de ses dents blanches.

— Je déconne, mon pote ! s'exclama-t-il. Oh, Tom, désolé si je vous ai fait peur ! Merde, mon vieux, vous devriez voir votre tête : on dirait que vous avez vu un fantôme ! Toutes mes excuses, vraiment ! Navré, c'était pas drôle !

Il rit. Un rire excessif, qui sonnait faux. J'étais complètement désarçonné, ne sachant quelle attitude adopter.

— Randy, lança alors Kay, Tom a été cambriolé…

Randy se tourna vers moi et m'examina comme si j'étais un grand blessé.

— Quoi ? Non ? Sans déc ? C'est arrivé quand ?

— Là, tout de suite, dit Kay, le shérif vient juste de repartir. Ils voulaient fouiller notre maison ! Tom s'y est opposé…

Je compris qu'elle essayait indirectement de justifier ma présence chez eux.

— Merde alors, dit Randy, j'espère qu'ils n'ont rien emporté d'important…

Je ne répondis pas, mais lançai à Kay un regard complice. Erreur. Randy le surprit, et il se renfrogna aussitôt. Son sourire soudain figé en un rictus fielleux au milieu de son visage sombre eut un air indubitablement menaçant.

— Je vais y aller, dis-je. Il faut que je vérifie s'ils n'ont rien pris d'autre…

Et je les laissai. M'enfuis serait plus exact. Me demandant plus que jamais à quelle sorte de gens j'avais loué ma maison.

11
Sortie en mer

Les gens disent que j'ai un problème d'alcool.

Midland, *Drinkin' Problem.*

Le temps était trop mauvais pour le paddle, aussi choisis-je le kayak. J'avais besoin de me vider la tête. D'évacuer les pensées négatives qui m'assaillaient. La pluie me surprit sur le chemin du retour, drue et chaude comme une douche, et je pagayai ferme dans les creux et les crêtes jusqu'à la plage. Les cheveux collés au front par l'averse qui crépitait sur ma combinaison en néoprène, je tirai le kayak sur le sable humide. La lumière baissait rapidement, l'océan grondait. Des cris montèrent de la maison de Kay et je me raidis instantanément. J'étais sorti de l'eau plus près de la location que la dernière fois et, levant la tête, je distinguai parfaitement derrière la vitre les visages de Kay et de Randy. Ils étaient suffisamment proches pour que je pusse lire l'inquiétante tension entre eux, qui déformait leurs traits. Un frisson me traversa, car, de nouveau, ils s'affrontaient.

Il y avait dans cette explosion de cris, de récriminations et de sommations, dans cette répétition presque à l'identique de la même scène odieuse, quelque chose qui me glaça. J'en connaissais l'origine. J'avais vécu de semblables disputes avec Annabelle vers la fin, à l'époque où, à l'image de Randy, j'avais, comme on dit, un penchant pour la boisson. Jamais je n'avais porté la main sur mon ex-femme cependant. Ni sur aucune autre. Ni même eu songé le moins du monde à le faire. Je me demandai si c'était bien le cas de Randy. S'il avait un jour frappé Kay. Comment réagirais-je si je le voyais un jour porter la main sur elle ?

Comme si un dieu capricieux avait lu dans mes pensées et décidé de me mettre à l'épreuve, je vis Randy marcher sur Kay à travers la cuisine et celle-ci reculer jusqu'à toucher le mur derrière elle et s'y appuyer.

Bon Dieu ! pensai-je.

Il avança alors sa main droite et la posa à plat sur le mur, tout près du visage de Kay, se pencha sur elle, approchant son front et son nez de ceux de sa femme à les toucher, en une attitude clairement menaçante. La mâchoire serrée, les yeux noirs, il caressa ensuite très délicatement la joue de Kay puis joua avec ses cheveux, tout en proférant à voix basse des mots dont je devinai la teneur blessante, tandis que Kay paraissait tétanisée, incapable du moindre mouvement ni de la moindre réaction.

Un violent frisson de fureur me secoua. Je commençais à sentir bouillonner en moi une colère toute-puissante et, lâchant l'extrémité du kayak, je me mis en marche rapidement à travers la plage puis la pelouse en direction du théâtre de cette scène encore plus intolérable du fait qu'elle se déroulait à côté de chez moi et dans un lieu dont j'étais, par-dessus le marché, le propriétaire.

Mais, alors que je parcourais les derniers mètres, Randy sortit brusquement de mon champ de vision et peut-être de la pièce, et Kay découvrit ma présence à travers la fenêtre. Elle lut ma fureur et ma détermination, raison pour laquelle, j'imagine, elle me fit signe de m'arrêter, l'air suppliant, avant de poser un index sur ses jolies lèvres pour m'intimer de ne pas intervenir.

Je m'immobilisai, en proie à des sentiments contradictoires. À l'envie de passer outre et d'intervenir quand même, comme à celle de respecter la volonté de Kay, option que je choisis finalement en me dirigeant vers ma maison.

J'étais furieux mais aussi terriblement inquiet. Comment allais-je gérer cette situation ? Et jusqu'à quelles extrémités ces deux-là étaient-ils capables d'aller ?

Puis je repensai au message. Allais-je en recevoir d'autres ? Celui qui l'avait envoyé savait-il sur Josh des choses que j'ignorais ? Et il y avait aussi le cambriolage. Les événements s'enchaînaient, se précipitaient, se bousculaient – et je me sentais dépassé, emporté, avec une certitude toutefois : c'était loin d'être fini.

12
Tom se fait remettre à sa place

Ta peau brune brille au soleil.
Don Henley, *The Boys of Summer.*

Le lendemain, je pensai à tout autre chose en me réveillant. Je venais de me rappeler que, le soir du jour où j'avais parlé de mon roman *L'Accident* à Chris – et lui avais annoncé que j'avais l'intention de le publier sous mon vrai nom, je lui avais également envoyé une copie par mail !

Comment avais-je pu oublier ?

Peut-être parce que pas mal d'autres événements s'étaient succédé entre-temps qui avaient accaparé mes pensées et que j'avais effectué cet envoi machinalement, sans vraiment y prêter attention sur le moment, avant de passer à autre chose.

Aussi, ce matin-là, à défaut d'ordinateur, je bondis sur mon téléphone posé sur la table de chevet. Comme par un fait exprès, l'appareil s'était déchargé pendant la nuit. Plus de batterie !

Je sautai hors de mon lit et me ruai vers le bureau, pieds nus et en short de pyjama, avant même d'avoir mis la cafetière en route. Il faisait un temps radieux, le soleil entrait à flots, faisant scintiller les grains de poussière, car mon bureau comme ma cuisine sont orientés plein est. Du plomb dans l'estomac, je cherchai le chargeur dans un tiroir, le branchai et attendis à peine quelques minutes avant de relancer mon bon vieux Galaxy S7, qui afficha un cercle lumineux m'indiquant que j'avais 4 % de charge puis exigea le code avant de déverrouiller la carte SIM (et je songeai l'espace d'un instant à notre terrifiante vulnérabilité technologique).

Quand il fut enfin prêt, j'ouvris d'une main mal assurée ma messagerie, affichai les derniers messages que j'avais expédiés et découvris avec horreur que je n'avais envoyé aucun mail contenant une copie de *L'Accident* !

Je ne comprenais plus rien. J'étais pourtant sûr de l'avoir fait en me réveillant. D'avoir expédié une copie à Chris l'autre jour. La mémoire est un collaborateur mensonger. Il est prouvé qu'une partie de nos souvenirs les plus anciens est une fiction réarrangée au fil des ans à notre insu. Mais là, il s'agissait d'un événement récent !

Puis ma mémoire se remit en ordre de marche et je compris que c'était une copie papier et non un fichier que je lui avais confiée. *Bonté divine, oui ! Ça me revenait à présent !* Je me ruai sur mon téléphone pour appeler Chris, le cœur cognant contre mes côtes.

– Ouais…, me confirma-t-il d'une voix ensommeillée (il avait probablement fait la fête la nuit dernière : aux Jeux olympiques des fêtards cocaïnés, Chris aurait sans nul doute décroché une médaille). Je l'ai dans mon bureau… Je t'avouerai que je n'ai pas encore eu le temps d'y jeter un coup d'œil… Ne me dis pas que tu as l'intention de te remettre à…

– Non, non ! exultai-je. Je veux juste que tu le files à Martha (Martha était l'assistance de Chris, une vieille fille qui avait l'âge d'être sa mère et qui le traitait comme un enfant turbulent) et qu'elle retape tout le texte avant de me l'envoyer.

– Tout le texte ? (Je devinai qu'il était bien réveillé, cette fois). Tu veux dire les mille pages ? Sans déconner ? Pourquoi ?

– On m'a cambriolé, Chris… Et je ne sais pas pour quelle raison, ils ont embarqué ma version du roman en même temps que l'ordinateur.

– Des voleurs qui aiment la littérature, plaisanta-t-il, tu ne trouves pas ça *bizarre* ?… C'est peut-être un coup de ton éditrice qui préfère que tu te consacres à Zoë Mackenzie, ajouta-t-il, et je devinai qu'il souriait. T'inquiète, je demande à Martha de faire ça et de te l'expédier le plus rapidement possible. Mais ça va quand même lui prendre un peu de temps.

– Pas grave, répondis-je joyeusement, en proie à un soulagement proche de l'extase pure et simple, quasiment prêt à danser le twerk ou le charleston au milieu de mon salon. Dis-lui juste que c'est important, d'accord ?

Je raccrochai.

Tu ne trouves pas ça bizarre ? avait dit Chris. Un peu que je trouvais ça bizarre. Carrément, même. Ils n'avaient rien pris d'autre que mon manuscrit, mon ordi et le disque dur. *Comme si quelqu'un voulait m'empêcher de publier ce roman…* Mais peu importait, pensai-je, puisque j'aurais bientôt une copie et un ordinateur tout neufs. Puis je repensai à la scène à laquelle j'avais assisté la veille au soir et une partie de ma bonne humeur s'envola. Il fallait que j'aie une explication franche avec Kay et Randy… Ça n'allait pas être facile, compte tenu de ce que je devinais déjà du caractère de l'un et de l'autre… Mais alors que je réfléchissais à la façon dont j'allais aborder la chose, j'aperçus Randy qui s'en allait, là-bas, au volant de son Ford Transit.

J'enfilai un short, un tee-shirt, des sandales, préparai deux cafés – un *latte* pour Kay, un serré pour moi – et traversai les trente mètres inondés de soleil qui séparaient les deux maisons, mes tasses à la main, sentant à quel point il faisait déjà chaud chaque fois que, par contraste, je passais dans l'ombre plus fraîche d'un palmier. Avant même que j'eusse grimpé les marches de la véranda, Kay m'avait ouvert la porte.

— Bonjour, Tom. C'est pour moi ?

Elle montrait les tasses. Mais je notai que son sourire était réduit au strict minimum qu'exigeait la politesse.

— Oui, frais moulu. Je peux entrer ?

— On peut le prendre ici si ça ne vous fait rien ? proposa-t-elle en montrant le banc de bois sur la véranda, face à la mer, et je sentis mon ventre se nouer.

— Bien sûr.

— Il est toujours aussi bon, dit-elle après s'être assise et y avoir plongé les lèvres, les deux mains entourant sa tasse.

— Kay, il faut qu'on parle de ce qui s'est passé hier soir…

Les yeux plissés, elle contemplait l'océan scintillant sous le soleil aveuglant ; des mouettes et d'autres oiseaux de mer évoluaient dans le ciel lumineux en piaillant, leurs ombres glissant sur le sable aussi blanc que du sucre ; les palmiers étaient caressés par une très légère brise qui ne rafraîchissait en rien l'air déjà étouffant ; la pelouse brillait comme un gazon artificiel dans la violente et acide lumière. On eût dit que des projecteurs surpuissants étaient braqués sur le paysage. Elle fit oui de la tête, sans me regarder, fixant l'horizon.

Elle portait ce matin-là un débardeur blanc dont le tissu semblait plus léger qu'un souffle et dont les fines bretelles laissaient voir des épaules déjà dorées, ainsi qu'un short fluide couleur cigare qui s'arrêtait très haut sur ses minces jambes bronzées. Ses cheveux châtains s'étaient éclaircis avec le soleil et l'air marin les bouclaient, leur donnant un côté décoiffé et foufou que je trouvais adorable. Elle était bien trop jolie à mon goût.

– Kay, commençai-je, la gorge nouée, je voudrais savoir si… ce que j'ai vu hier soir arrive souvent.

– Ce ne sont pas vos oignons, Tom, répondit-elle d'une voix douce mais ferme sans cesser de fixer l'horizon.

– Si, ça l'est, insistai-je, j'ai besoin de savoir si… si j'ai loué ma maison à un couple dont le mari est… violent.

Et voilà, j'avais lâché le mot.

Elle se raidit en l'entendant, comme si elle avait été frappée par la foudre, tournant ses immenses yeux verts dans ma direction. Ils étaient plus intenses et rayonnants que jamais. Et je lus en eux une telle déception, une telle colère que je baissai la tête.

– Vous voulez savoir si Randy m'a déjà battue, *c'est ça* ? La réponse est non, catégoriquement non.

Je trouvai pourtant que son ton manquait de conviction.

— Ce à quoi j'ai assisté hier soir est inacceptable, m'obstinai-je. Je ne veux pas de ça chez moi.

— Ça n'arrivera plus, répliqua-t-elle sèchement.

C'était à son tour de me scruter. Elle devait se demander si c'était le proprio qui parlait – ou quelqu'un d'autre.

— À présent, j'aimerais que vous vous en alliez, Tom, dit-elle, et que vous ne reveniez plus par ici sauf motif impérieux.

Elle me tendit la tasse vide. J'eus conscience de la rougeur de mon visage.

— Bien sûr, dis-je en me levant, me sentant penaud mais aussi étrangement triste et abattu.

L'espace d'un instant, j'eus l'impression que toute joie s'était envolée et j'éprouvai le désir désespéré d'ajouter quelque chose qui laissât un tout petit espoir de réconciliation future.

— Si un jour vous avez besoin de quoi que ce soit, ma porte vous sera toujours ouverte, Kay, dis-je.

Elle n'hocha même pas la tête, ne réagit pas, se contentant de fixer l'océan éblouissant comme si je n'étais pas là – et je m'en fus, meurtri et submergé par une tristesse inexplicable.

13
Duval Street

Il doit y avoir des lumières plus brillantes quelque part.
Elvis Presley, *If I Can Dream.*

Je me rendis à Key Largo pour acheter un nouvel ordinateur. Je surveillai également mes mails ce jour-là, même si je savais qu'il faudrait plus d'une journée à Martha pour taper mille pages de littérature à haute teneur en langage relevé (l'exemple ultime étant pour moi – si l'on exclut Joyce – le *Lolita* de Nabokov qui, lorsque je l'avais lu à seize ans, avait exigé le recours à un dictionnaire presque à chaque page, avec des termes aussi merveilleux et mystérieux que *solécisme*, *élusif*, *coruscant*, *incarnadines*, *trochaïque*...).

Je sais bien ce que Truman Capote a dit : que rien ne vaut les mots simples. Mais à quoi sert tout ce vocabulaire si on ne s'en sert pas, hein ? Laissez-moi m'amuser un peu avec mes jouets. À Zoë Gwendoline Mackenzie le langage de tous les jours. Je ne me privais d'ailleurs pas de mettre dans sa jolie bouche, avec fantaisie et gourmandise, les mots les plus orduriers. Dans un épisode où un lord écossais amoureux la séquestrait dans son château familial construit par Robert II d'Écosse entre la Dee et la Don, lui promettant de la libérer seulement quand elle aurait accepté de l'épouser, elle déclarait, après lui avoir à moitié fendu le crâne avec un lustre d'époque Tudor et juste avant de s'enfuir au volant de sa Rolls Phantom VI : « Tu peux te foutre ta proposition de mariage dans ton joli petit cul de lord anglais ou de laird écossais, enfoiré de bouffeur de haggis. »

Je passai le restant de la journée dans le même état d'abattement que quand j'avais quitté Kay le matin. Le soir tombait quand je sortis enfin de la maison pour nager vers le large, dans la pénombre et la tiédeur qui donnait à l'air ambiant la douceur d'une caresse. Je parcourus environ deux kilomètres avant de revenir vers le ponton. Marchant pieds nus sur les planches encore chaudes du jour puis sur le sable, tout en me séchant, et enfin sur la pelouse, je n'osai tourner la tête vers les lumières de chez Kay. Je notai simplement que Randy n'était pas rentré, car je ne vis son fourgon nulle part.

Il était dix heures du soir quand quelqu'un cogna à ma porte. Je finissais d'installer le traitement de texte et les différents programmes sur mon nouvel ordinateur, un verre de Mountain Dew bien frais à la main, le ventilo au plafond et les fenêtres ouvertes ne parvenant pas à dissiper toute la chaleur suffocante emmagasinée pendant la journée.

Pas d'orage ce soir. L'océan n'était qu'un murmure apaisant et feutré.

Je me levai, pensant que c'était Tucker qui venait me proposer une petite virée à Key West ou à Marathon.

Sortant du bureau, je me dirigeai vers l'entrée, jetai un coup d'œil à travers la porte à moustiquaire et me figeai. C'était la silhouette de Kay qui se découpait de l'autre côté sur le blanc bleuté de la plage, les fûts élancés des palmiers et la mer pleine d'éclats de lune.

Son visage n'était qu'un vague contour dans la pénombre quand j'ouvris, mais je devinai qu'elle souriait. Il y avait une étrange lueur vivante au fond de ses yeux, qu'elle avait plus irradiants que jamais, et qui exprimaient en cet instant quelque chose à la fois de très intense et d'indéfinissable.

– Bonsoir, dit-elle sans cesser de sourire, tu as bien dit que ta porte serait toujours ouverte, je ne me trompe pas ?

J'hésitai. Je notai dans sa voix à la douceur un peu rauque, dans ce sourire un tantinet provocant, quelque chose qui faisait écho à son regard. Un appel. Et je frissonnai. J'allumai la lampe extérieure et je vis, quand la lumière tomba sur son visage, qu'elle s'était maquillée. Ses lèvres pleines étaient dessinées avec le même carmin sombre que le premier jour où je l'avais vue. Son maquillage était certes léger – un trait d'eye-liner, une touche de mascara – mais il suffisait à donner à sa beauté un éclat supplémentaire, éclat qui creusa un vide dans mon estomac.

– Oui, dis-je, conscient de ce que ma voix avait de bizarre et d'hésitant, c'est vrai que j'ai dit ça mais…

– Alors, va chercher tes clefs pour la verrouiller parce qu'on va faire un tour, Tom.

Si j'avais refusé ce soir-là, les choses auraient-elles tourné différemment ? Dans les livres comme dans les films, les personnages se posent toujours cette question. Probablement. Je ne crois pas que les événements dramatiques qui ont suivi se seraient déroulés exactement de la même façon sans cette nuit-là. Ce dont je suis sûr, en revanche, c'est que le drame aurait eu lieu d'une manière ou d'une autre. C'était écrit à partir du jour où Kay et Randy ont débarqué chez moi. Ou peut-être à partir de celui où j'ai reçu le message...

J'ouvris la bouche pour refuser, je m'en souviens – *non, ne la suis pas, Tom Baldwin, ou tu seras définitivement dans la merde,* protesta un instant ma petite voix intérieure, celle d'ordinaire si raisonnable –, mais je fis taire mes scrupules et allai dans ma chambre passer une chemise à la place de mon tee-shirt avant de revenir verrouiller la maison.

– On va où ? demandai-je, tandis que nous marchions dans la tiédeur nocturne, sous un vaste plafond d'étoiles de plus en plus brillantes, vers le petit SUV de Kay garé dans l'ombre de la maison d'amis.

– C'est bien toi qui as parlé de Duval Street et de ses bars, non ? me dit-elle de cette voix toujours amusée et voilée – avait-elle pris quelque chose ? – en déverrouillant à distance le SUV.

Elle semblait avoir complètement oublié ses propos du matin. Je fus tenté de les lui rappeler mais n'en fis rien.

L'habitacle était une étuve et j'eus l'impression d'ouvrir un four en tirant ma portière. Sur le tableau de bord, une poupée hawaïenne montée sur ressort n'attendait qu'une impulsion pour se balancer. Je la lui donnai en m'asseyant. Tournant la tête, je contemplai le profil de Kay dans la pénombre quand elle mit le contact, humant son parfum, un arôme délicat, à la fois léger et entêtant, qui envahissait tout l'habitacle – et mon cœur s'emballa.

Nous fîmes le trajet jusqu'à Key West presque en silence. Je ne savais trop comment renouer le fil du dialogue et, de son côté, Kay ne semblait pas éprouver le besoin de parler, même si, de temps en temps, elle me jetait un coup d'œil, en souriant comme si elle pensait à quelque chose d'amusant.

À partir d'Islamorada, quand on roule vers le sud, la terre se fait plus rare et les ponts au-dessus de l'océan plus longs et plus hauts. Le plus spectaculaire étant évidemment le Seven Mile Bridge – qui nous fit survoler plus de dix kilomètres de mer scintillante, cette nuit-là, comme si nous allions traverser ainsi tout le golfe du Mexique, roulant littéralement au-dessus des flots, dans le clair de lune.

— Ouah, s'exclama Kay, la vache !

Nous franchîmes de la même façon Big Pine Key, Summerland, Cudjoe, Sugarloaf, Saddlebunch, Boca Chica Key, Stock Island, pour entrer finalement quelques minutes avant minuit dans Key West, le bout de la route, plus proche de La Havane que de Miami, au milieu de quelques embarras de trafic (on était samedi soir).

— Prêt pour la *fiesta* ? me lança une Kay décidément d'humeur festive.

Duval Street. Nous marchons, cernés par les néons, le bruit, la foule, et je me sens un peu sonné, largué pour tout dire, moi qui n'ai plus guère l'habitude de ce genre d'endroits. Je redoute aussi de passer la nuit dans des bars. Lâchez un tigre affamé dans une boucherie et vous comprendrez.

J'étais ébloui, étourdi, et quand Kay me prit le bras en disant: « Tom, ce soir, c'est la fête, on se détend, d'accord ? », je la laissai me guider sans plus penser à rien.

J'ai oublié de vous dire qu'elle portait cette nuit-là une blouse en coton corail avec des broderies autour du décolleté sur un short en denim au bas retroussé et chaussait des santiags cuir et léopard du plus bel effet. De mon côté, j'avais opté pour une sobre et typique *guayabera*, la chemise traditionnelle cubaine, de coupe ample et en lin blanc, qui aide à affronter la chaleur comme l'humidité.

Le premier bar dans lequel nous entrâmes (je décidai d'éviter coûte que coûte le Sloppy Joe's, en général bondé de touristes venus admirer les photographies d'Hemingway) se trouvait au rez-de-chaussée d'une maison caribéenne typique, sous le grand balcon à balustrade et pilastres. Kay commanda un bloody mary. Je demandai un cocktail sans alcool. Elle fronça les sourcils:

— C'est ta façon de faire la fête ?

— Je ne bois pas d'alcool, Kay.

— Et pourquoi ça ?

Elle avait l'air déçue et elle n'était visiblement pas décidée à me laisser m'en tirer à si bon compte.

— J'ai été alcoolique, je ne le suis plus.

— Oh, je vois.

On en resta là pour le moment.

Duval Street est l'enfer sur terre pour l'abstinent comme pour l'adepte du bon goût. Elle regorge de pubs, de bars bruyants, de boutiques kitsch pour touristes, de cabarets de *drag queens*, de tout ce qui fait qu'un alcoolique repenti peut rechuter. Mais au moins on était au mois d'août, ce qui nous épargnait les flopées d'étudiants bourrés. À la place, on avait droit aux touristes en goguette, aux babas cool embrumés, aux poivrots professionnels, aux gays en mode drague, aux frimeurs friqués et aux fanas de pêche qui se lâchaient en fin de journée.

— La maison est super, commença Kay en portant son bloody mary couleur sang à ses jolies lèvres, Islamorada est super, les Keys sont super ! Et tu es super aussi, Tom Baldwin. Je sens qu'on va se plaire ici, Randy et moi. Beaucoup.

— En tout cas, n'hésitez pas si vous avez besoin de quoi que ce soit, dis-je prudemment.

— Et tu n'as pas à t'inquiéter pour Randy, Tom, poursuivit-elle, c'est une grande gueule et un impulsif, mais il n'est pas méchant.

Je repensai à ce qu'il m'avait balancé en me trouvant chez lui, et n'en fus pas si sûr.

— Tu ne regretteras pas de nous avoir comme voisins, je t'assure. Je serai la voisine dont tu as toujours rêvé…

Je serai la voisine dont tu as toujours rêvé… Bonté divine ! Kay ! Est-ce que tu te rends compte de ce que tu dis ? Je la regardai et lus dans ses grands yeux verts ourlés de longs cils, ses yeux si fantastiquement brillants et rieurs, qu'elle n'en avait pas la moindre foutue idée.

— Kay, tu devrais faire attention, dis-je.

— À quoi ?

Je souris :

— Eh bien, à ce que tu dis…

Elle fronça les sourcils, puis brusquement elle pouffa. Ses yeux étincelèrent en me fixant et mon estomac se fit un triple nœud.

– Oh, mon Dieu ! D'accord ! déclara-t-elle en riant, une honnête femme ne devrait pas dire ce genre de choses, je suppose, même une honnête femme bourrée.

Je haussai les sourcils :

– Tu es bourrée ?

– Pas encore, mais j'espère bien l'être avant la fin de la nuit, annonça-t-elle.

Et elle me colla d'office les clés du SUV dans la main. L'heure suivante se passa aussi agréablement que possible, entre rires, questions-réponses, cocktails variés pour Kay – qui de toute évidence tenait l'alcool –, non alcoolisés pour moi. Mais je n'avais pas besoin d'alcool pour commencer à me sentir grisé par l'atmosphère, la musique, le bruit, nos fous rires et nos conversations à bâtons rompus, où il fut question aussi bien de paddle, de kayak, de plongée et de météo que de livres, de voyages et, progressivement, de choses plus intimes. Et je m'aperçus que je ne craignais pas, en fin de compte, d'avoir toute cette bibine autour de moi. Du moins pour l'instant.

Nous passâmes à un autre bar, le Vinos on Duval, qui propose toute une gamme de vins du monde entier – malbec argentins, *tempranillos* espagnols, cabernets sauvignons californiens, vins français. Nous bûmes attablés sur la véranda, dans la douceur nocturne, contemplant l'animation de la rue, ressentant l'électricité qui était dans l'air, Kay goûtant un vin chilien, noir comme le péché. Puis nous entrâmes dans un pub sombre et bruyant, où des ventilateurs brassaient un air épais comme de la mélasse, où des stroboscopes découpaient chaque mouvement des clients en une chorégraphie syncopée, et où nous dûmes élever la voix pour nous faire entendre dans le joyeux tohu-bohu des conversations et de la musique *live*.

Ce fut là qu'elle revint à la charge s'agissant de mon rapport à la boisson :

— Qu'est-ce qui t'a fait arrêter de boire ? me demanda-t-elle soudain, les joues aussi vermeilles qu'un Bacchus au féminin et les yeux bien trop brillants pour être honnêtes.

— Mon fils, dis-je.

Mon visage s'était fermé comme une porte de prison sur un condamné à mort – et Kay n'était pas encore assez ivre pour ne pas s'en apercevoir.

— Si tu n'as pas envie d'en parler…, dit-elle, redevenue soudain sérieuse.

— C'est bon.

Elle attendit la suite sans un mot de plus. J'hésitai. Puis, rassemblant mon courage, je lui racontai l'accident, mon coma, le réveil à l'hôpital, l'horrible nouvelle. Je n'avais pas raconté cette histoire depuis des années, et j'eus l'impression qu'on m'ouvrait le crâne à la scie circulaire pour en extraire mes pires souvenirs. Je ne sais pourquoi je confiai tout ça à une quasi-inconnue – peut-être à cause du message que j'avais reçu, et qui avait réveillé un tas de choses sombres et malsaines dans les recoins les plus sombres et les plus malsains de mon esprit. Quand j'eus terminé, je vis que Kay avait les yeux baignés de larmes. Elle paraissait brutalement dégrisée.

Elle resta un long moment silencieuse, puis elle articula avec douceur :

— Tom, je suis tellement désolée... (Elle essuya ses yeux humides avec la serviette en papier qui se trouvait sur la table.) Je n'aurais pas dû te poser la question... Je t'ai gâché la soirée. Moi qui voulais tellement que tu t'amuses...

Cette dernière phrase me toucha. Je vis qu'elle était on ne peut plus sincère.

— C'est moi qui suis désolé, dis-je. Ce n'était ni le moment ni l'endroit pour te raconter tout ça.

Elle secoua la tête, les yeux encore rougis.

— Non, non, c'est plutôt que ça a fait remonter des souvenirs, dit-elle. Oh, ce n'est rien en comparaison de ce qui t'est arrivé, mais c'est à cause de ces souvenirs-là que j'ai quitté la police.

Mesdames-messieurs, bienvenue à la joyeuse soirée du grand déballage. Dans les minutes suivantes, Kay raconta comment deux ans plus tôt, un soir de fête nationale, elle avait poursuivi le jeune voleur d'une supérette dans les rues mal famées du plus mal famé des quartiers de Chicago, comment il s'était engagé au triple galop dans une impasse obscure, comment, l'ayant rejoint et acculé, elle avait sorti son arme, l'avait mis en joue et lui avait ordonné de s'agenouiller, les mains derrière la tête. Comment, ayant de son côté crié : « ne tirez pas ! », il avait ensuite glissé une main dans son blouson avant d'en extraire quelque chose. Elle l'avait abattu sur-le-champ. En s'approchant, elle avait découvert, hébétée, que son esprit lui avait joué des tours, que ce n'était pas une arme mais un portefeuille que sa victime tenait et que le gamin au sol n'avait pas plus de vingt ans. En réalité, elle l'apprit plus tard, il en avait seize. Kay avait été blanchie. On avait estimé qu'elle avait agi en état de légitime défense. Mais elle savait que ce n'était pas vrai. Et elle avait commencé à faire des cauchemars, à perdre toute assurance et à commettre des erreurs dans son métier, des erreurs sans gravité, soit, mais qui lui avaient fait comprendre qu'il était temps de mettre fin à sa carrière dans la police.

— C'est terrible, dis-je.

— C'est du passé, dit-elle sans conviction.

— Il y a autre chose dont j'aimerais te parler, ajoutai-je.

Elle me regarda avec des yeux emplis de curiosité. Je lui parlai du message que j'avais reçu, celui qui disait que Josh était vivant. Elle en resta sans voix pendant quelques secondes.

— C'est horrible comme blague, commenta-t-elle. Tu as essayé de savoir qui te l'a envoyé, je suppose ?

— Mmm. Ça n'a rien donné : l'adresse mail a été supprimée entre-temps.

Je surpris une lueur dans ses pupilles.

— Mais tu t'accroches au minuscule espoir que ce mail puisse dire la vérité, je me trompe ? Même si, au fond de toi, tu sais que c'est impossible.

Elle avait tout compris.

— Oui, murmurai-je.

Tout à coup, une formidable claque dans mon dos me fit presque renverser mon verre sur la petite table ronde et me déboîta quasiment l'omoplate.

— Tom Baldwin ! Il n'y a que toi pour rendre les dames aussi tristes un samedi soir à Duval !

Tucker... En général, le côté « éléphant-dans-un-magasin-de-porcelaine » de mon ami Tucker Devine m'amuse et me réjouit, mais cette nuit-là je regrettai qu'il nous eût trouvés. Il se tourna vers Kay et je vis dans son regard qu'il la trouvait aussi sensationnelle que moi.

– Tu me présentes..., dit-il avec une intonation bizarre, proche de la timidité, comme s'il était un fan absolu devant son idole : Rihanna ou Scarlett Johansson.

– Kay, je te présente mon ami Tucker qui tient un motel à Islamorada. Tucker, voici Kay, qui loue la maison d'amis.

– C'est moi qui ai repeint votre chambre, dit Tucker avec un sourire niais plaqué sur le visage, une voix enrouée comme s'il avait un chat dans la gorge et un clin d'œil appuyé, et cela fit rire Kay.

Tucker se tourna alors vers moi :

– Le jour où j'aurai besoin de louer ma maison, je ferai appel à toi, me dit-il avant de s'adresser de nouveau à Kay. Vous vous plaisez à Islamorada, Kay ?

– C'est un endroit merveilleux...

– Plein de gens merveilleux, renchérit-il en la buvant littéralement des yeux.

– Tucker..., intervins-je.

Kay descendit de son tabouret.

– Bon. Je vous laisse une minute entre hommes, j'ai besoin d'aller au petit coin.

Elle s'éloigna entre les tables.

– Seigneur, souffla Tucker au bord de l'extase, doux Jésus, espèce de salopard cachottier ! C'est quoi tes critères pour la location ?

— Mollo, Tuck, dis-je, tout doux : la dame est mariée… Et le mari jaloux.

Il fronça les sourcils et regarda autour de lui.

— Ah ouais ? Et il est où, le mari jaloux, en ce moment, dis-moi ?

Il me dévisagea, intrigué.

— Il est représentant de commerce, répondis-je. Il est en tournée…

Le visage de Tucker, déjà naturellement rubicond le samedi soir, s'illumina littéralement de l'intérieur comme une citrouille d'Halloween. J'eus l'impression que les yeux allaient lui jaillir des orbites.

— Et toi, n'écoutant que ton bon cœur, tu sors la jolie dame pendant ce temps… Nom d'un chien, Tom ! Tu vis dangereusement ! Tu vas la tirer, pas vrai ?

— Bon Dieu, Tuck !

— Ben quoi ? Vous avez la nuit devant vous, le mari est loin et tu dors à quelques mètres de cette… déesse… Pourquoi c'est pas à moi que ce genre de choses arrive ? Si tu changes d'avis, fais-moi signe, au cas où la dame aurait encore envie de sortir.

Kay revint s'asseoir.

— Je dois retourner au motel, dit Tucker sans la quitter des yeux. J'ai été ravi de faire votre connaissance, Kay. Ne vous fiez pas à ses airs de gentleman, Tom est un vrai psychopathe. Il tue ses locataires et il les donne à manger aux poissons.

— Je sais me défendre, dit Kay en riant.

— Oh ça, j'en suis sûr ! dit Tucker en s'éloignant.

— C'était Tucker…, dis-je quand il fut parti.

Je surpris un coup d'œil de Kay en direction de sa montre.

— Tu veux qu'on rentre ? lui demandai-je, un peu déçu.

Je me rendis compte que c'était la dernière chose dont j'avais envie, tout à coup. Il était près de deux heures du matin, mais la plupart des bars de Duval Street ne ferment pas avant quatre heures. Elle leva les yeux. Une nouvelle fois, je frissonnai sous le feu de ce regard intime et inquisiteur.

— Tu veux rire ? s'exclama Kay. On commence à peine à s'amuser ! Et si on allait voir les *drag queens* ?

14
Kay et Tom se rapprochent

Des îles dans le courant, c'est ce que nous sommes.
Bee Gees, *Islands in the Stream.*

Le spectacle me fit penser à ce film, *Priscilla, folle du désert*, que j'avais vu adolescent. La même bande--son – ABBA, Village People, Gloria Gaynor – dans les enceintes. Un truc pour touristes, mais joyeux, plein de couleurs, de plumes, de strass, de lumières et – je dois l'avouer – follement drôle.

Le show lui-même était un subtil mélange de vulgarité et de raffinement – et Kay riait aux éclats. Je me demandai soudain si j'étais à ma place en ce lieu et en cette compagnie, et surtout ce qu'en aurait pensé Randy. Quoique nous n'eussions encore rien fait de mal – tout était resté très innocent –, je savais que la réponse était négative. Que je fusse en train de passer la soirée – et peut-être la nuit – avec ma nouvelle voisine mariée était à tout le moins inconvenant, au plus dangereux. Et impossible de nier que plus la soirée avançait, plus une complicité exacerbée s'installait entre nous. Et que Kay m'attirait. Physiquement. Mentalement. De toutes les façons possibles. Elle s'en était forcément rendu compte. Et ça ne semblait pas pour lui déplaire. Alors, à quoi on jouait exactement ? Était-on en route pour un banal adultère ? Je fermai un instant les yeux. Quelle serait l'étape suivante ? Chaque moment de la soirée avait été absolument parfait, en tout cas pour moi – et j'étais sûr que Kay partageait mon enthousiasme. Même quand nous avions échangé nos expériences les plus douloureuses, nous avions pris plaisir, d'une certaine manière, à le faire. Alors quoi ?

Je rouvris les yeux…

… et sursautai.

Il y eut des éclats de rire dans la salle.

Une des *drag queens* avait quitté la scène et se penchait à présent sur moi. *Très près.* Ses grands yeux bleus excessivement maquillés me scrutèrent, puis elle se redressa pour s'adresser au public.

— Comme il est chou quand il dort…

Rires dans la salle. Je jetai un bref coup d'œil à Kay. Mauvaise idée. Ma nouvelle amie surprit mon regard et comprit immédiatement le parti qu'elle pouvait en tirer.

— Tu t'appelles comment, mon chou ? me demanda-t-elle en me tendant le micro.

— Tom…

— Tom, répéta-t-elle d'un air songeur. Et toi, ma belle ? demanda-t-elle à Kay, qui était tout sourires.

— Je m'appelle Kay.

— Mesdames-messieurs, je vous présente Kay et Tom, notre couple-vedette de ce soir ! Ils sont pas beaux, les amoureux ?

— Euh..., commençai-je, nous ne sommes pas... euh... en couple... nous...

La *drag queen* m'interrompit en me frôlant la joue de son ongle démesuré.

— Chéri, on s'en fout de ce que vous êtes ou n'êtes pas : même les aveugles verraient (elle me toucha délicatement la paupière) et les sourds entendraient (elle me toucha l'oreille) que tu es amoureux de la jolie dame... (Elle contourna la petite table pour s'approcher de Kay.) Et que la jolie dame, elle, elle n'attend qu'une chose : que tu te décides enfin à lui fourrer ton bon gros machin entre les cuisses !

Les rires redoublèrent. Un monsieur hilare s'étouffait presque, menacé par une crise d'apoplexie. Heureusement que les projecteurs dissimulaient mes joues cramoisies. La *drag queen* se tourna vers le bar :

— Je suis sûre que le barman peut sentir de là-bas vos hormones ! Pas vrai, Andy ?

Andy acquiesça en souriant. Toujours plus de rires. Kay avait les larmes aux yeux. Des larmes de joie, cette fois. De mon côté, j'aurais voulu rentrer sous terre. Au moins quarante personnes nous scrutaient.

— Ma petite chérie, si tu n'en veux pas, dit la *drag queen* à Kay, passe-le-moi, ton grand timide.

Kay riait d'une manière totalement décomplexée, avec dans le regard une lueur fiévreuse chaque fois qu'elle m'observait. Elle semblait énormément s'amuser.

— Ose me dire que tu n'as jamais pensé à ce qu'il a dans le pantalon, lui glissa la *drag queen*. Hmmm, mais peut-être que tu le sais déjà...

Elle revint vers moi en se dandinant.

— Parce que moi, pour tout dire, depuis que je l'ai vu, ton homme, je ne pense qu'à ça…

Après quoi, elle retourna vers la scène sous un tonnerre d'applaudissements. Kay me couvait du regard. La *drag queen* avait raison. C'était comme si je pouvais sentir l'électricité qui courait entre Kay et moi à travers la table. Inutile de se mentir.

Putain, Tom, à quoi tu joues? murmura la petite voix de la raison, qui avait de plus en plus de mal à se faire entendre.

J'attendis la fin du spectacle, les lumières rallumées, pour dire :

— Il est presque trois heures du matin…

Kay hocha la tête, sans que je puisse discerner si elle était déçue ou non. Elle avait compris le message.

— D'accord, dit-elle, rentrons.

Était-ce parce que nous nous étions tant confiés l'un à l'autre ou à cause du numéro de la *drag queen* ? Toujours est-il que le trajet du retour fut, comme l'aller, presque totalement silencieux, mais cette fois plein d'une tension sexuelle sous-jacente.

Kay n'étant pas en état de conduire, j'avais pris le volant. La mer scintillait toujours autour de nous comme elle l'avait fait à l'aller, il n'y avait pas plus romantique comme spectacle. C'était comme si l'univers entier conspirait à nous faire tomber dans un piège délicieux. Le mot *adultère* me vint à l'esprit une nouvelle fois. Adultère pour Kay. En ce qui me concernait, j'étais divorcé et donc libre comme l'air. Je n'étais pas sûr cependant que Randy verrait les choses de la même façon si jamais il venait à l'apprendre. Apprendre quoi ? Jusqu'à présent, il ne s'était rien passé. Et il n'allait rien se passer, décidai-je.

Lâche l'affaire, Tom Baldwin, chuchota la petite voix, *cesse de prendre tes désirs pour des réalités, cette femme n'est pas pour toi. Ces deux-là sont dangereux. Ouais, c'est ça : lâchons l'affaire...*

Parvenu à Islamorada, je quittai l'Overseas Highway pour Palm Avenue, virai dans Old Highway, que je longeai jusqu'à l'embranchement de Morada Way, roulant ensuite le long des petits entrepôts avant de m'enfoncer dans la végétation en direction de la mer, cahotant sur le sable quand l'allée cessa d'être bitumée. Cent mètres plus loin, les deux maisons apparurent, leurs massives et obscures silhouettes se découpant sur la vibration scintillante de l'océan et sur le ruban de plage qui brillait d'une blancheur presque irréelle sous la lune.

Je me garai devant les hibiscus et les bougainvillées, coupai le moteur et j'allais souhaiter une bonne nuit à Kay, qui avait défait sa ceinture, quand elle se pencha pour m'embrasser.

Ce fut un baiser long, profond. Sa bouche avait un goût d'alcool et il me monta directement au cerveau. Ses lèvres étaient douces, appétissantes, ses ongles électrisaient ma nuque, sa langue jouait avec la mienne et un étourdissement s'empara de moi, tandis qu'aux tréfonds de mon ventre quelque chose se réveillait. L'érection occupa bientôt de plus en plus de place dans mon chino. Je posai une main sur sa cuisse nue, sentis sa peau satinée, douce comme de la soie, sous mes doigts brûlants et elle respira plus fort à ce contact, sans cesser de m'embrasser, ses ongles fourrageant dans mes cheveux.

Et soudain, comme cela avait commencé cela s'arrêta. Kay s'écarta brusquement, me regarda comme si elle se réveillait d'un rêve et ne comprenait pas ce qu'elle faisait là, dit fermement :

– Non !

L'instant suivant, elle avait ouvert sa portière et courait, sans même avoir récupéré les clés du SUV. Je restai un moment interdit, en proie à une tornade d'émotions, l'esprit aussi tempétueux qu'une maison ouverte à tous les vents.

Je descendis, verrouillai le SUV, déposai les clés du véhicule dans la boîte aux lettres de Kay. La nuit était toujours aussi claire et douce. Je ressentis soudain une terrible envie de boire. Heureusement qu'il n'y avait pas la moindre goutte d'alcool dans la maison.

Une fois à l'intérieur, je me rendis dans la cuisine, sortis une bouteille d'eau glacée du frigo et remplis un verre que je bus d'un trait.

Puis je passai dans la salle de bains, fis couler la douche. Sous le jet tiède, je ne cessai de penser à notre soirée. Mon érection revint quand je me remémorai ce qui s'était passé dans la voiture.

Quelqu'un frappait à la porte. La voix de Kay :

– Tom !

Ça suffit comme ça, pensai-je. *Il est temps d'arrêter ce petit jeu malsain…*

J'enfilai un short en coton à la hâte, traversai le living torse nu et allai ouvrir sans autre vêtement. Elle était là, comme plus tôt dans la soirée : un vague contour obscur se découpant sur la mer scintillante et le sable blanc, une paire d'yeux incandescents dans l'ombre. Elle portait toujours la même blouse et le même short.

– Écoute, Kay..., commençai-je.

Elle ne me laissa pas finir. Elle m'attira à elle et m'embrassa de nouveau ; j'ai le souvenir de sa langue remuante, de ses seins chauds et doux contre mon torse, de la fureur de nos baisers et de ses mains glissant de mon dos à mes fesses.

En revanche, je ne me souviens plus de la façon dont nous nous transportâmes du seuil à ma chambre et au lit.

Elle halète, me surplombe, à califourchon. Dans le clair de lune, je distingue ses seins blancs qui flottent au-dessus de moi, comme s'ils étaient des parties indépendantes du reste de son corps plus sombre, je fixe la protubérance obscène de ses mamelons tendus par le plaisir. Je bande à en avoir mal, je sens son sexe coulisser sur le mien tandis que je la tiens fermement aux hanches. Elle se penche et son souffle brûlant caresse mes lèvres, puis sa langue délicieuse explore ma bouche pendant que ses gémissements et halètements se perdent au fond de ma gorge. Quelques secondes plus tard, elle roule sur le dos et je suis couché sur elle, planté entre ses cuisses.

Tous les sens en éveil, je suis d'une concupiscence, d'une lubricité absolues. Elle presse son pubis dur contre le mien, m'entoure de ses bras et de ses jambes comme si elle voulait m'incorporer à elle, et j'ai le visage enfoui dans le creux parfumé de son cou. Je sens l'orgasme monter. Je ferme les yeux à mon tour quand j'explose, après m'être repu de son visage tordu par le plaisir.

Kilgore regarda la maison.

Cela faisait presque une heure que la femme avait disparu à l'intérieur. Il était plus de quatre heures du matin et il aurait préféré être dans son lit, mais il avait reçu des instructions précises et c'était un homme consciencieux, qui ne bâclait jamais le travail, contrairement à tant d'autres. En outre, c'était un homme patient. Il fallait l'être pour faire ce métier. Mais, devinant qu'il ne se passerait plus rien cette nuit, il décida de prendre un peu de repos.

Il devait veiller à ce que personne ne remarque ses allées et venues. La nuit, les entrepôts de Morada Way étaient déserts et il n'y avait qu'une seule petite maison sur le chemin, enchâssée dans la végétation, avant celles faisant face à la plage. C'était de là que pouvait venir le danger. Il y avait encore de la lumière quand il était passé devant. Comme la fois précédente. À l'avenir, il se garerait plus loin et ferait le chemin à pied, ce serait plus prudent.

Il se remit au volant du gros GMC Sierra, démarra, remonta lentement l'allée sablonneuse et retourna au motel.

Tucker vit le grand type maigre qui occupait la chambre 13 revenir peu après quatre heures du matin. Il ne semblait ni beurré ni fatigué. Il n'avait pas l'air, au vrai, de quelqu'un qui a passé la nuit à faire la bringue.

Il faisait chaud. Aussi le grand type avait-il laissé tomber son imperméable noir pour un tee-shirt noir sans manches et un pantalon tout aussi sombre. Tucker eut un frisson en constatant que le grand échalas n'était pas si maigre que ça, qu'il était en réalité bigrement musclé : il n'y avait pas une once de graisse autour de ses bras et les muscles saillaient sous la peau tels les câbles en hyperalliage du Terminator. Des os, des muscles et des tatouages : le gars ressemblait bien à une putain de machine.

Son crâne lisse brilla un instant sous le plafonnier extérieur, devant la porte de sa chambre, quand il la déverrouilla.

Il dut se sentir observé, car il tourna la tête vers la réception pour fixer Tucker, lequel eut l'impression que sa température corporelle chutait de plusieurs degrés. Un reptile, c'était à ça que lui faisait penser le type. Un de ces iguanes noir et vert qu'on voyait grimper sur le tronc des palmiers. Ou pire encore : un bon gros *gator.* On comptait plus d'un million de crocodiles dans tout l'État. Bref, une de ces saletés à sang froid situées tout en haut de la chaîne alimentaire.

Qu'est-ce qu'il foutait dehors toute la sainte journée et toute la nuit ? se demanda Tucker. Mais Tucker Devine préférait éviter de trop y penser.

Ce type avait le mot « EMMERDES » tatoué sur le front.

15
Ne fais confiance à personne

Je te regarde sourire pendant que
tu dors.
Aerosmith, *I Don't Want to Miss a Thing.*

Je m'éveillai aux petites heures du jour, dans la chambre inondée de soleil. Kay dormait, son visage auréolé de ses cheveux châtains répandus sur l'oreiller. Elle respirait légèrement. Je m'abreuvai un long moment à cette vision, puis quittai le lit et sortis dans le jour qui se levait.

Traversant la pelouse et la plage, je marchai pieds nus sur le ponton de bois et allai m'asseoir tout au bout. L'air était déjà tiède, la brise légère caressait mon torse. Cerné par le clapotis des vagues léchant les pilotis, je plissai les yeux, ébloui par le disque de feu qui embrasait l'horizon.

Il y avait des milliers d'oiseaux. C'était un de ces matins qui font dire qu'il n'y a pas de plus bel endroit au monde. Et pas de plus belle femme que celle qui dormait dans mon lit. Oui, seulement voilà : *ce n'était pas la mienne.* Et le mari n'allait pas tarder à rentrer au bercail. Pas une seule fois je n'avais pensé à Randy pendant et après nos ébats. Mais, à présent, je ne pouvais m'empêcher de le faire. Après tout, la maison d'amis me rappelait sans cesse qu'ils étaient mes voisins et que j'allais, selon toute probabilité, au-devant d'un paquet d'ennuis. *Tu l'as bien cherché, non ?* me fit remarquer la petite voix qui ne perdait pas une occasion de me contrarier.

Pas de doute là-dessus.

Je me relevai et rentrai très tranquillement, non sans un coup d'œil vers *l'autre* maison – comme si Randy avait pu apparaître en cet instant sur le seuil, une bière à la main, et la lever vers moi en disant : « Hey, mec, c'était bon ? T'as passé une nuit agréable à tringler ma femme ? »

Je trouvai la dame en question attablée devant un bol de café dans la cuisine. Elle avait passé un de mes tee-shirts, elle avait rassemblé ses cheveux en un vague chignon maintenu par un crayon et elle était d'une beauté époustouflante sans maquillage, ses beaux yeux un peu bouffis de sommeil.

— On est allé respirer l'air du large ? me dit-elle.

— Et admirer le lever du soleil, dis-je.

— On ne sait jamais, il pourrait cesser de le faire.

— Bien dormi ?

— Merveilleusement, dit-elle en posant son bol pour s'étirer comme un chat. Divinement bien.

Je m'attendais presque à ce qu'elle ronronne.

— Je sens que je vais me plaire ici, ajouta-t-elle, comme si elle ne l'avait pas déjà dit.

Je me demandai fugitivement ce qu'elle entendait par *ici.*

— La maison sera toujours attentive à votre satisfaction, dis-je.

— Est-ce que c'est moi qui vois un double sens dans cette phrase ou est-ce qu'il y en a un ? dit-elle en me lançant un regard appuyé.

Cette femme me plaisait vraiment beaucoup, beaucoup trop. Nous observâmes un moment de silence. Et peut-être pensait-elle la même chose me concernant.

— Quand est-ce que Randy rentre ? demandai-je.

Pas à tortiller, je suis le roi pour casser l'ambiance.

— Ce soir.

Je n'osai exprimer à voix haute ce que j'avais sur le cœur mais elle me devança :

— Je sais ce que tu es en train de te demander, dit-elle. Qu'est-ce qu'on va faire ? Je n'en sais rien, Tom… Je n'avais pas prévu… que ça se passerait comme ça entre nous… pour dire les choses ainsi.

— Ni moi, dis-je.

Elle me jeta un coup d'œil nettement moins enthousiaste qu'à mon entrée dans la pièce.

— Tom, j'ai passé un merveilleux moment et tu es quelqu'un de merveilleux, mais je me demande si on n'est pas en train de faire une connerie. Laisse-moi le temps d'y réfléchir, d'accord ?

— De toute façon, demain je serai dans un avion pour New York, dis-je un peu plus froidement, vexé qu'elle eût choisi le mot « connerie » pour qualifier la nuit qu'on venait de passer ensemble.

Elle se leva, alla dans la chambre se changer et prendre ses affaires, revint dans la cuisine d'un pas léger, déposa un baiser tout aussi léger sur mes lèvres. Rien à voir avec ceux de la nuit passée.

— Merci, Tom. Je n'oublierai pas cette nuit.

Et c'est comme ça qu'elle est partie.

Au théâtre, dans un vaudeville, dès qu'un personnage sort par une porte, un autre entre par le côté opposé. C'est exactement ce qui se passa avec l'arrivée du Ford F150 Raptor de Tucker dix minutes plus tard. Il le stoppa dans un hurlement de frein et fit irruption sans frapper dans ma bicoque avec sa tête de bouledogue et ses yeux de cocker. Sa petite moustache frémissait de curiosité. Il renifla l'air ambiant tel un chien truffier, s'assit à la table de la cuisine et me scruta en silence.

— Alors ? finit-il par demander comme je continuai de boire mon café sans un mot.

— Alors quoi ?

Je devais avoir malgré moi sur le visage un certain air du devoir accompli, car il cogna du poing sur la table :

— L'imbécile, il se l'est tirée ! s'exclama-t-il en levant les yeux au plafond.

Il rit.

— « Mollo, Tuck, la dame est mariée et le mari jaloux », répéta-t-il en m'imitant. Et tu vas faire quoi, maintenant, play-boy ? Ou plutôt *vous* allez faire quoi ?

Je secouai la tête.

— J'en sais rien, Tucker.

— Bon sang de bonsoir ! Tu te rends compte que tu vas la croiser tous les jours et que tu vas aussi croiser son mari ? Tu crois vraiment qu'il est assez débile pour ne rien deviner ?

— Je t'avouerai que je n'ai pas vraiment réfléchi à la question.

— Il n'y a pas réfléchi…, soupira-t-il comme s'il s'adressait à quelqu'un d'autre. Non, mais vous entendez ça ?

— Et toi, qu'est-ce que tu connais aux femmes ? réagis-je.

— Plus que tu ne crois, riposta-t-il. Mais moins qu'aux poissons, je te l'accorde. (Sur ce, il posa le sac plastique qu'il avait à la main sur la table et se leva.) À ce propos, mets ça au frigo vite fait. C'est ton repas de midi : filets de vivaneau. Bon appétit, tombeur.

— Merci, Tuck. Combien je te dois ? Tu veux un café ?

— On verra ça plus tard, je file me pieuter, répondit-il. J'ai été de garde toute la nuit. *Hasta la vista, baby.*

Je le regardai remonter dans son Raptor en repensant à ce qu'il venait de dire *: Tu te rends compte que tu vas la croiser tous les jours et que tu vas aussi croiser son mari ? Tu crois vraiment qu'il est assez débile pour ne rien deviner ?* Un peu que je m'en rendais compte. Mais je ne cessais de revoir Kay à califourchon sur moi, nue, les paupières closes, offrant ses seins blancs et admirables à mes mains et à ma bouche, et cette image me rendait fou de désir.

Je retournai à mon bureau, conscient que la journée avait peu de chances d'être productive. J'allumai l'ordinateur, ouvris la messagerie pour jeter un coup d'œil rapide à mes mails. L'en-tête du dernier me frappa aussitôt comme une bonne piqûre de rappel :

NE FAIS CONFIANCE À PERSONNE

Je regardai l'adresse d'expédition, interdit. Comme la dernière fois, l'adresse était une suite incompréhensible de chiffres, de lettres et de symboles.

Ne fais confiance à personne…

Que cherchait-on à me dire ? Et surtout *qui* m'envoyait ces messages ? Qui avait intérêt à me faire croire que mon fils était vivant et pourquoi cette même personne se préoccupait-elle de me prévenir de ne me fier à personne ?

16
Raynard Wailand reçoit un coup de fil

Tu ne veux sans doute pas perdre ton pouvoir.

Billie Eilish, *Your Power.*

À New York, assis au milieu des nuages de vapeur blanche, nu comme un ver sur le banc de marbre du bain turc de la 67e Rue Ouest, dans Manhattan, non loin de Central Park, Raynard Wailand suait à grosses gouttes.

Sans bouger la tête, ses paupières lourdement plissées, ses yeux éteints au point d'en paraître morts, il balaya du regard ses voisins, tous plus jeunes que lui. Malgré son âge, il ne rechignait nullement à exposer son corps au jugement des autres, son poitrail large comme un bouclier couvert de poils blancs et gris, ses mollets musculeux, ses bras de bûcheron, ses immenses mains aux veines saillantes, sa crinière blanche et, surtout, l'impressionnant organe qui pendait entre ses cuisses et qui, même au repos, rendait ridicules en comparaison ceux de ses voisins.

À soixante-treize ans, l'homme d'affaires était presque aussi imbu de sa personne que quand, jeune loup de Wall Street, il prenait un malin plaisir à écraser ses rivaux et à leur faire mordre la poussière, tout en collectionnant les costumes sur mesure confectionnés par Sam's Tailor, le meilleur tailleur de Hong Kong et peut-être du monde. Il n'y avait qu'un seul moyen de bâtir un empire comme le sien : il fallait être un plus gros enculé que les autres. Et de tous les enculés qui fréquentaient ce hammam des beaux quartiers, Raynard Wailand était sans l'ombre d'un doute le plus féroce.

Il se leva. C'était l'heure de son massage.

Il entra dans la pièce où le masseur l'attendait avec ses bambous. Un de ces nouveaux trucs tendance. Il n'était pas dupe : les gens qui ont du fric ne savent plus quoi inventer pour le dépenser et d'autres s'en chargent pour eux, pendant que le reste de l'humanité se demande comment faire pour en gagner autant. Le monde est injuste. Il l'est depuis la nuit des temps. Ceux qui voudraient qu'il en soit autrement ne sont que de doux rêveurs ou des hypocrites.

Mais il devait reconnaître que cela avait été agréable, la dernière fois. Le masseur utilisait un ou plusieurs bambous selon la partie à masser après lui avoir enduit le corps d'huile. Il roulait les bambous sur les trapèzes, la colonne vertébrale, les fesses, les jambes, la plante des pieds, stimulant la circulation sanguine. Le bain turc était le seul endroit où Wailand acceptât de perdre son temps. Ses yeux se fermèrent un instant. Quand il les rouvrit, son expression était celle de quelqu'un qui rêve. Et, de fait, il était ailleurs. En train de penser que le seul amour qu'il avait été capable de donner dans sa vie avait été pour sa fille et surtout pour son petit-fils Josh. Et, comme toujours, il avait vécu cet amour comme un combat, il avait voulu être le premier : celui qui donne le plus, qui reçoit le plus, éliminant ses rivaux un par un – en particulier cet ivrogne de Tom Baldwin. Il avait d'emblée considéré son ex-gendre comme un obstacle à écarter, un danger pour Josh. Et les événements lui avaient donné raison. À la pensée de cette funeste soirée de décembre 2017, ses yeux s'embuèrent. Il ne pouvait s'empêcher d'éprouver la même émotion que le soir où il avait appris l'accident.

Il n'y avait pas cinq minutes qu'on le massait, à plat ventre sur la table conçue à cet effet, que son assistant fit irruption dans la pièce, un téléphone à la main.

— Quelqu'un demande à vous parler.

Raynard Wailand lui jeta un coup d'œil qui aurait changé en statue de sel tout autre que lui. Il s'absorba un instant dans le spectacle du petit homme qui lui tendait le téléphone sans broncher :

— Je vous ai dit que je ne voulais pas être dérangé.

Son assistant jeta un coup d'œil embarrassé au masseur, lequel faisait semblant de ne pas s'intéresser à la conversation, mais n'en perdait pas une miette.

— Il s'agit de monsieur Rojas, dit le petit homme en baissant la voix. Il appelle de Mexico. Il dit que c'est urgent.

Les yeux de Wailand étaient d'une indifférence minérale. Pourtant, l'espace d'une seconde, quelque chose passa en eux. Quelque chose qu'on lisait ordinairement dans les yeux de ceux qui s'adressaient à lui : une forme discrète de servilité et de crainte. Il repoussa les bambous, s'assit sur le bord de la table à masser.

Il dit :

— Qu'on me laisse seul.

Deuxième partie Action ou vérité

17
Myers & Son

Tout reste toujours le même.
Ottis Redding, *(Sittin' On) The Dock of the Bay.*

New York, vendredi 13 août, midi pétante.

Les bureaux de Myers & Son, au trente-troisième étage du 810 Septième Avenue.

On a atterri une heure plus tôt à JFK, Chris et moi. On a sauté dans un taxi et on s'est rendus directement dans les bureaux de ma maison d'édition, ou plutôt dans celui de mon éditrice.

Car j'ai en face de moi, assise derrière sa table en verre plus vaste que celle de ma salle à manger, Rosie Myers, fondatrice et directrice des éditions Myers & Son et, debout à côté d'elle, bras croisés, Cyrus Myers, son fils, quarante-deux ans, directeur éditorial. Par les grandes baies vitrées, la vue porte sur les toits de Manhattan, sur le Rockefeller Center en face, sur l'Empire State Building vers le sud, la grande trouée verte de Central Park vers le nord.

Rosie est une grande Afro-Américaine aux cheveux gris fer coupés court, au visage osseux et expressif et aux yeux noirs très brillants, trahissant une intelligence aiguë. En ce moment, ils me contemplent d'un air dubitatif, comme s'ils découvraient un nouveau spécimen d'écrivain encore inconnu à ce jour.

— Un roman publié sous ton vrai nom, dit-elle.

J'acquiesce.

— Sans Zoë Gwendoline Mackenzie ?

Nouveau hochement de tête. Elle fait de même, pensive. Je lis dans son regard une curiosité toute-puissante mêlée à parts égales d'incertitude et de doute. Un soupir monte sur sa gauche.

— Tom, me dit son fils avec son éternel sourire condescendant, tu sais très bien que tes lecteurs n'en ont rien à foutre de tes…

— Cyrus, l'interrompt Rosie d'un ton faussement patient.

Cyrus Myers se tait. Il est aussi stupide que sa mère est brillante. Il est la preuve vivante que le bon goût et l'intelligence ne se transmettent pas génétiquement.

— Je veux le lire, décrète-t-elle.

Je souris.

— Dès que je l'ai révisé, ça ne devrait pas tarder. L'assistante de Chris est en train de retaper le fichier, on a eu un petit souci… euh… matériel.

À côté de moi, Chris, qui rivalise d'élégance tapageuse avec le fils de Rosie, choisit ce moment pour s'éclaircir la voix :

— Je suis… euh… d'accord avec Cyrus, commence-t-il, je ne suis pas sûr que les lecteurs de Tom aient…

— Chris, intervient Rosie avec une douceur dangereuse, vous êtes son agent, je suis son éditrice. Si Tom souhaite le publier et si j'estime que ce texte a la dignité pour l'être par Myers & Son, votre rôle à vous, c'est de lui obtenir le meilleur contrat possible. Étant bien entendu que nous ne partirons pas sur les mêmes bases que pour la série des Zoë Mackenzie.

Mon éditrice se rejette contre le dossier de son fauteuil pivotant, elle est si maigre que le fauteuil a l'air immense autour d'elle. Elle croise ses longs doigts sous son menton. Rosie Myers porte un gilet sans manches gris à quatre boutons, à même la peau, et une broche en or et diamant représentant une fleur inconnue épinglée sur le revers.

– Voyez-vous, Chris, cet homme assis à côté de vous a un don rare : celui de savoir jouer avec les mots comme peu de personnes savent le faire, celui de savoir choisir entre les milliards de combinaisons possibles de vingt-six lettres celles qui vont nous faire rire et pleurer et rêver et penser en même temps. Vous êtes agent : vous savez donc que ce n'est pas un don si courant, vous en avez vu passer, des écrivains qui rêvaient d'être comme lui mais ne l'étaient pas. Ce don-là, Chris, c'est un don de Dieu. N'oubliez pas comment débute la Bible : « Au commencement était le Verbe. » Alors, il me semble que ce don mérite tout votre respect et toute votre dévotion. Et puis, ne vous mêlez pas de la politique éditoriale de cette maison. La politique éditoriale de la maison, ce ne sont pas vos oignons.

– Mais ce sont les miens, intervient le fils.

– La ferme, Cyrus.

Cette fois, le ton est sans appel. Cyrus se renfrogne. Chris se le tient pour dit. Rosie me regarde.

– Et concernant Zoë Gwendoline Mackenzie ? demande-t-elle.

– Je viens de m'y remettre, dis-je. Ça avance tout seul.

Une lueur allègre dans ses yeux sagaces. Est-ce qu'elle a deviné que je mens ? Ça n'aurait rien d'étonnant : je suis un bien piètre menteur et Rosie bien trop fine mouche.

– Eh bien, dans ce cas, tout le monde est content : l'éditrice, l'agent et même le directeur éditorial, pas vrai ? conclut-elle en frappant dans ses mains chargées de bagues et en dévisageant tour à tour son auteur, l'agent de celui-ci et son propre fils, ce dernier boudant très ostensiblement.

– Que dirais-tu d'un peu de shopping, monsieur le génie ? me demanda Chris en émergeant sur la Septième Avenue.

L'artère bruissait de moteurs, de klaxons, de sirènes de police et d'ambulances, la petite musique habituelle des rues de New York ; les piétons piétinaient et les rayons du soleil rayonnaient, faisant étinceler les vitres des buildings et les carrosseries comme si on avait passé un coup de polish sur la ville : on était loin du New York fantomatique et désert que j'avais découvert, horrifié, au printemps 2020, à l'occasion de ma dernière visite, quand le coronavirus avait transformé la Grosse Pomme en ville fantôme, cloîtrant ses habitants, prélevant son dû par charretées entières et que le seul bruit qui rompait le silence des rues était le sinistre ululement des ambulances.

– Très peu pour moi, dis-je. Je vais en profiter pour me balader un peu.

Christophorous Georgiadis est une victime consentante de la mode et une bonne partie de la commission que je lui verse part dans l'achat de fringues. Aussi chaque virée à New York est-elle pour lui l'occasion de remplir une valise, même s'il hante de la même façon les boutiques de Miami.

– Comme tu voudras, répondit-il.

Et puis, cela m'arrangeait, au fond. Car j'avais un projet dont je n'avais pas parlé à Chris, et je préférais être seul pour le mener à bien.

18
Tom remonte le temps

Il y a un temps dont je me souviens,
quand je croyais à jamais que tout
resterait pareil.

Maroon 5, *Memories.*

Il était une heure quarante-cinq de l'après-midi quand je me présentai devant un des immeubles ultrachics de la Cinquième Avenue qui font face au bas de Central Park et dont les entrées sont surmontées d'un dais comme s'il s'agissait d'hôtels.

Je levai les yeux, cherchant les fenêtres du neuvième étage. C'était là que nous avions vécu, Josh, Annabelle et moi. Bien sûr, nous n'avions pu habiter là que grâce à l'argent de mon ex-beau-père et j'avais souvent demandé à Annabelle de déménager dans un quartier moins huppé, à Brooklyn par exemple, où nous aurions pu mener une vie des plus agréables sans dépendre financièrement des largesses de papa.

Mais il fallait reconnaître que nous avions passé des jours heureux ici. Je traversai l'avenue, puis le trottoir, m'engageai sous le dais de toile incarnat, poussai les portes, fus satisfait de constater que Declan, le concierge, était toujours à son poste, les boutons de son uniforme brillant sous les lustres du hall en marbre.

– Bonjour, Declan, comment allez-vous ? dis-je en m'approchant du comptoir.

– Monsieur Baldwin, ça alors, quelle joie de vous revoir ! s'exclama-t-il en souriant.

– Vous savez si madame est là ?

Je vis aussitôt deux rides perplexes plisser son front sous la rutilante visière de sa casquette.

– Vous n'êtes pas au courant ?

– Au courant de quoi ? dis-je.

– Cela fait maintenant deux ans que madame ne vit plus ici.

Je le dévisageai :

– Et vous savez où madame a déménagé ?

Declan secoua la tête d'un air désolé.

– Malheureusement, non, monsieur. Je n'en ai pas la moindre idée.

J'hésitai.

– Peut-être les nouveaux occupants le savent-ils, hasardai-je.

Je lus l'embarras sur ses traits. C'était un homme discret, comme son métier l'exigeait. Mais, du temps où j'habitais ici, Declan m'avait à la bonne, car, tout comme lui, il le savait, je n'étais qu'une pièce rapportée dans cet univers luxueux, quelqu'un que les riches *toléraient*.

– Attendez, dit-il finalement, je vais leur poser la question.

Il composa un numéro, s'excusa pour le dérangement, expliqua qu'il y avait devant lui un monsieur qui cherchait la nouvelle adresse de madame Annabelle Wailand sans expliquer qui j'étais. Il raccrocha, d'un air sincèrement navré.

— Je suis désolé, monsieur, ils n'ont pas son adresse.

— Ça ne fait rien, Declan, dis-je, merci pour votre aide. Ça m'a fait plaisir de vous revoir.

— Moi aussi, monsieur.

En émergeant sur le trottoir, je m'immobilisai, m'interrogeant sur la conduite à tenir. J'éprouvais une tristesse, une frustration bien réelles. J'étais déçu. Je ne m'attendais pas à ça. Ainsi Annabelle avait déménagé peu de temps après la mort de notre fils sans me prévenir… Et alors ? Que cherchais-je à prouver ? Ça n'avait rien d'étonnant qu'après la mort de Josh elle eût senti la nécessité de quitter un lieu si chargé en souvenirs. Pourtant, tout aussi intensément que de la déception, je ressentais, maintenant que j'étais à New York, une curiosité grandissante. J'avais quelques heures devant moi, je décidai de louer une voiture.

Je quittai Manhattan par le nord-est en milieu d'après-midi, traversant l'East River puis tout le Queens, frôlant l'aéroport La Guardia avant d'emprunter le Long Island Expressway. Ensuite, à partir de Manorville, la County Road 111 puis la NY-27. Passé Water Mill, presque en vue de la mer, je bifurquai vers le nord et entrai dans les petites rues pimpantes de Sag Harbor – maisons de bois peintes en blanc aux jardins fleuris cernés de barrières également blanches, rues arborées et ombragées, soleil, mouettes et drapeaux claquant au vent marin. Je longeai les pittoresques commerces de la rue principale avant de m'engager sur le pont qui franchit l'étincelant bras de mer en direction de la péninsule boisée de North Haven.

Il était près de 19 heures quand je parvins devant la propriété de Raynard Wailand, sur Actors Colony Road, au nord de la péninsule. Elle était planquée derrière les arbres et les haies, à l'abri des regards indiscrets des touristes qui envahissent Sag Harbor l'été venu. Chez les Wailand, on cultivait la discrétion.

Le silence et les chants d'oiseaux m'accueillirent quand je descendis de la Chevrolet de location. Les rayons du soleil transperçaient les feuillages et moiraient les sous-bois d'une lumière acidulée. Il faisait chaud ; cependant la température restait agréable, infiniment moins étouffante que celle des Keys en cette saison, et pourtant je me sentis glacé jusqu'aux os.

Je traversai la petite route déserte, m'approchai du portail et appuyai sur la sonnette mais personne ne répondit. J'attendis une minute et recommençai. Pour le même résultat. Je fus surpris. La propriété comptait mille trois cents mètres carrés habitables, douze chambres, douze salles de bains, plus une piscine, deux courts de tennis, un ponton et un hangar à bateau sur la Peconic Bay. Et aussi une maison de gardien. Même quand Raynard Wailand n'y séjournait pas, il y avait toujours quelqu'un.

Longeant la route, j'atteignis l'entrée du chemin qui se glisse entre les hautes haies de la propriété et celles de sa voisine jusqu'à la baie. Si rien n'avait changé, il y avait un passage dans la clôture à une centaine mètres de la route.

C'était Josh qui l'avait découvert. Et il s'était empressé de s'y faufiler. Me pliant en deux, je m'y glissai à mon tour, mais dans l'autre sens.

Une fois à l'intérieur de la propriété, je jetai un regard circulaire autour de moi. Pas de doute, elle était déserte. Pas le moindre bruit en provenance de la maison, des pelouses ou de la piscine cachée par une muraille de thuyas, non loin de l'endroit où je me tenais. Mais où étaient-ils donc tous passés ?

M'approchant prudemment du bâtiment principal en bardeaux, dont la toiture complexe était dominée par de hautes cheminées en brique, je vis que le soleil baissait rapidement, ses rayons renvoyés par les grandes vitres du premier étage. Je contournai la piscine sur trois côtés de laquelle se dressaient les hautes murailles vertes. Le quatrième était constitué d'une grande terrasse en bois supportant une tente blanche sous laquelle je me faufilai pour gagner les portes vitrées du séjour.

Collant mon visage aux vitres, les mains en écran, je ne distinguai personne à l'intérieur. Les grandes pièces étaient vides et obscures. Je suivis alors un petit sentier dallé, passant entre des statues gréco-romaines du plus mauvais goût puis sous une tonnelle pour rejoindre la porte du garage. Je connaissais très bien les lieux et je savais qu'il y avait sur l'allée un petit boîtier qui permettait de taper le code d'accès. J'espérai sans trop y croire qu'il n'aurait pas changé en trois ans. Gagné. L'immense porte qui faisait presque penser à celle d'une caserne de pompiers se souleva lentement et je me glissai à l'intérieur du garage, traversai le vaste espace vide et sonore jusqu'à une nouvelle porte, celle-ci non verrouillée.

Je remontai le couloir pour déboucher dans le grand salon-cathédrale. Rien n'avait changé. C'étaient le même parquet vitrifié, les mêmes meubles, les mêmes toiles de Carrie Graber et de Takashi Murakami aux murs, les mêmes porcelaines de Chine, lampes à abat-jour et bibelots chinés dans des brocantes. Je gagnai les portes-fenêtres donnant sur l'océan. À l'extérieur, l'ombre progressait, l'eau brasillait dans le crépuscule d'un million de reflets. Cette vision et le silence de la maison m'inondèrent d'une vague de mélancolie et de tristesse qui troubla ma vue d'un voile humide. C'était la mort qui régnait ici. Rien d'autre. Je fermai un instant les yeux, inspirai profondément pour recouvrer mon calme, sentant mon cœur qui galopait sous ma poitrine. Je laissai passer une minute, respirant comme le Dr Veronica Fox m'avait appris à le faire. Puis je rouvris les paupières, tournai la clé et franchis l'une des portes-fenêtres. Le clapotis de l'eau et l'odeur lourde, à la fois iodée et vaseuse, de la baie montèrent jusqu'à moi. Je m'avançai lentement sur la vaste terrasse, descendis doucement la pente herbeuse vers le hangar à bateaux.

Fais bien gaffe, Tom, dit la petite voix, *cet endroit n'est pas pour toi, tu ne devrais pas être là.*

La petite voix avait raison. C'était ici, sur les eaux de la Peconic Bay qu'il aimait tant, qu'avaient été répandues les cendres de Josh. Et je n'avais même pas assisté à son dernier voyage. J'étais encore dans le coma à ce moment-là. On avait pris cette décision sans me consulter.

On m'avait privé de ce moment. Quand Annabelle me l'avait appris, peu après l'hôpital – de fait, c'était l'une des dernières fois où l'on s'était parlé –, j'étais entré dans une rage folle. Puis, très vite, la douleur – immense, dévastatrice – avait pris le dessus.

Parvenu au bord de la baie, je regardai l'océan et me recueillis. Comme si l'esprit de mon garçon avait pu planer au-dessus de ces eaux. Comme s'il était là à m'attendre. Mon fils… Et qu'invisible mais bien présent, il me souriait, m'accueillait.

Un flash dans ma mémoire : Josh qui court dans l'herbe, l'été, hurlant joyeusement, j'entends encore ses cris ; Josh en maillot de bain, impatient de se baigner, mais qui veut que je me baigne avec lui et qui me tire par la main ; Josh qui rit, Josh qui pleure parce qu'il s'est fait mal, Josh qui me répète dix fois par jour : « Vers l'infini et au-delà ! » Comme je l'ai dit, c'était la devise de Buzz l'Éclair, le ranger rigolo du film *Toy Story*, son film d'animation préféré. Au cours du dernier été où il vécut, Josh ne se séparait jamais de son jouet à l'effigie de Buzz.

Je fus terrassé par un sentiment de tristesse et de solitude si absolu, si déchirant que mes jambes mollirent et que je dus m'asseoir dans l'herbe, en proie à un étourdissement. « Oh, Josh, Josh, Josh », murmurai-je, les bras serrés autour de mes genoux, tremblant, sentant de grosses larmes mouiller mes joues et mon menton. « Oh, mon Dieu, fiston, si tu savais comme tu me manques. » Et je lâchais les vannes, le regard fixé sur l'horizon, pleurant, sanglotant. Non pas à cause de la pensée de Josh – mais à cause de la certitude que j'étais seul ici, qu'il n'y avait personne d'autre que moi.

Je ne sais pas au bout de combien de temps je me relevai et essuyai mes yeux et la morve qui me coulait du nez. La lumière avait encore baissé. Je retournai tête basse vers la maison, retrouvant le silence et l'ombre à l'intérieur. Je frissonnai. L'un comme l'autre avaient quelque chose de sépulcral. À mes yeux, cet endroit n'était rien d'autre qu'un tombeau de luxe.

Mon intention avait été de revoir la chambre qu'occupait Josh à l'étage mais, à présent, avec l'obscurité du soir qui envahissait toutes les pièces et cette absence totale de vie, je ne m'en sentais plus la force. Je n'avais qu'une envie : foutre le camp d'ici. Décamper. J'avais la gorge sèche, les yeux bouffis d'avoir pleuré. Je contournai la grande cuisine américaine, ouvris un placard pour y prendre un verre, mais il était vide. Je m'inclinai sous le robinet pour boire à même le jet.

En baissant les yeux, je vis un carton abandonné sur le sol entre le placard qui se trouve sous l'évier et l'îlot central. Il portait un logo sur le côté, représentant un gros *truck* typique avec calandre géante et cheminée d'échappement et les mots « GIANTS MOVERS » : un carton de déménagement.

Le chemin du retour fut des plus pénibles. Pris dans les embouteillages qui, à certaines heures, transforment les abords de Manhattan en enfer urbain, malheureux comme les pierres, je ne cessai de penser à mon garçon.

Au bonheur que nous avions connu malgré tout dans cette maison, avant que je me mette à picoler. À nos sorties en famille dans les restaurants et les boutiques de Sag Harbor, aux interminables et douces soirées d'été où je buvais déjà trop mais savais encore quand il était temps de s'arrêter, où ma femme et mon fils étaient les deux êtres que je chérissais le plus au monde – et où, j'en suis sûr, j'étais chéri par eux en retour.

À quel moment tout cela avait-il commencé à foirer ? Je ne doutais pas que mon ex-beau-père m'eût méprisé dès le premier jour, mais à quel moment avait-il commencé à véritablement me haïr ? Quand ma consommation d'alcool avait dépassé le seuil acceptable pour devenir de l'alcoolisme pur et simple ? Bizarrement, je n'avais qu'un souvenir très flou de ces années-là, comme si ma mémoire avait fait le tri entre les bons et les mauvais moments.

Une fois rendue la voiture de location, je regagnai mon hôtel, le 1 Hotel Central Park, dont la façade à l'angle de la Sixième Avenue et de la 58e Rue est végétalisée et dont l'intérieur mêle bois brut, brique apparente, béton et créations végétales.

Il était trop tard pour appeler la société de déménagement, mais je comptais bien le faire le lendemain. J'appelai en revanche le *room service*, bien que n'ayant pas faim, et je me contentai de commander des œufs. Chris me téléphona pour savoir si tout allait bien et me demanda où j'étais passé. Je lui répondis que je m'étais baladé en espérant que ma voix ne me trahirait pas.

— Très bien, dit-il. Passe une bonne nuit. On se retrouve au petit-déj' et on file à l'aéroport.

Je regardai si j'avais un message de Kay, me rendis compte que j'en avais espéré un toute la journée. Mais elle n'avait pas écrit. Je commençai à en rédiger un moi-même :

Chère Kay...

Je l'effaçai.

Kay, je n'arrête pas de penser
à toi.

J'effaçai de nouveau.

Journée à New York épuisante,
je te raconterai,
je pense à toi.

C'était mieux. Je regardai la touche *Envoi*, hésitai, l'effaçai et éteignis mon téléphone.

Cette nuit-là, le rêve revint. Celui avec Josh sur le ponton. Comme la dernière fois, il m'appelait : « Papa ! À l'aide ! » Et je me précipitais pieds nus à travers la pelouse puis la plage, tandis qu'un vent violent secouait les palmiers, que le tonnerre grondait et que les éclairs peuplaient la nuit au-dessus de l'océan houleux.

— Papa ! criait-il. Papa !

Mais il y avait tout de même une différence de taille. Cette fois, *mon garçon n'était pas seul*. Un homme se tenait près de lui sur le ponton qui s'avance dans la mer. Un homme grand, chauve, vêtu de noir, qui posait une main sur son épaule et tenait l'un de ses bras de l'autre. Cette apparition sinistre auprès de mon fils me terrifia au-delà de tout. Je m'engageai sur le ponton, courant vers Josh. Autour de nous, la nuit noire moutonnait de vagues, comme la fois précédente, et les violentes rafales de vent soulevaient les cheveux de Josh et les pans de son pyjama.

Et l'étrange phénomène se reproduisit : plus je courais vers eux, plus le ponton de bois s'allongeait, s'étirait dans la mer à l'infini, éloignant toujours plus mon fils de moi en même temps que cette lugubre présence qui lui tenait compagnie, jusqu'au moment où les deux silhouettes ne furent plus que deux points minuscules avant de disparaître…

Je m'éveillai en sursaut dans la chambre d'hôtel obscure, le cœur battant la chamade, trempé de sueur, en proie à une terreur toute-puissante et à une douleur encore plus grande.

— Josh ! criai-je.

19
Une idée débile

Je rentre à la maison.
Josh Ritter, *Homecoming.*

Le temps était lourd sur Miami le lendemain. Des nuages menaçants stagnaient au-dessus de l'aéroport, mais pas de pluie – seulement cette chaleur moite qui vous colle à la peau.

— Je t'aime, mon pote, me lança Chris en montant dans sa Porsche Cayenne, selon une formule rituelle entre nous.

Presque soulagé de rentrer à la maison, je pris la route des Keys. Le trajet entre l'aéroport international de Miami et Islamorada prend d'ordinaire une heure quarante minutes, mais le trafic était dense ce jour-là sur la Dolphin Expressway ainsi que sur la US 1, à hauteur de Key Largo et de Tavernier, et il me fallut près de trois heures pour l'effectuer. En me garant, je constatai que le Ford Transit de Randy était là, pas le SUV de Kay.

Je ne sais pas pourquoi, mais j'en éprouvai comme du soulagement. Je n'étais pas sûr de la contenance à adopter si je me trouvais face à eux deux en même temps. En descendant de voiture, j'aperçus Randy assis sur sa véranda. Il me salua en levant sa bière mais sans sourire.

Était-ce une impression ou il y avait de l'hostilité dans la façon dont il me fixait ? Il était trop loin pour en être sûr. Mais il ne me quitta pas des yeux pendant tout le temps que je marchai de la voiture à la maison et j'en éprouvai un désagréable picotement dans la nuque.

Tu as peur de ce type, Baldwin ? dit la petite voix toujours prête à me dévaluer. *C'est vrai qu'il est plus costaud que toi et sûrement plus habitué à jouer de ses poings. Et qu'il serait drôlement furax s'il apprenait que tu t'es envoyé sa femme…*

Voilà qui n'était guère rassurant, pas plus que les crises de fureur auxquelles j'avais assisté et sa tendance à boire sec. Où était Kay, à propos ? Avaient-ils eu une nouvelle dispute ? Sous le coup de la colère, lui avait-elle révélé quoi que ce soit nous concernant ?

J'ai toujours eu une imagination fertile. Et ce sont souvent les hypothèses les plus pessimistes qui me viennent à l'esprit en premier, allez savoir pourquoi.

Je repensai au dernier message anonyme : « NE FAIS CONFIANCE À PERSONNE. » Il était temps d'écouter ce sage conseil et de me livrer à quelques recherches. J'avais une petite idée sur la manière d'y parvenir. Je décidai de contacter quelqu'un. Franklin Stamper. *Private investigator.* Jusqu'ici, j'avais fait appel à lui uniquement dans le cadre de mes recherches d'écrivain. Les adultères, les disparitions, les enlèvements n'avaient pas de secrets pour Franklin, non plus que les histoires de comptables indélicats, de malversations et de détournements de fonds publics – et il avait été à l'origine, grâce à ses infos, de plusieurs idées de romans. Franklin m'avait été recommandé par Chris. Il y a cinquante mille détectives privés aux États-Unis et, en Floride comme dans la plupart des États, les avocats font appel à eux pour bâtir des dossiers « à l'épreuve des balles ».

– Tom, comment allez-vous ? me dit-il de sa voix de stentor. Une autre histoire en chantier ?

– Non, Franklin, dis-je, pas cette fois. Cette fois, c'est pour du réel.

Un silence.

– Vraiment ? (Sa voix s'était quelque peu teintée d'étonnement.) Je vous écoute…

J'hésitai un quart de seconde sur la façon de formuler ma demande :

– J'aimerais que vous vous renseigniez un peu sur mes nouveaux locataires, les Calloway. En particulier sur le mari : Randy Calloway.

Puis, sans savoir pourquoi, j'ajoutai :

– Et aussi que vous retrouviez la trace de mon ex-femme.

Je devinai que Franklin prenait des notes à l'autre bout du fil.

– D'accord, fit-il après quelques secondes. Dites-moi tout ce que vous savez. Les deux recherches ont un rapport entre elles ?

– Pas du tout, répondis-je.

Je regardai par la fenêtre. Randy avait disparu à l'intérieur. Pas de Kay en vue. Pas de message non plus. J'éprouvai soudain un violent besoin de l'apercevoir, de croiser son regard, de la voir me sourire. *Pas de doute, mon petit Tom, tu es ferré.* Ce qui n'était pas vraiment une bonne nouvelle avec Randy dans les parages. Je n'en ressentis pas moins une bouffée de désir si impérieuse à la pensée de notre nuit commune que l'effet physique en fut presque instantané.

J'allais me diriger, malgré mon short tendu, vers mon bureau et mon ordinateur quand mon téléphone sonna. C'était Chris.

— Mon pote, il vient d'arriver une sacrée merde, m'annonça-t-il d'emblée d'un ton lugubre.

Je me raidis. Chris avait une voix que je ne lui connaissais guère.

— Le manuscrit de *L'Accident*…, commença-t-il.

— Eh bien quoi, le manuscrit ?

— Martha l'avait rapporté chez elle pour finir de le taper ce week-end, continua-t-il.

Il marqua un temps. Cette façon de délivrer les informations au compte-gouttes me mit les nerfs à vif et j'avalai ma salive.

— Accouche, dis-je.

— Quelqu'un s'est introduit chez Martha et l'a volé…

— Quoi ?!

Je restai muet une seconde.

— Martha avait fait une sauvegarde, je suppose ? dis-je ni une ni deux, aux abois.

— Oui, mais elle n'avait pas fini sa saisie, raison pour laquelle elle l'a emporté chez elle.

— Combien ? dis-je.

— Moins de cinquante pour cent.

La tête me tourna. Plus de la moitié des mille meilleures pages que j'eusse jamais écrites définitivement perdues ! Cette fois pour de bon. Des milliers de mots fiévreusement assemblés pendant des jours, des semaines de merveilleuse transe créatrice, qui m'avaient fait me pâmer devant mes propres ressources littéraires et avaient réveillé chez moi les aspirations les plus folles : ces dizaines de milliers de mots étaient parties en fumée aussi sûrement que si des nazis ou les nouveaux fans d'autodafés et d'expurgation des bibliothèques les avaient jetés dans le bûcher !

Sonné, hébété, je m'appuyai au plan de travail, sentant mon cœur se décrocher dans ma poitrine.

Je passai le restant de la journée dans un état de parfaite hébétude. Jamais je ne retrouverais cette étincelle qui avait lui pendant des mois et avait donné naissance à *L'Accident*. Et même si je la retrouvais, jamais je ne pourrais écrire de meilleures phrases. C'était comme si, toutes proportions gardées, la Chapelle Sixtine s'était effondrée sur la tête de Michel-Ange.

J'éprouvais le besoin de m'en ouvrir à quelqu'un – d'en parler à une seule personne en réalité – mais Kay n'était toujours pas reparue. J'avais vu Randy sortir de la maison pour aller se baigner, puis disparaître dans la petite cabane en bois à l'arrière de la propriété, dont il m'avait demandé s'il pouvait l'utiliser pour y entreposer des affaires à lui. Mais pas de Kay en vue. Elle était peut-être partie voir sa famille ou passer son dimanche à Miami, qui sait ? Pourtant elle ne m'en avait pas parlé hier matin, quand j'avais évoqué mon déplacement à New York. Et pourquoi ne répondait-elle pas à mon message ? J'avais fini par lui en envoyer un :

Suis rentré. Tu n'es pas là.
Tout va bien ? Je pense à toi.

Pas de réponse. Le soir arriva et toujours pas de Kay.

Je commençai à sentir poindre une très substantielle inquiétude. Son absence avait-elle un rapport avec ce qui s'était passé entre nous ? Une fois de plus, j'échafaudai les hypothèses les plus alarmistes : en toutes circonstances, je ne peux m'empêcher d'envisager le pire.

Avec le soir, les lumières s'allumèrent dans la maison d'amis. Discrètement, je surveillai Randy qui allait d'une pièce à l'autre. *Où es-tu, Kay, bon sang ? Pourquoi tu ne réponds pas ?* Je savais pourtant que mon inquiétude était sans fondement. Il pouvait y avoir un millier d'explications différentes. Et puis, vers vingt heures, je vis les lumières s'éteindre et Randy jaillir de la maison, marcher d'un pas décidé jusqu'à son Ford Transit et grimper au volant.

Une fois qu'il fut parti, je fixai de nouveau le bâtiment éteint.

N'y pense même pas, Tom. Ça serait vraiment une très très mauvaise idée. Tu n'es quand même pas stupide à ce point-là, dis-moi ?

Mais la maison était là – à me tendre les bras, si j'ose cette métaphore pour le moins bancale.

Et j'avais un double des clés…

Et il ne me faudrait pas plus de cinq minutes…

Et, à cette heure, un samedi soir, Randy était sans doute parti faire la tournée des bars.

Et oui, après tout : j'étais stupide à ce point-là.

PUTAIN, TOM, ESPÈCE DE BARGE, C'EST UNE IDÉE CARRÉMENT DÉBILE, TU EN ES CONSCIENT? dit une autre voix qui ressemblait, je m'en rends compte à présent, à celle de Chris, tandis que je m'emparais des clés et me glissais, aussi inconscient et mal préparé que l'aventurier de *Into The Wild*, dans la douce nuit d'été.

20
Tom joue les intrépides

Cherchez sous le plancher les secrets
que j'y ai cachés.
Sufjan Stevens, *John Wayne Gacy Jr.*

Je traversai en courant l'espace entre les deux maisons. Le vent chaud qui agitait les palmiers me tournait autour comme une troupe de démons murmurants.

Grimpant les marches de la véranda, je lançai un regard en direction de l'allée déserte avant d'introduire la clé. Personne en vue. Sans plus attendre, je repoussai le battant, qui grinça légèrement. Je n'osai allumer les lampes, me contentant de l'appli lampe torche de mon iPhone.

Les pupilles dilatées, j'examinai l'intérieur dans le faible halo : le petit living, le canapé, la table basse, le bar…

À quoi tu t'attends ? dit la voix qui décidément ne voulait pas me lâcher. *À trouver des taches de sang sur les murs ? Un cadavre sur le tapis ? À des traces de lutte ? Tu devrais arrêter de regarder des séries télé et d'écrire des histoires à dormir debout, Tom Baldwin…*

Bien entendu, je ne trouvai rien de tout cela. Tout était on ne peut plus normal. Je jetai un nouveau coup d'œil par la fenêtre avant de faire le tour de la pièce, éclairant chaque recoin. Puis je passai dans la cuisine. Deux cannettes de Spencer Monks et une bouteille de vin vides sur le plan de travail. Des verres, des assiettes sales et des couverts en vrac dans l'évier. Un livre de Joyce Carol Oates sur la table de la cuisine, dont la vue m'arracha un demi-sourire. Je retournai dans le living.

Les minutes s'égrenaient. Tout à coup, j'avisai une pile de courrier non ouvert sur la table basse, me penchai. Approchant mon téléphone, je pris une enveloppe, puis une autre. C'étaient des lettres envoyées à leur précédente adresse puis réexpédiées ici par l'U.S. Postal. Le destinataire était dans les deux cas Kay Calloway. Une troisième était destinée à Randy Calloway.

Un détail attira mon attention. Dans tous les cas, la première adresse où elles avaient été envoyées n'était pas Chicago mais... New York.

Qu'est-ce que ça signifiait ? Je n'eus guère le temps de me pencher davantage sur ce mystère. Car, brusquement, mon cœur fit un bond de perchiste olympique dans ma poitrine. *Un bruit de moteur... !* J'éteignis mon téléphone au moment même où la lueur des phares balayait les fenêtres, puis illuminait les troncs des palmiers dehors.

Randy !

Il était de retour !

Je m'empressai de prendre en photo l'adresse de New York, me redressai et me dirigeai vers la porte. Stoppai à mi-chemin. Impossible de sortir par là... Randy me verrait. Et je ne l'avais même pas verrouillée derrière moi ! L'estomac changé en pierre, je m'en approchai, glissai en tremblant ma clé dans la serrure et la tournai doucement, tout en entendant la portière du Ford Transit se refermer de l'autre côté. Pris au dépourvu, je me ruai à travers le séjour, entrai de nouveau dans la cuisine. Heureusement que je connaissais la disposition des lieux. Je soulevai la fenêtre à guillotine, l'enjambai, me laissai tomber un mètre cinquante plus bas dans l'herbe, entre deux massifs de fleurs au parfum capiteux. Me redressai et tendis les bras pour abaisser la fenêtre au moment précis où s'ouvrait la porte d'entrée à l'autre bout de la maison.

Les jambes flageolantes, mon pouls dansant le boogie-woogie, je m'accroupis entre les fleurs, un flot de sueur inondant mon dos collé aux planches sous la fenêtre. Si je me relevais maintenant et me dirigeais vers la maison, je courais le risque d'être vu par Randy. Et je n'avais aucune envie de le courir.

Une flaque de lumière jaune se plaqua sur l'herbe bleutée devant moi quand il entra dans la cuisine et alluma. Oh, merde. Manquait plus que ça. Je l'entendis au-dessus de moi soulever la fenêtre puis ouvrir le frigo – sans doute pour y puiser une énième bière Spencer Monks bien fraîche – et répondre par la même occasion au téléphone :

— Saleté de chaleur… qu'est-ce qu'il fait chaud dans cette foutue région… Ouais, il est rentré de New York… Il a passé sa journée dans sa baraque. (Pause.) Ouais… s'il se passe quoi que ce soit, je te préviens, je sais, mais ce con a pas bougé… Il est même pas sorti faire du paddle… Ouais, ouais… Je garde un œil sur lui, pigé… Pour qui tu me prends ?

Stupéfait, je me figeai. À qui parlait-il ? À Kay ? À quelqu'un d'autre ? Randy était donc chargé de me surveiller. Mais par qui, bon sang de bois ? Et pourquoi ? En tout cas, il avait bien caché son jeu, y a pas à dire… Kay était-elle au courant ? Était-ce elle au téléphone ?

Tout à coup, je ne savais plus quoi penser. Kay avait-elle couché avec moi pour d'autres raisons qu'une attirance mutuelle ? En général, je sais reconnaître un entubeur – ou une entubeuse – quand j'en vois un. Je n'arrivais pas à y croire. Non, la femme avec qui j'avais passé la nuit était sincère. Elle ne jouait pas la comédie. J'en aurais mis ma main au feu.

Tu en es sûr ? Mais alors à qui Randy parlait-il, d'après toi ? me chuchota la petite voix. *Arrête d'être aussi naïf, Tom Baldwin…*

Oui. Si Randy était ici pour me surveiller, comment Kay aurait-elle pu l'ignorer ? Tant de pensées se bousculaient sous mon crâne, il s'était passé tant de choses au cours des derniers jours entre ma rencontre avec Kay, le vol du manuscrit, les messages anonymes, la découverte que mon ex-belle-famille avait déménagé et maintenant ça…

Tout allait beaucoup trop vite.

Je ne pouvais cependant pas attendre toute la nuit que Randy s'endorme.

Dès que les lumières de la cuisine s'éteignirent et que l'écho de la télévision s'éleva dans le living, je m'élançai vers les épaisses broussailles de figuiers étrangleurs, de raisiniers, de lianes et de palmiers des sables qui s'étendent en une compacte muraille végétale derrière l'abri de jardin, à environ huit mètres de là. Je m'enfonçai dans cette mini-jungle en me fermant à la pensée de toutes les bestioles – serpents, scorpions, araignées venimeuses – qui devaient grouiller dans la pénombre.

De là, je regagnai l'allée sous le couvert des arbres, puis rentrai chez moi comme si je revenais d'une promenade. De toutes les questions et de toutes les terreurs qui assaillaient mon esprit, une surnageait : comment était-il possible que je n'aie rien vu venir ?

21
Byron Woodruff

Je suis peut-être paranoïaque,
mais pas un androïde.
Radiohead, *Paranoid Android.*

Je fus réveillé par Franklin Stamper. J'avais oublié que Franklin est un lève-tôt (et un couche-tard, à se demander quand il dormait) et qu'il peut vous joindre à n'importe quelle heure du jour ou de la nuit quand il a une info intéressante.

— Je ne vous réveille pas au moins ? me demanda-t-il à sept heures du matin.

Je m'abstins de répondre. Ce qui en soi était une réponse.

— Salut, Franklin. Du nouveau ?

— Un peu. (J'entendis des voix d'enfants qui se chamaillaient derrière lui.) Ou plutôt une surprenante absence d'informations. Aussi étrange que cela paraisse, je n'arrive pas à localiser votre ex-femme : pas de réexpédition de courrier, pas de numéro de téléphone en service, pas de justificatifs de domicile en ligne, rien…

Je réfléchis à ces nouvelles données.

— Concernant votre nouveau locataire, Randy Calloway, en revanche, la pêche a été bonne : vous avez le don de les choisir, vos locataires, Tom, on peut le dire.

— Comment ça ?

— Eh bien, Randy a eu quelques petits ennuis avec la justice, il a même fait quelques brefs séjours en prison.

— Il n'est pas représentant en produits pharmaceutiques ?

Un rire à l'autre bout.

— On peut appeler ça comme ça si vous voulez.

Mais Franklin redevint tout de suite très sérieux :

— À New York, au cours des dix dernières années, quand il n'était pas derrière les barreaux, il n'a pas arrêté de changer de job. Randy a aussi quelques soucis avec la boisson et il peut se montrer très agressif quand il a bu, y compris avec ses employeurs. Ça peut parfois se terminer à l'hôpital. Vous devriez faire attention, Tom. Je vous connais : vous n'êtes pas du genre bagarreur. Avoir ce gaillard-là si près de chez vous, ça ne me dit rien qui vaille. Faites-moi plaisir : approchez-vous-en le moins possible.

Je digérai ce que Franklin venait de dire.

— Et elle ? demandai-je avec un nœud dans la gorge.

— Ex-policière. Apparemment, elle n'a pas supporté d'avoir abattu un gosse qu'elle croyait armé. Elle a démissionné après ça. Kay et Randy, c'est le mariage de la carpe et du lapin, si vous voulez mon avis.

Au moins, Kay ne m'avait pas menti sur ce point.

— Et ils n'ont jamais vécu à Chicago ?

— Pas à ma connaissance. Si c'est ce qu'ils vous ont dit, ils vous ont raconté des craques. Mais je ne vois pas trop pourquoi ils auraient fait ça…

Moi non plus. C'était la question à mille dollars en effet.

— Merci, Franklin. Vous me direz combien je vous dois. J'ai encore un autre service à vous demander…

— Je vous écoute.

Je lui parlai des messages anonymes.

— Et vous voulez savoir qui vous les envoie, bien sûr… Bon Dieu, Tom, je ne sais pas ce qui se passe en ce moment dans votre vie, ni dans quoi vous vous êtes fourré, mais elle commence à drôlement ressembler à un épisode de *Fargo*.

Je ne pouvais que lui donner raison sur ce point.

— Okay, dit-il. Aux grands maux les grands remèdes. Je passe vous prendre. Je vous emmène voir quelqu'un. Il est un peu spécial, vous verrez. Mais il pourrait bien être votre planche de salut. Sauf que ce type ne travaillera jamais pour une personne qu'il ne connaît pas. En temps normal, il vous chasserait même de chez lui à coups de fusil. Mais il a confiance en moi. Je vais néanmoins lui passer un coup de fil avant : il déteste les visites impromptues.

— On va où ? demandai-je trois heures plus tard alors que, roulant sur « l'autoroute au-dessus des flots » et nous dirigeant vers le nord, nous dépassions le panneau :

VOUS QUITTEZ MAINTENANT LES KEYS
REVENEZ VITE !

— Everglades, répondit Franklin Stamper au volant de sa Buick. Ce type vit au milieu des marais. Lui rendre visite, c'est tout un périple, vous verrez…

Nous quittâmes donc les Keys pour le continent, néanmoins nous continuâmes sur la US Route 1 jusqu'à

Florida City, où nous empruntâmes la Nationale 997, toujours vers le nord. Vingt-deux miles plus loin, on bifurqua plein ouest cette fois : sur l'US 41, aussi connue sous le nom de Tamiami Trail. Elle s'enfonce tout droit dans l'une des étendues les plus sauvages des États-Unis : le parc national des Everglades. Six mille kilomètres carrés de marécages, de mangroves, de plaines d'herbes inondées, peuplés de centaines d'espèces d'oiseaux et de poissons, mais aussi de plus de cinquante espèces de reptiles, de pumas, d'insectes, de moustiques et d'alligators particulièrement voraces (les *gators*, comme les moustiques)… Quelle sorte d'ermite ennemi de la civilisation pouvait avoir envie de vivre dans un endroit pareil ?

Au bout d'une cinquantaine de kilomètres à travers cette étendue végétale totalement dépourvue d'habitations et de présence humaine, nous nous garâmes près d'un embarcadère pour hydroglisseurs – en réalité une série de passerelles en planches, de pontons et de huttes sur pilotis – au sud de la Big Cypress National Reserve.

Peu après, nous glissions sur des eaux sombres et calmes, parmi les plantes aquatiques, les cyprès moussus, les pins, les lianes et les broussailles, sous des voûtes de feuillage, au milieu du vacarme infernal des ventilateurs qui gâchait quelque peu la sérénité des lieux. Le temps était couvert et, dans l'ombre des étroits canaux, je devinai toute une vie grouillante que notre bruyante intrusion dérangeait. À plusieurs reprises, je me frappai la nuque et les bras sous l'assaut des milliards de moustiques qui, visiblement, me prenaient pour leur déjeuner.

– N'essayez pas de faire trempette et ne tombez pas à l'eau, me dit notre pilote en souriant, ça grouille d'alligators par ici.

Merci du conseil. Je n'aurais voulu tremper un seul orteil dans ces eaux pour rien au monde de toute façon. Mais je me dis aussi que ce sanctuaire à l'équilibre fragile était surtout menacé par une espèce : l'homme.

Alors que nous nous enfoncions toujours plus avant dans le marais, et que les canaux que nous empruntions se faisaient de plus en plus étroits, Franklin me tira de mes pensées en me disant :

– Attention, laissez-moi parler. Byron est le type le plus parano et le plus susceptible que je connaisse. Et j'en connais quelques-uns.

Je vis alors apparaître, au milieu de l'inextricable écheveau des cyprès, des racines à fleur d'eau et des draperies de mousse espagnole, une grosse cabane en bois posée sur une plate-forme en planches, elle-même soutenue par une douzaine de pilotis. Encore plus étonnants étaient les rouleaux de fil de fer barbelé et les grillages qui ceignaient la plate-forme, ainsi que les projecteurs braqués vers le marécage qui s'illuminèrent à notre approche, sans doute grâce à des capteurs de présence. Était-ce pour se protéger des alligators et des pumas la nuit venue ? Ça me parut quelque peu excessif comme stratagème.

– C'est moi qui parle, répéta Franklin d'une voix prudente, et je commençai à éprouver une certaine nervosité.

Un kayak était rangé sur un ponton flottant, au pied de la plate-forme, et je compris que c'était, avec l'hydroglisseur, le seul moyen d'accès à la cabane. Puis la porte de celle-ci s'ouvrit et un type en sortit armé d'un fusil. Il tourna vers nous l'un des projecteurs, nous aveuglant littéralement. Je sursautai et mis la main en écran devant mon visage.

— C'est qui ? lança-t-il derrière le projo.

— C'est moi, Byron : c'est Franklin ! Je t'ai dit au téléphone qu'on venait !

— Et les autres, c'est qui ? lança le barbu à lunettes.

— C'est le gars dont je t'ai parlé ! L'autre, c'est le pilote !

— D'accord. Dis au pilote de foutre le camp avec sa saleté d'engin, il reviendra vous chercher quand on aura fini. Vous autres, avancez par ici.

Il abaissa son arme. Nous prîmes pied sur le ponton flottant et l'hydroglisseur s'éloigna, son vacarme décroissant très progressivement. Nous nous hissâmes sur la plate-forme à l'aide d'une échelle.

— Thomas Michael Baldwin, dit le barbu en m'examinant derrière ses lunettes. Né le 13 septembre 1980 à Jersey City. Écrivain. Divorcé. Vit sur Morada Way à Islamorada, c'est bien ça ?

— C'est ça.

— Montrez-moi un document d'identité.

Sérieux ? Je croisai le regard de Franklin et choisis de m'exécuter quand celui-ci hocha la tête. Je jetai un coup d'œil circulaire autour de moi : on se serait cru dans un camp retranché en pleine jungle du Vietnam avec tous ces barbelés et ces projecteurs.

— Regardez, dit le barbu en souriant, Ronald McDonald nous surveille… C'est sa maison ici…

Me tournant dans la direction indiquée, j'aperçus l'inquiétante silhouette d'un alligator noir. On devinait à peine sa présence au ras de l'eau, à une dizaine de mètres, entre les grosses racines de deux cyprès chauves.

– Et vous, vous êtes qui ? dis-je.

Le barbu me sonda d'un œil méfiant, puis regarda Franklin avant de revenir sur moi.

– Byron Woodruff, c'est mon nom, dit-il. Et c'est tout ce que vous avez besoin de savoir, mon jeune ami. N'essayez pas de me chercher sur ce putain de Google-Big-Brother-de-mes-deux, vous ne me trouverez pas. D'ailleurs, vous ne me trouverez nulle part sur les sataniques réseaux de cette putain de saloperie d'Empire galactique. Je passe sous les radars d'Internet, moi, monsieur. J'encule Dark Vador Zuckerberg, Voldemort Bezos, Hannibal Musk et toute leur clique.

Je me demandai à quelle sorte d'olibrius Franklin m'avait adressé. Avec sa barbe de Robinson et son air allumé, Byron Woodruff faisait penser à Theodore Kaczynski, alias Unabomber, et je le soupçonnais d'être comme lui une sorte d'activiste anarcho-écolo-luddite ou quelque chose d'approchant. Contrairement à Unabomber, cependant, il ne paraissait pas technophobe, à en juger par le nombre invraisemblable d'antennes de toutes tailles qui jaillissaient de son toit.

– Bienvenue dans ma modeste demeure, dit-il, ironiquement solennel, en retournant dans la cabane.

Nous dûmes baisser la tête pour entrer. Une seule pièce d'environ douze mètres carrés, où l'on pouvait à peine se tenir debout et qui ressemblait à une cambuse de bateau : le moindre espace était exploité, le moindre centimètre carré occupé.

De l'électronique, des prises, des câbles, des appareils dont j'ignorais l'usage – ça clignotait et ça pulsait – partout... Il y avait plus de boutons qu'à bord de SpaceX. Ça ressemblait plutôt à une bonne vieille fusée Soyouz. D'où tirait-il son électricité ? D'un générateur sans doute. Et son eau courante ? D'un récupérateur de pluie ? Les cloisons étaient tapissées de grilles métalliques aux mailles rectangulaires qui devaient faire office de cage de Faraday. Une demi-douzaine d'écrans trouait la pénombre. Une porte dans le fond devait mener à ses quartiers d'habitation, car il était écrit « Privé », à moins qu'il ne vécût ailleurs. Elle était recouverte du même grillage métallique que tout le reste.

Ça sentait le fauve là-dedans. C'était comme pénétrer dans la cage du lion au zoo. Avec, en prime, des relents à haute teneur en THC qui auraient fait tourner la tête d'un mammouth. Byron présenta devant moi un détecteur de métal comme en ont les vigiles à l'entrée des ambassades et des aéroports. Il me le passa de haut en bas et, comme il fallait s'y attendre, le truc se mit à hurler allègrement.

— Sortez tout le métal que vous avez dans vos poches – monnaie, clés, téléphone, bijoux – et mettez-le dans la boîte en plastique, là.

Ce type est dingue, me dis-je en m'exécutant, non sans un nouveau regard en direction de Franklin, qui hocha une nouvelle fois la tête. Woodruff emporta la boîte Tupperware, ouvrit le frigo et la plaça à l'intérieur. Il y avait un poster du célèbre portrait-robot de D.B. Cooper[1] sur la porte du frigo. Je me dis que, pour ce que j'en savais, ç'aurait aussi bien pu être lui. Mais non : il était trop jeune. Byron ne devait pas avoir plus de quarante ans.

– Vous regardez D.B. Cooper, hein ? me lança-t-il avec un clin d'œil. J'ai passé des milliers d'heures à le chercher sur la Toile. J'ai fini par retrouver sa trace, contrairement au FBI. Mais ne comptez pas sur moi pour vous dire où il se cache. Il est très très vieux maintenant, faut lui foutre la paix. En tout cas, c'est pas un des suspects répertoriés sur sa page Wikipedia, rigola-t-il.

Il s'assit devant son bureau, au milieu de ses écrans.

– Soixante-cinq vols de données par seconde, dit-il en remontant ses lunettes sur son nez. Et personne n'y échappe : pas plus la banque JP Morgan qu'un site de rencontres ou une appli de livraison de pizzas. Neuf cent soixante-dix-huit millions d'individus visés par des cyberattaques chaque année. En 2019, la ville de Baltimore est restée paralysée pendant plusieurs semaines suite à une cyberattaque sur son réseau informatique. Et le nombre explose : on estime que six milliards d'individus en seront victimes dans les deux années qui viennent. Le gouvernement ne prend absolument pas la mesure du danger. Ces nullards ont toujours un train de retard. Pourtant

1. D.B. Cooper est le pseudonyme d'un pirate de l'air légendaire qui, en 1971, après avoir pris en otages les passagers d'un Boeing 727 et s'être fait remettre une rançon de deux cent mille dollars US et quatre parachutes, sauta du Boeing en plein vol au-dessus des forêts du nord-ouest des États-Unis et ne fut jamais retrouvé. En 2016, quarante-cinq ans après les faits, après avoir exploré en vain toutes les pistes, le FBI a officiellement clos l'enquête.

l'élection de Trump grâce aux *hackers* de Poutine aurait dû leur servir de leçon. Mais pensez-vous… Les pirates chinois, russes et iraniens s'en donnent à cœur joie.

Byron pianota sur son clavier.

— Mais, évidemment, un tel environnement est aussi idéal pour moi que les marécages des Everglades le sont pour Ronald McDonald là-dehors, pas vrai ? C'est mon écosystème.

Là-dessus, un téléphone sonna dans la cahute. Byron le chercha un moment dans son fouillis avant de le trouver.

— Oui, maman, répondit-il d'un ton radouci. Non, maman… Maman, je suis avec des gens… Mais non, pas avec une femme : avec des clients… Je sais, maman… Non, maman, je ne veux pas que tu me présentes quelqu'un… Oui, c'est ça, à ce soir.

Il raccrocha.

— Désolé, c'était maman, dit-il. Bon, alors, si vous me disiez pourquoi vous êtes là ?

C'est Franklin qui s'en chargea.

— Votre fils est vraiment mort ? me demanda-t-il, soupçonneux.

— Oui, dans cet accident.

— Toutes mes condoléances, débita-t-il d'un ton dépourvu d'émotion. Bon alors, si je comprends bien, vous êtes ici parce que vous n'avez pas la moindre putain d'idée de qui vous envoie ces messages ?

— C'est ça.

Il hocha la tête. Se rassit devant ses écrans.

— Tu peux l'aider ? demanda Franklin, qui s'impatientait.

— Si je peux l'aider ? Un jour, j'ai reçu un message anonyme qui me menaçait de mourir dans d'horribles souffrances. Il m'a fallu moins de cinq minutes pour trouver l'identité du type qui me l'avait envoyé : un garagiste qui avait essayé de m'arnaquer – à l'époque où j'avais encore une bagnole – et que j'avais refusé de payer. Bref, je vous passe les détails, moins d'une demi-heure plus tard sa femme recevait sur son téléphone tous les messages que ce salopard échangeait chaque jour avec sa maîtresse. Ce sera cinq mille dollars, ajouta-t-il, en cryptomonnaies.

— Et comment je fais ça ? demandai-je.

Byron leva les yeux au plafond, à tel point qu'ils devinrent presque blancs.

— Je peux pas croire qu'en 2021 quelqu'un ne sache pas comment gérer un compte en cryptomonnaies… C'est rafraîchissant. Dans ce cas, ce sera du cash. Dès que je les ai, je m'y mets.

— Je vous envoie ça en rentrant, dis-je.

— Tu peux commencer tout de suite ? intervint Franklin. Tom est digne de confiance.

— D'accord, dit Byron en haussant les épaules. C'est bon. Filez-moi votre IP.

Je la lui donnai.

— J'accéderai à tout ce qui est présent dans vos dispositifs électroniques, on est bien d'accord ?

— On est d'accord.

— À *tout*, insista-t-il en me jaugeant, les yeux plissés derrière les verres de ses lunettes, comme s'il avait affaire à un demeuré.

— Oui, j'ai bien compris.

— Vous n'avez rien que vous avez envie de cacher ? Drogue, pornographie, perversions diverses, vices inavouables… ?

— C'est bon, dis-je. Je n'ai rien à cacher.

Il haussa de nouveau les épaules.

— Tout le monde a quelque chose à cacher. Vous devez savoir qu'on n'ouvre jamais cette porte sans qu'il y ait des conséquences. Votre vie est sur le point de changer.

Merci, pensai-je. *Ça, je le savais déjà.*

22
Randy fait des siennes

Ce n'est pas si grave.

Eminem, *Stan.*

Il faisait presque nuit quand Franklin me déposa. Je notai immédiatement que Kay n'était toujours pas rentrée. L'appentis à l'arrière de leur maison était ouvert, vomissant un flot de lumière sur l'herbe. Je ne me souvenais pas que l'éclairage à l'intérieur du cabanon fut si puissant et cela m'intrigua. Je m'approchai, étonné et curieux.

Ce que je découvris me fit écarquiller les yeux. Une grande plaque métallique rectangulaire supportant une bonne centaine de diodes luminescentes était suspendue au plafond par quatre tiges métalliques. Ces diodes dispensaient un éclairage dans la totalité du spectre : blanc, bleu, rouge, infrarouge. Et, posés sur une table en dessous, baignant dans cette chaude lumière, il y avait plusieurs dizaines de plants de cannabis.

— Qu'est-ce que c'est que ça ? lançai-je, incrédule, à un mètre de la porte.

Randy se retourna, nullement ému par mon apparition.

— Tiens, Tom… salut.

— C'est quoi ça ? répétai-je, sentant la colère monter.

— T'en fais pas, vieux, c'est rien que du cannabis médicinal. J'ai une ordonnance et c'est pour ma consommation perso. C'est pour mes douleurs dans le dos depuis que j'ai eu ce foutu accident de moto.

Il me montra les boîtes contenant les plants, où étaient inscrits son nom et la teneur en THC, me fit un clin d'œil :

— Bon, d'accord, j'admets que, peut-être, j'en consomme un peu plus que je ne devrais et que la teneur en THC n'est pas tout à fait conforme. Mais, rassure-toi, tu n'héberges pas un trafiquant de drogue. Tu devrais te détendre, tu sais ? Sers-toi si tu veux…

Je ne me sentais pas du tout rassuré. En outre, il y avait, tapies sous la feinte camaraderie, sous le ton amusé et désinvolte, comme une légère tension nerveuse et l'ombre d'une sournoise menace.

— Où est Kay ? demandai-je soudain, regrettant cette question dans la seconde où je la posai.

Je compris tout de suite mon erreur. Un spectaculaire changement s'opéra dans la physionomie de Randy. Quelque chose de sinistre et de féroce passa sur ses traits. Il planta son regard dans le mien tel un clou. Et sa voix coula comme un filet d'eau glacée quand il dit :

— Pourquoi tu veux le savoir ?

Je battis en retraite, conscient de ma pâleur.

— Comme ça… par courtoisie.

Sa voix grinça, venimeuse :

— Par… « courtoisie » ? Tu me prends vraiment pour un con, Tom Baldwin. Tu crois que je ne me suis rendu compte de rien ?

L'idée me traversa l'esprit que nous étions seuls tous les deux, et que ce type était, selon les dires de Franklin, dangereux.

– Rendu compte de quoi ?

J'aurais voulu que mon étonnement parût sincère, mais le mot s'était étranglé dans ma gorge comme une plainte de chat qui a une arête de poisson coincée au fond de la sienne.

– Que Kay te plaît… que tu *bandes* pour elle…

Le mot me frappa comme une gifle. La vive lueur derrière lui découpait sa haute silhouette. Ses yeux étincelaient d'un éclat malveillant dans l'ombre de son visage.

– C'est normal, dit-il. Tous les mecs bandent pour Kay… Et cette pute adore ça…

Cette fois, je réussis à paraître furieux – ce que j'étais.

– Tu te trompes, dis-je. Et j'apprécie très modérément ce langage chez moi.

– « J'apprécie très modérément ce langage », me singea-t-il en une parfaite et très cruelle imitation de mon intonation scandalisée, je dois le reconnaître. Je vais te dire une chose, mec : tu ne sais rien de ma femme. Rien. Et pour ton bien, ne t'approche plus d'elle.

Après quoi, il me tourna le dos et reprit sans plus tarder ses activités de jardinage.

23
Byron donne des nouvelles

Fais tourner ton moteur, pars sur l'autoroute.
Steppenwolf, *Born to Be Wild.*

Je dormis mal cette nuit-là. Le rêve du ponton revint. Mais, cette fois, c'était Randy sur le ponton. Il tenait mon garçon en arborant son petit sourire sardonique et cruel, me disait : « C'est rien que du cannabis médicinal, Tom. Je l'ai fait essayer à Josh. Ça a l'air de lui plaire. » Le vent se levait. Nuit de tempête. Je voyais la tête de mon Josh dodeliner, le menton sur la poitrine, et je me mis à courir vers eux, mais, de nouveau, le ponton s'étira à l'infini et les deux silhouettes rapetissèrent très rapidement avant de disparaître à l'horizon.

Les rayons du soleil qui traversaient la chambre de tous côtés me réveillèrent, une lumière rasante incendiant le moindre recoin tel un projecteur, et je clignai des yeux, ébloui par l'éclat vif du matin. Je traversai en caleçon la chambre plus grande que mon ancien living à New York, pris une douche puis passai dans la cuisine, me servant un café sans cesser de contempler la vue fabuleuse sur l'océan. Pourtant, ce matin-là, cette vision ne me procura pas le moindre apaisement. Je ne cessai de repenser à ce qui s'était passé hier soir, à l'herbe de Randy, à son attitude provocante et menaçante, au mot qu'il avait employé pour qualifier Kay. *Où était-elle à propos ?* Je regardai par la fenêtre et sursautai en voyant que son SUV était garé devant la maison.

Elle était rentrée...

Au même moment, on cogna à la porte et j'allai ouvrir.

Kay...

Elle se tenait sur le seuil, en short blanc et tee-shirt rouge éclatant, ses lèvres pleines souriant largement, ses cheveux bouffant dans la brise et brillant dans la lumière du matin.

— Salut, dit-elle.

J'hésitai une seconde de trop – mais elle ne parut pas s'en apercevoir.

— Salut, dis-je.

Elle leva une main et me tendit le roman que je lui avais prêté.

— Tu en as un autre ? J'ai adoré !

Une fois encore, j'hésitai :

— Euh, oui... entre.

Je jetai un coup d'œil par-dessus son épaule : Randy était parti bosser, dealer ou Dieu sait quoi encore. En tout cas, il n'était pas en train de me surveiller. Avait-elle pris le relais ? J'étais bien décidé à lui parler de ce qui s'était passé hier soir, du cannabis et aussi de ce que Randy avait dit à son sujet. Mais je reculai le moment de le faire et allai chercher un autre de mes livres.

— Tiens, dis-je en le lui tendant. Tu veux un... ?

Elle ne me laissa pas le temps de finir ma phrase, collant ses lèvres douces aux miennes, sa langue s'insinuant dans ma bouche, tandis que ses ongles agaçaient ma nuque. Je ne résistai pas plus d'une seconde ou deux à ce traitement et répondis à son baiser d'abord avec retenue, puis sans plus de réserve. Mes mains posées sur ses hanches glissèrent sous son tee-shirt à l'assaut de ses seins. J'avais bien noté qu'elle ne portait pas de soutien-gorge. Sous le tissu léger, les mamelons durcirent. J'éprouvai leur rigidité et le galbe de sa poitrine tandis que nos langues continuaient leur manège, puis mes mains descendirent déboutonner son short et quand l'une d'elles glissa à l'intérieur je constatai à quel point elle était humide. De son côté, sa main à elle s'employait déjà à ranimer à travers le fin coton une flamme que les derniers événements avaient quelque peu éteinte.

Un instant, mon regard s'attarda sur la façon dont son pouls faisait battre sa carotide. Puis je lus dans ses yeux une avidité, une lubricité qui me mirent le feu au ventre. Je songeai à la phrase de Randy: « Ne t'approche plus d'elle. » Mais que ce fût dangereux ou pas, bien ou mal, licite ou illicite, je ne désirai qu'une seule chose en cet instant: faire l'amour à Kay Calloway, être en elle, la toucher, la caresser, l'embrasser, la baiser comme si ma vie en dépendait.

Je fis rouler le short blanc le long de ses jambes, l'assis au bord de la table et me glissai entre ses genoux. Elle poussa un feulement rauque, guttural, quand je la pénétrai.

— J'ai rêvé ou nous étions dans la cuisine en train de prendre un café ? me demanda-t-elle, allongée nue dans mon lit, quarante minutes plus tard, ses seins blancs se détachant sur son torse bronzé, où brillait une fine pellicule de sueur, sueur qui avait aussi mouillé et assombri sa frange.

Je contemplai son ventre creusé, le renflement de son pubis et la fente très discrète de son sexe entre ses cuisses serrées.

— La maison fait de son mieux pour fournir à ses clients une expérience mémorable, dis-je.

Elle gloussa, posa une main douce et chaude sur mon bas-ventre, joua un instant avec mon pénis et mes testicules. Je me sentais détendu, alangui, vidé. Mais quelque chose me turlupinait – je n'arrivais pas à chasser tout à fait la pensée de Randy.

— J'ai eu un petit accrochage avec ton mari, dis-je finalement.

La main entre mes cuisses s'arrêta de jouer.

— Un petit accrochage ?

Je lui racontai la scène, lui rapportai les propos de Randy. Je vis la colère flamber dans les yeux de Kay.

— Le salaud, gronda-t-elle. Et tu le crois ?

— Hein ?

— Ce mot qu'il a employé : tu crois que c'est vrai ?

— Non !

Ce n'était pas tout à fait exact. Le doute m'avait effleuré. Et Kay le savait, elle était tout sauf idiote.

— Il a aussi dit que je ne savais rien de toi, ajoutai-je. Qu'est-ce que ça veut dire ?

Sa main se retira.

— Je ne sais pas, Tom. Il a dit ça comme ça. Il a voulu te remettre à ta place, te contrarier, c'est tout.

Elle se redressa. S'assit au bord du lit, me tournant le dos.

— On pourrait parler d'autre chose que de Randy ? me lança-t-elle.

Je devinai la tension dans sa voix, et aussi à la courbure de son dos. J'allais dire quelque chose quand mon téléphone sonna sur la table de chevet. Je me penchai, l'attrapai. Numéro inconnu. J'hésitai puis pensai à quelqu'un et répondis.

— Vous êtes seul ? me demanda la voix de Byron Woodruff.

— Non, dis-je, mais vous pouvez parler…

— Je vais vous envoyer une adresse. C'est celle de la personne qui a écrit ces messages.

La curiosité me tenailla aussitôt.

— Qui est-ce ?

— Tout est dans le mien, de message, dit-il.

— Bon sang, Byron, je…

Il avait raccroché. Peut-être, avec sa parano, n'avait-il pas aimé que je prononce son prénom à voix haute devant une tierce personne. Ou bien estimait-il qu'il n'y avait rien à ajouter. Un signal retentit dans mon téléphone deux secondes plus tard. C'était le message de Byron. Je l'ouvris.

Je me demandai s'il n'y avait pas une erreur. Le nom ne m'évoquait absolument rien. L'adresse était à Miami.

— Qu'est-ce qu'il se passe ? demanda Kay derrière moi.

Assis au bord du lit, je me retournai.

— Je sais qui m'a envoyé ces messages, lui dis-je.

Je surpris l'éclat dans son regard.

— Qui ? demanda-t-elle.

— J'ai juste une adresse, le nom m'est inconnu.

Elle fronça les sourcils, me dévisagea comme si elle cherchait à deviner si je lui cachais quelque chose.

— Tu veux qu'on lui rende visite ?

Je secouai la tête :

— Je ne veux pas te mêler à ça.

— N'oublie pas que je suis un ancien flic...

J'hésitai. L'offre était tentante. Puis je pensai à ce qu'avait dit Randy : « Tu ne sais rien de ma femme. » Et au message qui me disait de ne faire confiance à personne. Je lui rendis son regard. Kay me fixait comme si elle essayait de deviner mes pensées.

— Non, vraiment, dis-je, je te remercie mais je peux m'en sortir tout seul. Tu n'as pas à être mêlée à cette histoire. En plus, je n'ai pas la moindre idée de qui est cette personne, ni de ce qu'elle me veut vraiment.

Je vis qu'elle était déçue.

— Comme tu voudras.

Elle se leva, enfila ses vêtements, fit le tour du lit, se pencha pour déposer un baiser rapide sur mes lèvres et s'en fut.

Dès qu'elle fut sortie, j'appelai Chris. Il devait être chez lui, dans son luxueux duplex de Coral Gables, car j'entendis de la musique. Un truc qui datait de Mathusalem. Bing Crosby chantant *Don't Fence me In*. Je lui résumai les derniers progrès s'agissant des messages anonymes sans dévoiler l'identité de mon informateur et je l'entendis soupirer :

— Tom, bon Dieu, tu devrais oublier cette histoire…

— Tu n'as pas envie de savoir qui est cette personne ? Comment elle sait que mon fils est mort et pourquoi elle m'envoie ces messages ? m'étonnai-je.

— Si, bien sûr que si… tu dis qu'elle habite à Hialeah ?

— Oui, Hialeah.

— Très bien, me dit Chris. Rejoins-moi après déjeuner chez Gianni's.

Installée dans l'ancien *palazzo* du couturier Gianni Versace, sur Ocean Drive, à Miami Beach, là même où il s'est fait assassiner, ce qui semblait ne déranger personne, Gianni's était l'une des cantines préférées de Chris.

— On va y aller ensemble, ajouta-t-il.

Kilgore suivait la voiture sur la route des Keys, au volant de son gros GMC. Il souriait. Ce n'était pas si souvent que Kilgore souriait – mais le soleil brillait, le job était facile, et cette route qui sautait d'île en île, cette brise salée qui entrait par la vitre baissée et la vision de la mer le mettaient de bonne humeur.

24
Hialeah

Chaque motif s'intensifie.
R.E.M., *It's the end of the world as we know it.*

Hialeah, dans le comté de Miami-Dade, est la cinquième ville de Floride et l'une des plus densément peuplées, bien qu'elle ne compte pas le moindre gratte-ciel, rien que des rangées de maisons, des centres commerciaux et des bâtiments bas à perte de vue. Sa population est en majorité hispanophone : des Cubains, mais aussi un certain nombre de Colombiens, de Honduriens et de Dominicains.

On sait qu'on est entré dans Hialeah quand on commence à voir des panneaux de signalisation en espagnol sans traduction anglaise, ainsi que des écriteaux clamant « *se vende gaz propano* » ou encore « *accidentes serios, abogados serios* » (« accident sérieux, avocats sérieux », les avocats en question ayant des têtes à vous dissuader de leur confier vos intérêts). Le temps s'était de nouveau couvert et il pesait comme un couvercle sur les avenues interminables de Hialeah quand nous y entrâmes. L'adresse était celle d'une très modeste maison sur la 39e Rue. Guère plus grande qu'un cabanon, mais la minuscule véranda comme l'unique fenêtre en façade n'en étaient pas moins protégées par de solides grilles en fer forgé, à l'image de ses voisines.

Nous nous garâmes de l'autre côté de la rue et descendîmes. Il faisait une chaleur d'étuve sous le ciel gris et j'étais en sueur malgré la clim de la Porsche. Plus l'instant de la confrontation approchait, plus je l'appréhendais. Que me voulait cette Angela Diaz qui m'envoyait ces messages ? Qui était-elle et comment savait-elle tout ce qu'elle savait sur moi ? De mon côté, j'étais absolument certain de ne pas la connaître.

Comme toujours, le costume de Chris semblait sortir tout droit du nettoyage à sec et sa Porsche Cayenne du *car wash*. Je me demandai si on n'était pas un peu trop voyants pour le quartier. Nous traversâmes la chaussée, puis le trottoir. Il n'y avait pas de sonnette.

–*¡Señora Diaz !* cria Chris. *¿Esta usted en casa? ¡Por favor, me llamo Christophorous Georgiadis y soy abogado !*

J'avais oublié que Chris avait été avocat avant d'être mon agent, qu'il était toujours inscrit au barreau de Floride et que nombre de ses clients étaient cubains à l'époque. Il attendit une minute avant de remettre ça en empoignant la grille :

–*¡Señora Diaz ! No vendo nada. Me llamo Christophorous Georgiadis y soy abogado. No somos policías. ¡Solo queremos hacerle unas preguntas por fa !*

Au-delà de la grille en fer forgé ouvragée qui clôturait la petite véranda, la porte à moustiquaire s'ouvrit timidement et une femme dans la cinquantaine apparut.

— Quelles questions ? demanda-t-elle en anglais.

Elle était haute comme trois pommes, avec un visage carré entouré par un buisson d'épais cheveux bruns où apparaissaient quelques fils blancs, vêtue d'une robe d'été fleurie toute simple, et elle s'essuyait les mains à un torchon.

— Bonjour, madame Diaz, dit Chris fort aimablement, le visage presque collé à la grille. Comme je vous l'ai dit, je m'appelle Christophorous Georgiadis. Est-ce qu'on pourrait entrer une minute ?

— Non.

— Très bien, comme vous voudrez. Voilà : mon client ici présent a perdu son fils dans un accident de voiture il y a quelque temps. Une histoire tragique. Il commence à peine à s'en remettre.

Ta gueule, Chris, pensai-je. Et je sentis une contraction au fond de mon ventre.

Angela Diaz me lança un regard aigu dénué de toute espèce de compassion, comme si elle avait trop souvent eu affaire à des arnaqueurs habitués à prendre les gens par les sentiments pour leur extorquer de l'argent.

— Il y a quelques jours il a commencé à recevoir des mails anonymes lui disant que son fils était vivant, poursuivit Chris. Imaginez sa surprise. Ces mails ne disaient rien d'autre, ils affirmaient juste que le fils de mon client ici présent est vivant. Nous avons évidemment enquêté et il semble que ces messages aient été expédiés depuis un ordinateur qui se trouve chez vous…

De nouveau, les yeux d'Angela Diaz flambèrent en se posant sur moi. De toute évidence, elle ne savait pas de quoi il parlait. Ou alors elle jouait fort bien la comédie.

— C'est une arnaque, c'est ça ? dit-elle d'un ton aussi méfiant que son regard. C'est un truc pour entrer chez moi et me voler ? Pour me prendre mon pognon ? Allez-vous-en !

Chris agita les mains.

— Non, non, ce n'est pas du tout ça ! Je vous en prie, nous voulons juste savoir si c'est vous qui avez envoyé ces…

— Partez, dit-elle. Ou je hurle et ce n'est pas votre beau costume et votre belle voiture qui vous aideront ici !

— Madame Diaz…

— Tout de suite ! Ou je rameute tout le quartier.

Je vis Chris abdiquer.

— Très bien, dit-il en s'écartant de la grille. Désolé de vous avoir dérangée…

— Madame Diaz, dis-je soudain en m'avançant, vous avez un fils ?

Ses paupières se plissèrent et elle se tourna vers moi.

— Pourquoi vous voulez le savoir ?

— Moi, j'ai perdu le mien, continuai-je sans répondre à la question. Il est mort. Il ne reviendra pas. C'était un petit garçon adorable. Il s'appelait Josh. Et ça a bouleversé ma vie.

Je sentis que mes yeux s'embuaient à ces mots, que ma voix s'enrouait. Je vis l'expression d'Angela Diaz changer.

— Madame Diaz, nous ne sommes pas là pour vous voler, insistai-je d'un ton désespéré. Tout ce qu'il vous a dit est vrai. Je veux juste savoir une chose : est-ce que vous avez un ordinateur chez vous ? Est-ce que quelqu'un d'autre s'en sert ? Quelqu'un qui aurait pu m'envoyer ces messages. Quelqu'un qui sait peut-être quelque chose à propos de mon fils. C'est tout. Je vous en prie, madame Diaz…

Elle me sondait à présent, mais avec un air plus triste et incertain que méfiant.

– Je vous en prie, madame Diaz. Est-ce que quelqu'un d'autre se sert de votre ordinateur ? C'est tout ce que je veux savoir… *Por favor…*

Elle hésita.

– Santiago.

Je redressai la tête.

– Qui est Santiago ?

– Mon fils. C'est lui qui se sert de l'ordinateur à la maison.

– Il est là ? demanda Chris.

– Non, il travaille au Chick-fil-A[1] sur la 49e.

– Quel âge il a, votre fils ? demandai-je.

– Vingt et un ans, répondit-elle. Il a fait quelques bêtises dans le passé, mais ce n'est pas un mauvais garçon. Vous le connaissez d'où ? me demanda-t-elle.

Je ne savais quoi lui répondre. Je ne comprenais rien. Comment ce gamin de Hialeah, où je n'avais jamais mis les pieds, était-il au courant pour l'accident et la mort de Josh ? Ça n'avait aucun sens.

– Je ne le connais pas, dis-je, choisissant d'être sincère, je ne comprends pas : c'est la première fois que j'entends parler de lui.

Angela Diaz me lança un coup d'œil chargé d'incompréhension et d'inquiétude.

– Ce n'est pas un mauvais garçon…, répéta-t-elle.

Mais elle paraissait vouloir s'en convaincre elle-même.

---

1. Chaîne de restauration rapide spécialisée dans le poulet.

— En tout cas lui connaît mon client, fit remarquer Chris d'un ton qui n'avait plus rien d'aimable.

— Merci, madame Diaz, lui dis-je.

Le Chick-fil-A sur la 49e Rue comportait un petit parking à l'arrière, entre le bâtiment du restaurant et celui d'une pharmacie Walgreens, sur lequel nous nous garâmes. Puis nous fîmes le tour de l'édifice pour entrer par la porte de devant tandis que le ciel de plus en plus sombre était zébré d'éclairs de chaleur. Traversant la salle, nous nous approchâmes du comptoir.

— Nous voudrions parler à Santiago Diaz, dit Chris, il est ici ?

— Qui le demande ? voulut savoir la jeune femme qui portait sur sa blouse un écusson où était écrit Cynthia.

Chris sortit une carte professionnelle :

— Christophorous Georgiadis, avocat. Dites-lui que c'est dans son intérêt, Cynthia. Nous ne voudrions pas faire un scandale dans le restaurant.

L'employée disparut. Elle revint avec un jeune homme maigre à l'air impassible. Ses yeux bruns n'affichaient aucune émotion ni inquiétude particulières. On aurait même dit qu'il s'attendait à notre visite.

— Je m'appelle Christophorous Georgiadis, je suis avocat, répéta Chris d'un ton solennel à l'évidence destiné à impressionner le jeune homme. Et voici Tom Baldwin, mon client. Qui aimerait savoir si c'est toi qui lui as envoyé les mails anonymes qu'il a reçus dernièrement. Nous savons qu'ils proviennent de ton ordinateur. Nous n'avons pas encore prévenu la police, mais nous n'hésiterons pas à le faire si nécessaire.

J'observai Santiago Diaz. Il affichait un visage d'une assez spectaculaire impassibilité, se contentant de me dévisager avec une légère curiosité qu'il ne chercha à aucun moment à dissimuler. Et il avait un petit sourire en coin dont je ne doutai pas que Chris le lui aurait fait rentrer dans la gorge si nous n'avions pas été en public.

— Oui, c'est moi, répondit-il, imperturbable.

Je lus la surprise dans les yeux de Chris.

— Comment tu connais mon client et comment tu es au courant pour son fils ? demanda mon agent.

— Pas ici, répondit le jeune homme toujours aussi tranquillement. Donnez-moi cinq minutes et je vous rejoins sur le parking à l'arrière.

Avec le plus grand naturel, il fit volte-face et s'éloigna.

— Ça pue, cette histoire, dit Chris en pivotant vers moi, visiblement agacé par le calme olympien du jeune homme Je ne sais pas où est l'arnaque, mais je suis sûr qu'il y en a une.

Kilgore ne les quittait pas des yeux. Ils étaient entrés à l'intérieur du Chick-fil-A et, à présent, ils attendaient sur le petit parking à l'arrière. Ça devenait intéressant. Il était lui-même garé sur le grand parking du centre commercial voisin, sous le ciel bourgeonnant de nuages, au pied d'un palmier – lui qui venait du nord se demandait s'il existait des endroits en Floride où on ne vît pas un de ces fichus palmiers.

Son visage n'exprimait rien, sinon une indifférence absolue pour tout ce qui l'entourait, un air rêveur et absent, que seule démentait cette petite lueur au fond de ses yeux noirs qui était, chez lui, le signe d'une extrême concentration.

Santiago Diaz réapparut, marchant très tranquillement vers nous, avec cette nonchalance qui commençait à me taper sur les nerfs autant qu'elle tapait sur ceux de Chris. Il affichait toujours le même sourire narquois, et je résistai à mon tour à l'envie de lui péter les dents.

– D'où tu connais mon client ? demanda d'emblée Chris dès qu'il fut assez près.

– Je ne le connais pas, répondit le jeune Santiago, toujours aussi zen.

Il fixait Chris avec un air de défi tranquille, et je devinai que celui-ci devait bouillir intérieurement, qu'il n'était sans doute pas loin de recourir à une méthode plus expéditive.

– Ne joue pas ce jeu-là avec moi, petit con, gronda Chris à voix basse, son visage tout près de celui du jeune homme.

Qui à aucun moment ne sembla s'en émouvoir.

– Deux mille dollars et vous aurez l'explication, dit Santiago.

– Quoi ?

– Deux mille *bucks*, à prendre ou à laisser.

Chris l'attrapa par le col.

– Écoute-moi bien, espèce de sombre petite merde…

– Deux mille.

– C'est bon, Chris, dis-je. Lâche-le.

Chris s'exécuta à contrecœur. Se libérant d'un mouvement d'épaule, le jeune homme oublia Chris et s'approcha de moi – très près –, son regard me transperçant. Un regard qui clamait qu'il n'éprouvait que mépris pour les gens de mon espèce et, de nouveau, je résistai à mon envie de lui sauter à la gorge.

— OK, maintenant vous la fermez. J'ai dit deux mille dollars et vous saurez tout ce que je sais. À prendre ou à laisser. Si vous avez l'intention de faire un scandale ici, la police arrive rapido quand des clients font du grabuge. Vous êtes pas dans votre joli petit quartier sécurisé ici, *amigos*. Vous savez où m'apporter le fric, vu que vous êtes passés chez moi d'abord. Demain matin je bosse pas. Démerdez-vous pour venir avec le blé. Sinon, allez vous faire foutre.

Il nous regarda l'un après l'autre. Puis il s'éloigna.

— Tu comptes faire quoi ? me demanda Chris.

— Payer, bien sûr.

— Ce type est un voyou, Tom. Et on ne sait même pas ce qu'il sait vraiment.

— Mais il sait quelque chose, objectai-je. Il sait que mon fils est mort, il connaît mon adresse e-mail... J'ai besoin de savoir ce qu'il sait d'autre.

— OK, dit Chris d'une voix raisonnable. Allons chez moi. Tu dors à Miami cette nuit. Tu prends le temps de la réflexion. Et demain on fera comme tu as décidé.

25
Santiago a peur

Sois toujours un bon garçon, ne joue jamais avec des armes.
Johnny Cash, *Folsom Prison Blues.*

Santiago Diaz entra dans le vestiaire, où il commença à se changer, ôtant sa chemise sombre brodée au logo de la chaîne de restaurants. Tout son corps mince témoignait de l'assiduité avec laquelle il s'entraînait : développés couchés pour les épaules et le torse, squats pour les jambes, *rowings* à la barre, *kickbacks* pour les triceps. À ses abdos en forme de tablette de chocolat, à ses pecs bien dessinés et à sa taille étroite au-dessus de son slip s'ajoutait un certain nombre de tatouages.

— Santi, mon pote, on va s'en jeter un ? lui lança un collègue de son âge.

— Pas ce soir, Many. Je suis crevé.

— Allez, quoi, on va s'éclater. Écoute, j'ai branché une meuf l'autre soir, il paraît qu'elle a une sœur encore plus canon qu'elle... Me dis pas que ta bite te sert plus qu'à pisser...

— Ferme ta gueule, putain, j'ai dit pas ce soir.

— C'est quoi ton problème ? Va te branler, mec.

— *Adiós*, Many !

Santiago s'en alla, riant à gorge déployée, marchant vers sa vieille Chevy hors d'âge. Il l'aimait, cette caisse, avec ses flammes orange et or sur les portières, son pare-chocs chromé, ses gros phares ronds. Il l'avait repeinte lui-même dans le garage d'un de ses oncles. Il se disait dans la famille que ce genre de vieilles américaines était partout dans Cuba. Mais Santiago n'avait jamais mis les pieds à Cuba. Il ne connaissait l'île qu'à travers les centaines de conversations de sa mère et de ses oncles. Il mit le contact. Même le moteur avait un bruit spécial, un bruit classieux, un bruit *vintage*.

Vraoumm, vraoumm…

Il quitta le parking, déboucha sur la 49e Rue, prit à droite vers le carrefour et le feu. Il attendit cependant le feu rouge suivant – et d'être hors de vue du Chick-fil-A – pour ouvrir la boîte à gants et attraper le pétard qui se trouvait dedans.

Il allait l'allumer quand, apercevant une lueur dans le rétroviseur, il se retourna.

Il faisait sombre dehors – la nuit commençait à tomber et le ciel était de plus en plus menaçant – et encore plus sombre à l'intérieur de la Chevy, mais pas de doute : il y avait bien quelqu'un assis à l'arrière. Il venait d'allumer une cigarette et c'était la lueur de celle-ci que Santiago avait d'abord surprise dans le rétro. Le jeune homme ne distinguait qu'une haute silhouette vêtue de noir dans la pénombre et un long visage en lame de couteau se détachant comme une lune et qui touchait presque le plafond de la Chevy.

— Qu'est-ce que…

Santiago Diaz ne termina pas sa phrase. L'homme venait de bouger la main droite et le regard de Santiago s'abaissa vers l'arme qu'il tenait négligemment sur ses genoux.

– Tu prends la première à gauche, dit l'homme.

– Comment tu t'appelles ?

– Santiago.

– Santiago comment ?

– Diaz.

L'homme, chauve, grand et très maigre, était nonchalamment appuyé à la calandre de la Chevy, debout entre les phares ronds qui aveuglaient Santiago. Il pleuvait à seaux renversés et les vêtements du jeune homme étaient trempés. Il avait froid et il claquait des dents.

– Tu es déjà venu par ici, Santiago ? dit l'homme.

– Non, monsieur, répondit Santiago en clignant des yeux, autant à cause de la pluie que des phares.

Il avait décidé d'être poli, de faire tout ce que le type dirait. Santiago s'y connaissait en fils de pute et il ne lui avait pas fallu longtemps pour comprendre qu'il en avait un à bord. Quittant Miami, ils avaient roulé le long de l'US 41, puis emprunté une piste carrossable qui les avait menés au bord de ce marécage cerné par les arbres. Un endroit parfait pour se débarrasser d'un corps. Il n'y avait qu'à le donner ensuite à bouffer aux alligators. Mais Santiago ne savait toujours pas ce que l'homme voulait.

Il y eut une rafale de vent qui inclina la pluie. Et Santiago ressentit un frisson plus violent quand l'homme dit :

– Déshabille-toi et entre dans l'eau. Tu peux garder ton slip.

— Quoi ?

— Tu m'as très bien entendu, Santiago.

— Pourquoi vous voulez que je…

— T'as l'intention de refuser ?

Santiago vit le canon de l'arme se lever imperceptiblement. Sous la pluie battante, il retira, grelottant, son pantalon, son tee-shirt, ses baskets, s'approcha pieds nus de la berge. Le jeune homme s'avança ensuite dans l'eau noire, ses orteils s'enfonçant dans un sol mou et spongieux, trébuchant sur des racines, se blessant sur des pierres ou des branches invisibles ; il sentit son scrotum se serrer à l'idée de toutes les bestioles qui devaient grouiller dans cette eau noire. Sans parler de toutes celles qui devaient se planquer dans les buissons.

— C'est bon, dit l'homme quand il eut de l'eau jusqu'au nombril. Ne va pas plus loin. Il y a pas mal d'alligators dans le coin. Et retourne-toi, je veux voir ton visage. Tu vis seul, Santiago ?

— Non, monsieur, je vis avec ma mère.

Le type allait le buter. Santiago en eut tout à coup la certitude. Ou alors il allait attendre qu'un alligator rapplique et se jette sur lui, ni vu ni connu. Mais pour quelle raison ? Il chercha mentalement à qui il avait fait du tort ou manqué de respect dernièrement.

— Tu veux vivre, Santiago ?

— Oui, m'sieur !

Il inspira profondément. OK, la négociation commençait. D'accord, il avait peut-être une chance, après tout, de sortir vivant de ce merdier, le tout étant de comprendre ce que ce *cabrón de gringo* lui voulait.

— J'en suis sûr, dit l'homme. Alors, tu vas me raconter ce que vous vous êtes dit, Tom Baldwin et toi, sur le parking du Chick-fil-A. Et n'essaie pas de m'entuber : je veux *tout* savoir. Comment tu es entré en contact avec lui, d'où tu le connais, qu'est-ce que tu lui as dit et qu'est-ce qu'il t'a dit. Si j'ai l'impression que tu oublies ou me caches quelque chose, tu ne sortiras pas de ce marécage vivant, tu as compris ?

Santiago Diaz prit une nouvelle inspiration. L'homme connaissait Tom Baldwin. Ça devenait de plus en plus étrange. Il raconta. Tout ce qu'il savait. Dans les moindres détails. Sans rien omettre. De temps en temps, l'homme l'interrompait pour poser une question brève : « qui te l'a dit ? » ou « t'en es sûr ? ».

— Combien tu leur as demandé ? dit finalement l'homme.

— Quatre mille dollars, mentit Santiago.

Il vit l'homme hocher la tête. Sa haute silhouette se détacha de la calandre et s'avança dans la lueur aveuglante des phares. La pluie dégouttait de son chapeau et dégoulinait sur son long vêtement imperméable en petits ruisseaux qui accrochaient la lumière.

— Très bien. Voilà ce que tu vas faire demain. Tu vas te montrer repentant.

— Me montrer quoi ?

— Tu vas dire que tu regrettes ton geste, traduisit l'homme, que tu ne veux pas de leur argent. Et tu vas leur fournir les informations que je vais te donner. Et surtout tu ne parles de notre petite conversation à personne, ni à ta mère, ni à ton oncle, ni à tes potes, tu m'as compris ?

– Oui, m'sieur.

Santiago tremblait de la tête aux pieds. L'homme sortit une liasse de billets de ses poches, la jeta dans la boue.

– Voici cinq cents dollars pour ta peine. Et maintenant ramène-moi au parking.

26
Tel neveu tel oncle

Plus de mensonges.
Michael Kiwanuka, *One More Night.*

Vers neuf heures, le lendemain, nous garâmes la Porsche de Chris devant le petit pavillon d'Angela Diaz. Chris donna un coup de klaxon. Un rideau bougea.

Deux minutes s'écoulèrent puis Santiago apparut. Ouvrant la grille en fer forgé, il traversa le large trottoir, vint s'asseoir à l'arrière de la Porsche Cayenne.

— Faites le tour du pâté de maisons.

Ni Chris ni moi ne fîmes de commentaires. On attendait que ce petit enculé montre son jeu. Mais Santiago Diaz nous prit vraiment par surprise ce matin-là.

— Je ne veux pas de votre argent, dit-il ni une ni deux après qu'on eut démarré.

Je me retournai vers lui.

— Comment ça ?

— Je ne veux pas de votre pognon, répéta-t-il.

— T'as intérêt à nous dire ce que tu sais, enfoiré ! cracha Chris en conduisant.

— Je vais vous dire tout ce que je sais. Et je vais le faire gratuitement, déclara Santiago Diaz d'un air angélique.

— C’est quoi, cette embrouille ? Pourquoi t’as changé d’avis ? demanda Chris, suprêmement méfiant.

Santiago Diaz hésita :

— Parce que j’ai parlé avec ma mère en rentrant. Elle m’a tiré les vers du nez et elle m’a foutu la honte. Elle m’a dit qu’elle me mettrait à la porte si jamais je me servais du malheur d’un père pour me faire de l’argent. Prenez à droite.

Ça sonnait faux. Et j’étais sûr que Chris s’en rendait compte autant que moi. Santiago Diaz était un acteur médiocre. Mais pourquoi diable refusait-il l’argent qu’on était prêts à lui refiler ? Rien dans cette histoire n’était logique.

— On t’écoute, dis-je.

Il me regarda.

— Je suis sûr, monsieur Baldwin, que vous vous souvenez d’Horacio, le chauffeur de monsieur Wailand.

Bien sûr que je me souvenais d’Horacio. On s’était toujours bien entendu, lui et moi. J’avais toujours eu de bonnes relations avec le petit personnel de la famille Wailand. Peut-être parce que, d’une certaine façon, j’avais l’impression en ce temps-là d’en faire partie moi-même. Et, tout à coup, ça me revint : Diaz, il s’appelait Diaz. Horacio Diaz.

— Horacio est mon oncle, dit Santiago.

Je commençais à entrevoir une explication. Enfin quelque chose de logique. Dans la rue, des gosses jouaient avec une balle de base-ball râpée qu’ils se lançaient. Un peu plus loin, des adolescents étaient assis autour d’une chaîne stéréo portative qui diffusaient du hip-hop latino.

Les basses étaient si puissantes que je les sentis dans mon ventre quand nous passâmes près d'eux.

– Pendant une réunion de famille, et parce que mon oncle vous appréciait beaucoup, il a parlé du malheur qui vous a frappé, de ce qui est arrivé à… euh… votre enfant. (J'eus de nouveau l'impression qu'on m'enfonçait un fer chauffé à blanc dans la poitrine.) Comment ça avait détruit votre vie… Alors, j'ai… humm… j'ai eu l'idée de profiter de la situation pour vous soutirer de l'argent. Je me suis dit que vous étiez riche et moi pauvre et que c'était pas juste que ma mère soit obligée de trimer à son âge pour un salaire de misère pendant que vous aviez la belle vie dans les îles et tout et tout. Je sais, c'était idiot. Et cruel. À droite…

Il y avait dans son ton faussement repentant quelque chose d'horripilant qui me donna envie de l'étrangler de mes propres mains.

– L'idée, c'était de vous faire croire que votre fils était vivant. Et puis, j'ai pensé à mon oncle, qu'il risquait de perdre son job, même si vous n'étiez plus en bons termes avec votre beau-père. J'ai pensé à votre réaction quand vous découvririez que non seulement je vous avais volé votre argent mais que je vous avais menti…

Ex-beau-père, pensai-je. Nous avions fait le tour complet du pâté de maisons.

– Garez-vous-là, dit Santiago, et il descendit de voiture.

Nous l'imitâmes.

– Je vous demande pardon pour ces messages qui ont réveillé votre douleur mais j'ai inventé tout ça…

– *Inventé quoi ?* demandai-je, tandis que mon chagrin se muait en déception, la déception en rage.

— Eh bien, que votre fils était vivant…

— Bien sûr que tu l'as inventé ! répliqua Chris d'une voix trahissant sa fureur. Petit enculé !

— Je suis désolé, dit Santiago, pour le malheur que j'ai causé.

Je l'attrapai par le col, le secouai comme un prunier, une envie de meurtre au cœur.

— Tu es désolé ? hurlai-je. Tu es désolé ! Espèce de sale petit enfoiré !

Contre toute attente, le sourire sarcastique et provocant de la veille revint sur le visage de Santiago Diaz.

— Vous allez faire quoi ? Me cogner ? Ici, dans mon quartier ? Sans déc ? Devant mes amis et ma famille ? Vous avez assez de couilles pour ça ?

— Petite merde ! explosa Chris.

Je vis ce qu'il avait dans la main juste avant que le nuage de gaz lacrymogène n'atteigne les yeux de Santiago Diaz. Qui poussa un rugissement de bête blessée et se plia en deux.

— Ahhh ! *Hijos de la gran puta !*

— Viens ! me lança Chris en se ruant vers la Porsche.

Je fis le tour de la voiture en courant, ouvris la portière à la volée. La seconde d'après, nous démarrâmes sur les chapeaux de roues tandis que Santiago continuait de hurler sur le trottoir. Nous quittâmes Hialeah par la 953, passant sous le grand échangeur de l'aéroport de Miami, roulant vers le sud.

— On va où maintenant ? demanda Chris.

— Au Bar, répondis-je.

Chris quitta la six-voies des yeux pour m'observer d'un air inquiet.

Il s'appelle The Bar parce que c'est un bar. Ni plus ni moins. Un bar quelconque mais étonnamment authentique dans un quartier friqué, snob et très peu authentique. Le décor ne paie pas de mine : des murs peints en bleu, des tabourets et des tables en bois, un sol à damier, des rangées de bouteilles, un vieux juke-box. Situé à Coral Gables, c'est l'un des repaires de Chris. Nous nous assîmes à une table et, quand vint mon tour, je commandai un bourbon Old Forester.

— Tom, je ne crois pas que ce soit une bonne idée.

— Ta gueule, Chris, dis-je.

Il se tut. Je m'attendais à être submergé par un flot d'émotions, mais curieusement je me sentais anesthésié, groggy. Comme si j'avais toujours su que je m'illusionnais, que ces messages étaient bidons. Je n'en étais pas moins anéanti. Fin de partie. Plus de boule dans le flipper. Jamais plus Josh ne me sourirait et ne me crierait « papa ! », parce que mon fils était mort. Tout simplement. Mort. Aucun miracle en vue. C'était comme assister à une éclipse de lune en sachant que le soleil ne reparaîtra plus.

Le serveur revint avec les consommations. Quelqu'un mit un vieux truc des années 1990 : R.E.M. chantant *It's the End of the World as We Know It*. Je baissai les yeux sur mon verre comme si j'étais Socrate sur le point de boire la ciguë.

— Tom..., répéta Chris.

— Tais-toi, dis-je.

Je portai le verre à mes lèvres. L'alcool me brûla l'œsophage. Je suppose que je ressentis ce que décrit Homère dans l'épisode du chant des sirènes. L'impression de me noyer jointe à une vague de plaisir insoutenable. Il faut normalement plusieurs minutes après une absorption d'alcool pour que la dopamine se libère dans le cerveau avec son cortège de sensations euphorisantes. Il ne fallut que quelques secondes dans mon cas. Des larmes tièdes me montèrent aux yeux, je sentis mon cœur s'affoler. Déjà mon cerveau sevré en redemandait.

J'allais lever la main pour rappeler le serveur quand j'interrompis mon geste :

— Comment Santiago a-t-il eu mon adresse mail ?

La perplexité envahit le regard de Chris quand il comprit où je voulais en venir.

— Il l'a peut-être trouvée dans les affaires de son oncle.

Je secouai la tête.

— Je n'ai jamais donné mon mail à Horacio.

Chris me lança un coup d'œil circonspect.

— Tu devrais peut-être appeler son oncle, dans ce cas…

— Tout de suite, dis-je en repoussant le verre.

J'espérais que le numéro que je conservais dans mon répertoire était toujours valable. Du temps où je vivais avec Annabelle, il nous arrivait de faire appel à Horacio. Mon ex-beau-père le mettait souvent à notre disposition – surtout lorsqu'il s'agissait d'emmener Josh quelque part.

L'ayant trouvé dans WhatsApp, je n'hésitai qu'une seconde avant d'appuyer sur le symbole représentant une caméra plutôt que sur celui représentant un téléphone. La sonnerie retentit dans le vide jusqu'au moment où un visage stupéfait apparut sur l'écran.

— Monsieur Baldwin ? dit Horacio Diaz.

Il avait l'air d'avoir vu un fantôme. Je venais de lui narrer par le menu notre «rencontre» avec son neveu. Horacio avait une peau plus sombre que celle de Santiago, des yeux bruns et des cheveux noirs et drus, qui n'avaient toujours pas blanchi quoiqu'il approchât de la soixantaine.

– Veuillez excuser les actes de mon neveu, dit-il, l'air absolument catastrophé. J'ai tellement honte. Tellement. Et surtout veuillez me pardonner pour avoir parlé de vous en famille, monsieur Tom. Je suis désolé. Je ne pensais pas que ça vous ferait du tort, ni que mon neveu ferait cette chose si affreuse. Je vais avoir une conversation avec lui. Ce n'est pas pardonnable.

C'est le moins qu'on puisse dire, pensai-je. Horacio Diaz parlait à voix basse, et j'avais du mal à capter ce qu'il disait avec la musique du bar en fond sonore.

– Si ça venait aux oreilles de monsieur Wailand, ajouta-t-il, il serait terriblement en colère contre moi, terriblement…

– Ne vous inquiétez pas, Horacio, dis-je. Comme vous le savez, on n'est pas en très bons termes, lui et moi. Et je ne lui dirais rien de tout ça même si je le croisais. Mais ce que je ne comprends pas, c'est comment votre neveu a obtenu l'adresse de ma messagerie, Horacio.

Il haussa les épaules.

– Je ne sais pas du tout. Il est comme tous ces jeunes: doué pour l'informatique. Et je suppose que votre nom doit bien figurer quelque part. Je ne vois pas d'autre explication. Je lui poserai la question, si vous voulez.

– S'il vous plaît, dis-je.

– Et sinon, comment allez-vous, monsieur Tom?

— Je vais bien, Horacio. Merci de demander.

— Vous êtes en Floride alors ?

— Oui, dans les Keys.

— Bel endroit, commenta-t-il sans conviction.

— En effet. Je dois vous laisser maintenant. Je vous remercie d'avoir répondu à mes questions.

— Encore une fois, je suis terriblement navré, monsieur Tom. Je vais avoir une conversation très sérieuse avec Santiago, je vous le promets. Ce n'est pas bien du tout ce qu'il a fait…

Doux euphémisme, pensai-je. Je coupai la conversation après un échange de politesses et plantai mon regard dans celui de Chris :

— Il y a quelque chose qui ne va pas, dis-je.

— Comment ça ? demanda mon agent et ami en me dévisageant.

— Il ment.

27
Kay a de la visite

Et elle a dit: « Oh, c'est toi. »
Rupert Holmes,
Escape (The Piña Colada Song).

Une aube aussi chaude et moite que les précédentes. La veille, la météo avait annoncé que la journée serait nuageuse mais avec quelques éclaircies. Bien vu pour les éclaircies: ce furent des rayons de soleil ardents qui, traversant les fenêtres, réveillèrent Kay ce matin-là.

Elle ouvrit les yeux… et sursauta.

Il y avait un homme – tout au moins une silhouette à forme humaine – debout à l'entrée de la chambre. Transpirant dans la chaleur d'août, elle crut d'abord qu'il s'agissait d'un étranger, que quelqu'un l'observait en silence, et son pouls s'emballa. Puis elle le reconnut.

– Putain, Randy, tu m'as foutu une de ces trouilles! s'exclama-t-elle en s'asseyant dans le lit.

– Pourquoi: t'es pas contente de me voir, bébé?

Il était sept heures du matin et il avait déjà une bière à la main.

– Je croyais que tu étais en déplacement toute la semaine, dit-elle, sortant du lit et se levant.

Kay était en slip et le regard de Randy glissa sur elle, s'attardant sur ses seins, ses cuisses halées et surtout ce que dissimulait sa petite culotte.

— T'es drôlement bronzée, dit-il. C'est dur la vie pour toi dans les Keys, hein, ma belle ?

— Va chier, Randy.

Elle passa devant lui, entra dans la cuisine, alluma la cafetière.

— Ça te dérange que je sois rentré si tôt, on dirait, dit la voix douce mais insinuante. Je me trompe ?

Kay se figea. Elle connaissait trop bien cette petite voix contrôlée mais implacable, annonciatrice de problèmes. Elle perçut la tension qui régnait dans la pièce, quelque chose qui tournoyait comme une nuée d'orage malgré le soleil matinal. Elle entendit Randy s'approcher dans son dos. Il se colla à elle, et elle sentit qu'il était excité.

— Moi, je suis content de te voir, dit-il en glissant une main dans sa culotte et en saisissant un sein de l'autre (elle se demanda bizarrement où il avait posé sa bière entre la chambre et la cuisine puisque ses deux mains étaient libres). Hmmm, ta peau sent bon après le sommeil, bébé…

Il pinça le mamelon si fort qu'elle grimaça. Elle le repoussa doucement.

— On est drôlement en forme de bon matin, monsieur Calloway, y a pas à dire, tenta-t-elle gauchement, d'un ton badin.

Elle vit que sa petite plaisanterie avait sur lui l'effet inverse de celui escompté.

— Me prends pas pour un con, dit-il d'une voix sifflante, une lueur belliqueuse au fond des yeux.

D'un geste soudain, la main droite de Randy fut sur le cou de Kay – *autour* de son cou pour être exact – et la nuque de Kay heurta la cloison si violemment que ça résonna étrangement à l'intérieur de son crâne.

– Me prends pas pour un con, *salope*, répéta-t-il d'un ton venimeux. Tu crois que je vois pas ton petit manège avec notre cher voisin, monsieur Tom Sainte-Nitouche ? Comment réagirait notre ami Tom le Tringleur s'il apprenait qui tu es vraiment et ce que tu fais ici, tu y as pensé ?

Elle se cala contre la cloison et, posant les deux mains à plat sur le poitrail de Randy, le repoussa de toutes ses forces.

– T'es rien qu'une merde, cracha-t-elle.

Attrapant son paquet de cigarettes et son briquet, Kay jaillit sur la véranda. Sa main trembla quand elle en alluma une et ses lèvres se crispèrent autour du filtre. Elle s'attendait à ce que Randy la rejoigne pour continuer à lui chercher querelle, mais il n'en fit rien. Elle sentit le vent tiède caresser ses seins et ses cheveux, ferma les yeux, les rouvrit. Au large, une masse de nuages sombres approchait par le sud-est, comme l'infanterie d'une armée ennemie ; ils ne tarderaient pas à avaler le soleil. La mer avait pris une teinte métallique, les palmiers bruissaient plus fort.

Brusquement, son regard fut attiré par une présence à la limite de son champ de vision, sur sa gauche.

Elle tourna la tête. Se raidit instantanément. Une haute silhouette se tenait à l'entrée de l'allée, au-delà de la maison de Tom. L'individu ne cherchait en rien à se cacher. Il la fixait au contraire très tranquillement. Complètement, rigoureusement immobile sous les arbres.

Il était grand, maigre, chauve, avec un visage en lame de couteau et des vêtements noirs. Même à cette distance elle pouvait voir ses petits yeux braqués sur elle.

Puis il se détourna sans un mot et s'en alla.

Kay sentit un long fourmillement électriser ses nerfs. Elle avait déjà vu cette silhouette une fois dans sa vie. Dans des circonstances qu'elle n'oublierait jamais.

28
Sur un nuage

Maintenant j'ai la réponse à ma plus grande question.
The Record Company, *Off the Ground.*

J'ai toujours détesté l'avion. Et, en ce mercredi 18 août, j'eus l'impression que le mien était un Yo-Yo entre les mains de Dieu. Éclairs, rafales de pluie, turbulences. Ça secouait sévère dans la cabine. Je m'attendais presque à ce que les masques à oxygène tombent d'un instant à l'autre à notre portée, dansant et flottant dans l'atmosphère dépressurisée comme des méduses orange.

Je voyais à travers le hublot ruisselant l'aile de l'avion déchirer tel un couteau des cumulus hauts comme des buildings, les lances blêmes des éclairs qui les transperçaient, le vent qui rugissait le long du fuselage et je n'en menais pas large.

Il faisait un sale temps pour voler et, malgré moi, ce vol Miami-New York m'en rappela un autre : un vol de nuit en compagnie de Josh et d'Annabelle à bord d'un 767 d'American Airlines, de retour d'un séjour aux Bahamas. Cette nuit-là, à trente-six mille pieds au-dessus de l'océan moutonnant plongé dans l'obscurité, j'avais longtemps cru que nous allions nous abîmer en mer, et j'avais passé le plus clair de mon temps à serrer la main de mon petit garçon assis à côté de moi qui, nullement impressionné, m'avait glissé à l'oreille : « Papa, n'aie pas peur, tout va bien se passer. » Je refrénai un nouvel assaut de larmes. En cet instant, j'aurais bien eu besoin de mon fiston à mes côtés. Pourquoi n'était-il pas là ? Et je ressentis encore une fois la cruauté de son absence avec une violence, un chagrin qui me firent presque suffoquer.

Oh, Josh, Josh, songeai-je en m'accrochant aux accoudoirs, enfoncé dans mon siège. *Qu'est-ce que tu me manques, fils.*

Dès que nous eûmes atterri à JFK, je pris un taxi pour le 1 Hotel Central Park. Je surpris quelques coups d'œil du chauffeur sikh dans le rétro pendant le trajet, il devait trouver que son client avait vraiment une sale tête.

Dans ma chambre, j'étais en train de sortir les affaires de mon sac de voyage et de les poser sur le lit quand un message illumina l'écran de mon portable Je me penchai. C'était Kay :

Tu es où ? Tu fais quoi ?

J'hésitai avant de répondre :

Je rentre demain. Je suis
à New York.

Un instant puis :

Tu fais quoi à New York ?

Je te raconterai ça au retour.

Moi aussi j'ai quelque chose à te raconter...

Je fronçai les sourcils, écrivis :

Quoi ?

Pas au téléphone. Je te raconterai tout quand tu rentreras.

Tout quoi ?

Je ne peux pas en parler maintenant, Tom.

Ma perplexité s'accrut. J'écrivis le message suivant, un brin agacé :

Ça a un rapport avec Randy ?

La réponse de Kay ajouta à ma confusion :

Non. Ça n'a rien à voir avec Randy. Mais c'est important.

« Important »... Le mot s'imprima en moi. Ce que je m'apprêtais à faire l'était aussi.

Sur la 108e Rue, au carrefour de la quarante et unième Avenue, dans le Queens, le bus scolaire jaune emporta trois gosses – deux garçons et une fille – avec leurs cartables sur le dos peu avant huit heures du matin, au moment où je descendais du taxi.

Je traversai la rue et le trottoir entre les platanes, grimpai les six marches du perron de la petite maison mitoyenne.

Les magasins alentour – tels que le Glamour Beauty Salon ou le Magico Amanece – avaient encore leurs rideaux tirés. Je sonnai. Une minute passa, pendant laquelle mille pensées me traversèrent. Une ambulance glissa dans la rue, sirène hurlante, descendant vers Forest Hills. La porte vernie s'ouvrit. L'espace d'un instant, Horacio Diaz me dévisagea, déconcerté, puis parut s'absorber dans le spectacle de la rue déserte derrière moi.

— Monsieur Tom, dit-il simplement, quand son regard fut revenu se poser sur moi, moins étonné que triste.

— Bonjour Horacio, dis-je. Je peux entrer ?

— Bien sûr.

Il s'effaça et je me fis la réflexion que, pendant des années, nous avions côtoyé Horacio, mais que jamais avant ce jour je n'étais entré chez lui. Comme si lui faisait partie de nos vies, mais qu'en revanche nous ne désirions pas faire partie de la sienne.

L'intérieur était modeste mais joyeux, propre et bien tenu, les murs peints de couleurs vives, jaune et turquoise, et des plantes vertes – cactus, palmiers nains, fougères, orchidées – colonisaient le moindre espace comme une jungle miniature. Un arôme de café fraîchement torréfié et de *tostada*, du pain cubain grillé et beurré, montait de la cuisine sur notre gauche en même temps que des voix. Horacio me conduisit au salon. Je saluai au passage madame Diaz et une adolescente brune et mince qui devait être leur fille.

— Asseyez-vous, me dit-il. Vous voulez un verre d'eau ?

— Non, merci. Horacio, je suis ici parce que…

Il m'interrompit d'un geste.

— Je sais pourquoi vous êtes ici, dit-il, visiblement très affecté. Laissez-moi parler s'il vous plaît, ne dites rien…

Il avait les larmes aux yeux et je sentis comme un courant électrique circuler sous ma peau, un long frémissement qui me traversa de part en part : il avait l'air si accablé que je craignis soudain d'entendre ce qu'il avait à me dire. Il baissa les yeux. Nous restâmes là, assis l'un en face de l'autre autour de la petite table basse, en silence. Puis il prit une inspiration. Quand il releva enfin la tête, il eut l'air bouleversé, déchiré.

— Monsieur Tom, commença-t-il, ses yeux sombres pleins d'une invraisemblable tristesse, ce que j'ai découvert est terrible. J'ai voulu vous le dire plusieurs fois, mais je ne savais pas comment faire, vous comprenez : je ne voulais pas perdre mon travail.

Non, je ne comprenais pas, je ne comprenais rien. J'étais juste terrifié.

— Je ne l'ai découvert que récemment, par hasard, en surprenant une conversation de votre beau-père… de monsieur Wailand je veux dire… Je ne le savais pas avant, je vous jure ! Mais quand j'ai entendu ça, j'ai tout de suite cherché comment vous le dire… Il fallait que quelqu'un vous prévienne…

J'avais l'impression que mon cœur allait forer un trou dans ma poitrine et sauter sur la table basse tant il tapait.

— *Me dire quoi ?* coassai-je, conscient de mes battements de cœur anarchiques et du voile de sueur sur mon visage.

— Eh bien, ce qu'il y avait dans le message, dit-il.

J'ouvris grand les yeux :

— Hein ?

— Votre fils, Josh : il est *vivant*, monsieur Tom.

Je bondis de mon siège tel un ressort, les yeux écarquillés, la mâchoire pendante.

– Quoi ?!

Il pleurait à présent, ou du moins il avait les yeux humides et les larmes menaçaient de déborder de ses paupières.

– Je n'étais pas censé être là, expliqua-t-il. J'avais oublié quelque chose dans l'appartement. Quand je suis entré, j'ai entendu la voix de monsieur Wailand qui disait au téléphone dans une autre pièce : « Comment va Josh ? J'ai hâte de le voir. » J'ai sursauté. J'ai cru que j'avais mal entendu. Mais il a continué : « Je ne l'ai pas vu depuis Noël, il me manque. Il faut qu'il voie son grand-père plus souvent, Annabelle. » Puis il a ajouté : « Tu sais bien que je ferais n'importe quoi pour lui. » J'étais sidéré. J'étais comme vous, monsieur Tom. J'ai toujours cru que Josh était mort des suites de cet accident. Qu'il avait été incinéré… J'ai écouté encore un peu, puis je suis reparti discrètement avant que monsieur Wailand ne s'aperçoive de ma présence.

Son visage exprimait un tel chagrin, une affliction si sincère que j'eus presque envie de le consoler, de lui dire que ce n'était pas sa faute.

– J'ai tout de suite pensé que je devais vous le dire. Ils n'avaient pas le droit de vous faire ça… Ils…

Il s'interrompit. Sa fille venait d'entrer dans le salon :

– Papa, tu n'as pas vu mon… ?

Elle s'interrompit à son tour en voyant son père pleurer, en voyant au vrai deux hommes adultes assis face à face dans son salon qui avaient tous les deux les yeux et les joues brillants de larmes. Car je pleurais sans retenue à présent, comme si nous venions d'apprendre un terrible décès, alors qu'au contraire je venais d'apprendre une résurrection.

— Papa, qu'est-ce qu'il y a ?

— Laisse-nous, dit-il farouchement, et elle se retira sans rien ajouter, muette de stupéfaction.

Il tourna vers moi un regard étincelant.

— C'est trop cruel, trop injuste ce qu'ils vous ont fait. Comment peut-on faire une chose pareille à un père ? Comment ont-ils osé ? C'est inhumain ! (Il renifla, frotta ses joues humides d'un revers de manche, honteux ; je laissai les larmes rouler librement sur les miennes, tomber sur ma chemise.) Seulement voilà, ce travail pour monsieur Wailand, c'est toute ma vie. C'est lui qui nourrit ma famille, c'est lui qui a payé cette maison, les études de ma fille… monsieur Wailand est un patron dur mais généreux. Et il me fait confiance.

Il secoua la tête – et je ne sus si c'était pour appuyer ses dires ou, au contraire, parce qu'il avait honte de lui.

— Il fallait que je trouve un moyen de vous prévenir sans que vous puissiez remonter jusqu'à moi. Alors, j'ai pensé à mon neveu de Miami qui passe beaucoup de temps sur son ordinateur. Je lui ai demandé s'il était capable d'envoyer un message anonyme. Il m'a répondu que c'était facile. Je ne me doutais pas que vous remonteriez jusqu'à lui. Encore moins qu'il vous demanderait de l'argent. J'ai tellement honte, monsieur Tom.

Il s'écoula plusieurs secondes avant qu'il se remette à parler. Je sentais les battements de mon cœur redevenir normaux petit à petit. J'avais bien cru faire une crise cardiaque. Là-dessus, j'eus la vision de mon petit garçon me tirant par la manche et levant les yeux vers moi en souriant d'un air complice.

— Ce que je ne comprends pas, ajouta-il, c'est pourquoi Santiago vous a dit que Josh était mort…

— Et pourquoi il a refusé mon argent, complétai-je, perplexe, ma vision toujours brouillée par les larmes.

— Oui…

À mon tour de marquer une longue pause. Après quoi, mon regard, plus acéré que jamais, s'enfonça dans le sien et je dis, plein d'espoir :

— Et vous n'avez pas une idée de l'endroit où Josh se trouve ?

Je crus un instant qu'il allait répondre par l'affirmative. Mais il secoua la tête négativement.

— J'ai essayé de le découvrir, monsieur Tom, je vous le jure. J'ai tendu plus d'une fois l'oreille. Mais pas moyen. Monsieur Wailand est extrêmement prudent. Si je n'étais revenu sur mes pas ce jour-là…

Nous fûmes de nouveau interrompus. Cette fois par la sonnerie de mon téléphone. C'était Chris. Instinctivement, j'eus envie de partager avec lui ce sentiment de bonheur incroyable qui m'avait envahi.

— Tu as du nouveau ? me demanda-t-il d'emblée. Tu as pu rencontrer Horacio ?

— Il est devant moi.

Il dut deviner à mon ton que quelque chose s'était passé.

— Et… ?

— Josh est vivant, Chris.

Le silence au bout du fil s'éternisa.

— Quoi ? Tu en es sûr ?

De nouveau, les larmes affluèrent, me brouillant la vue, et ma voix se brisa presque quand je répondis :

— Oui ! Horacio a surpris une conversation téléphonique de Raynard ! Dans laquelle il demandait des nouvelles de Josh et projetait d'aller le voir ! Il parlait avec Annabelle. Il ne savait pas qu'Horacio était là... C'est Horacio qui est à l'origine du message que j'ai reçu !

Nouveau silence.

— C'est incroyable, s'exclama mon agent et ami.

Le ton de Chris était clairement sidéré, mais tout aussi manifestement sceptique.

— Il est vivant, Chris ! Mon fils est vivant !

— Si c'est vrai, c'est formidable, Tom. C'est la plus extraordinaire nouvelle qui soit. Mais en es-tu vraiment sûr ? J'étais là, Tom, tempéra-t-il. J'ai vu le cercueil. Qui était dedans dans ce cas ? Tu es vraiment certain qu'on ne te mène pas en bateau ?

— Le cercueil, il était ouvert ou fermé ? demandai-je soudain.

Il hésita.

— Fermé..., finit-il par dire.

— Tu n'as pas véritablement vu Josh alors ? poursuivis-je, la gorge nouée.

— Non.

— Mon fils est vivant, réaffirmai-je, en proie à un bonheur incommensurable.

— Je suis tellement heureux pour toi, dit Chris d'une voix changée. Tellement heureux. Bon Dieu, c'est incroyable !

Je devinai à sa voix que l'émotion l'avait gagné lui aussi, qu'elle lui nouait la gorge, qu'il avait peut-être même les larmes aux yeux. Trois hommes adultes pleurant ensemble, mais pleurant de joie.

— Et tu sais où il est ? demanda-t-il ensuite.

— Pas encore, dis-je. Mais je le trouverai. Dussé-je remuer ciel et terre, Chris. Dussé-je y passer le restant de mes jours. Je le trouverai. Je te laisse, maintenant. Je te raconterai tout le moment venu.

— D'accord, dit-il. Mais sois prudent. Et tiens-moi au courant, OK ?

Je raccrochai et m'excusai auprès d'Horacio.

— S'il vous plaît, monsieur Tom, fit celui-ci après un nouveau silence, ne dites pas à monsieur Wailand que c'est moi qui vous l'ai appris. Cet homme, il est capable de tout...

— Ne vous inquiétez pas, Horacio, le rassurai-je, il n'en saura rien. Je sais l'estime que vous avez pour mon ex-beau-père.

À ces mots, je vis l'expression d'Horacio Diaz se durcir.

— Estime ? releva-t-il d'une voix presque aussi coupante qu'une scie à métaux. Raynard Wailand est un fils de pute, répliqua-t-il, me stupéfiant, lui que je n'avais jamais entendu employer pareil langage. Un salopard. Mais j'ai besoin de ce travail...

Je me levai. Il m'accompagna à la porte. Je surpris en passant les coups d'œil inquiets de sa fille et de sa femme. Sur le perron, je sentis que, paradoxalement, c'était lui qui avait besoin de réconfort, d'un geste amical de ma part, et je lui serrai l'épaule.

– Merci, Horacio.

– J'espère que vous allez retrouver Josh, me dit-il sur le pas de la porte. Si j'apprends quoi que ce soit de nouveau, je vous le ferai savoir, vous avez ma parole, monsieur Tom. Aucun père ne mérite ce qu'ils vous ont fait.

La rue s'animait. Des voitures passaient. Des adultes prenaient le bus à leur tour, au carrefour. Les magasins levaient leurs rideaux de fer. Les commerçants défaisaient les cadenas de leurs vitrines. On était le 19 août au matin. Et je flottais sur un nuage.

Josh est vivant…

29
L'instant de vérité

Que ressent-on ? Que ressent-on ?
Bob Dylan, *Like a Rolling Stone.*

Le vol du retour à JKF était à dix heures cinquante-cinq, et je dus encourager mon taxi, moyennant la promesse d'un bon pourboire, pour ne pas le louper. Il atterrit à Miami à quatorze heures dix et, pour la première fois, je n'eus pas peur de l'avion, tout absorbé que j'étais à réfléchir à la suite des événements.

Sur la route des Keys, je baissai la vitre et profitai du vent salé, du soleil chauffant mon avant-bras, de la vue sur l'océan, sans cesser un instant de penser à mon fils. Je mis *Like a Rolling Stone* à plein volume et je me remémorai mon propre père chantant à tue-tête cette chanson par-dessus la voix de Dylan, au volant de sa vieille Oldsmobile Toronado, et m'encourageant à en faire autant. J'étais très timide, enfant – une partie de cette timidité, une partie seulement, m'a suivi toute ma vie –, et je secouai négativement la tête en souriant.

– Allez, fils ! me disait-il. Vas-y ! Chante avec moi ! *How does it feeel? How does it feeel? To be without a hooome?*

Mais je n'ai jamais osé. Et je trouvais ça bizarre de sa part.

– Ça ne fait rien, finissait-il toujours par dire (et il tendait le bras pour ébouriffer mes cheveux de sa grande main). Toi, ton truc, c'est le dessin, pas vrai ? Et les mots. Tu seras Frank Stella ou Erskine Caldwell ! Pas moins.

Mais, cette fois, au volant, je me mis à chanter par la vitre baissée – faux sans aucun doute, bien qu'avec conviction –, attirant le regard amusé d'une conductrice au feu suivant, qui m'adressa un sourire radieux auquel je répondis par un clin d'œil.

Et pourquoi pas, après tout ? C'est une belle vie…

En me garant, je vis que le SUV de Kay était là et, de fait, elle jaillit de la maison dès qu'elle entendit le bruit du moteur. Elle portait ce jour-là une petite robe d'été sans manches de couleur vive et des sandales à talons plats, une robe suffisamment courte pour ne rien dissimuler de ses jolies jambes bronzées, et je remarquai combien ses cheveux s'éclaircissaient de jour en jour et combien les pointes en devenaient rebelles à cause du soleil, du vent et du sel, phénomène familier à tous les habitants des Keys.

Je descendis de voiture et me précipitai vers elle.

– Josh est vivant ! m'exclamai-je.

Elle écarquilla les yeux, ouvrit la bouche en O.

– Quoi ? Oh, mon Dieu, Tom ! Oh, mon Dieu ! Tu en es sûr ?

– Oui, oui, j'en suis sûr !

– Oh, mon Dieu, Tom ! C'est merveilleux !

Elle se jeta dans mes bras, me serra très fort, comme si elle voulait m'étouffer, et j'aimai cette accolade spontanée, je respirai l'odeur de sa peau et de ses cheveux, je sentis la pression de ses seins contre moi, j'eus envie de l'embrasser – mais je regardai en direction de leur maison.

— Randy est là ? demandai-je prudemment, bien que le Ford Transit fût absent.

Elle secoua la tête.

— Il ne reviendra pas avant trois jours.

Je me demandai brièvement quelle sorte de produit pharmaceutique il était en train de vendre, oubliai aussitôt cette question, pris Kay par la main.

— Viens ! Il faut fêter ça !

J'ai toujours une bouteille de champagne en réserve pour les amis. C'est aussi comme ça que nous fêtons la fin d'un manuscrit, Chris et moi, même s'il est le seul à boire. Je remplis un seau de glaçons, pensai soudain à quelque chose et filai dans la petite pièce aveugle qui me sert de débarras, dans l'arrière-cuisine.

Fouillant dans un carton de déménagement, je finis par y dénicher ce que je cherchais : Buzz l'Éclair, le jouet préféré de Josh. Je revins dans la cuisine, brandissant le ranger de l'espace en direction de Kay, m'exclamai bêtement :

— « Vers l'infini et au-delà ! »

Elle rit.

— Raconte-moi tout ! me lança-t-elle joyeusement.

Je lui narrai toute l'affaire, avec force détails et en faisant beaucoup trop de détours en chemin, dus sans aucun doute à mon enthousiasme. Je la vis s'illuminer au fur et à mesure. Kay paraissait aussi heureuse que moi. Elle souriait, et je me rendis compte à quel point ce sourire la rendait ravissante. Je me rendis compte aussi que c'était avec elle que, pendant tout le trajet, j'avais voulu partager ce bonheur. Et avec personne d'autre. Je réalisai qu'elle était tout ce qui m'avait manqué ces dernières années, tout ce que j'avais si violemment désiré. J'allais le lui dire, lui ouvrir grand mon cœur quand je vis son sourire disparaître et son visage redevenir sérieux.

— Tom, avant d'aller plus loin, il faut que je te dise quelque chose, déclara-t-elle.

Il y avait dans son ton une nuance qui me ramena immédiatement sur terre et dissipa ma joie pendant une seconde. Je repensai à son message : « Moi aussi j'ai quelque chose à te raconter, quelque chose d'important. »

— Je t'écoute.

Je souriais toujours. Rien ne pouvait entamer mon bonheur ce jour-là. Même si j'allais devoir décider très vite si je devais prévenir la police et un avocat concernant Josh, ou le retrouver moi-même.

— Ce n'est pas facile, dit Kay. Je ne sais pas par où commencer…

Elle avait l'air fichtrement grave tout à coup, et je sentis mon enthousiasme fondre comme un glaçon au soleil.

— S'il te plaît, ne me juge pas, ajouta-t-elle.

Cette fois, je fus carrément sur le qui-vive.

— Je travaille pour ton ex-beau-père, m'assena-t-elle.

Elle m'aurait donné un coup de poing dans la figure qu'elle ne m'aurait pas pris davantage au dépourvu.

— Quoi ?

— C'est Raynard Wailand qui m'a engagée et qui m'a demandé de venir m'installer ici, poursuivit-elle d'un ton sinistre. Je suis détective privée, Tom. Une profession que j'exerce depuis que j'ai quitté les forces de police. Ton ex-beau-père est au courant de ce message que tu as reçu, celui qui disait que Josh est vivant. J'ignore comment il l'a su. Mais il m'a engagée pour que je surveille tes moindres faits et gestes. Chose que j'ai faite jusqu'à présent mais… je n'avais pas prévu que cela se passerait comme ça entre nous…

Je pris une profonde inspiration, secouai la tête, incrédule. J'avais l'impression qu'un gouffre venait de s'ouvrir sous mes pieds. *Kay travaillant pour Raynard…*

— Comment tu l'as connu ? demandai-je d'une voix sans timbre.

— Il avait déjà fait appel à mes services par le passé.

— Randy aussi m'espionne ?

Je repensai au coup de fil que j'avais surpris, planqué sous la fenêtre de leur cuisine, quand Randy avait failli me trouver dans leur maison. À présent, tout s'expliquait.

— Pas vraiment. Il est censé garder un œil sur toi quand je ne suis pas là, mais il a son propre travail. Qui n'a rien à voir avec le mien. Il sait juste le nécessaire.

— Tu savais que mon fils est vivant ? demandai-je en songeant à la soirée de Key West où j'avais partagé ma douleur avec elle.

Elle redressa la tête.

— Non, bien sûr que non ! Je te l'aurais dit !

— Tu vas lui rapporter ce que je viens de te raconter ?

— À Wailand ? Non, répondit-elle fermement, c'est fini.

Je lui lançai un regard fielleux.

— Pourquoi pas ? Au point où tu en es…

Elle m'en lança un en retour qui était infiniment triste. Et je me demandai si elle jouait la comédie ou pas. Mais j'étais bien décidé à ne pas la laisser s'en tirer à si bon compte.

— Parce que les choses ont changé, Tom, dit-elle doucement. Tu le sais bien…

— Comment ça ?

— Je suis de ton côté maintenant… Écoute, il faut que tu me croies, s'il te plaît. Je ne te connaissais pas. C'était un job comme un autre… Tout est différent aujourd'hui.

Je vis qu'elle avait les yeux humides. Décidément, c'était la journée des larmes. Elle avait l'air d'une petite fille prise en faute qui se sent coupable. Je ricanai férocement, impitoyablement.

— Il te paie bien ?

Elle ne répondit pas.

— Je veux que tu t'en ailles, Kay. Tout de suite.

Elle me lança un regard dévasté. Ses beaux yeux verts étaient pleins d'une douleur telle que, pendant une fraction de seconde, je fus tenté de lui pardonner, de la prendre dans mes bras, de la serrer contre moi. Elle attendait un geste de ma part, de toute évidence. Jamais je n'avais vu une femme aussi séduisante et aussi triste à la fois. Une partie de mon esprit avait envie de continuer à l'aimer, de ne jamais la laisser repartir.

— Dégage, dit l'autre partie d'un ton sans équivoque. Fous le camp. Et ne remets plus jamais les pieds ici.

Elle hocha la tête en silence, s'éloigna vers la porte, se retourna :

— Une dernière chose. Quelqu'un est venu, je ne sais pas son nom, mais je l'ai déjà vu avec Wailand en une autre occasion. Il travaille pour ton ex-beau-père. Et s'il est ici, ce n'est pas précisément pour discuter, Tom. Je t'en prie, il faut que tu me croies. *C'est quelqu'un de très dangereux.*

Après quoi, elle s'en alla.

30
Le docteur accouche

Et que la vérité soit dite.
The Record Company, *Off The Ground.*

Chris m'appela dans la foulée. Il voulait savoir ce qui s'était dit chez Horacio. Il m'avait déjà appelé à ma descente d'avion puis pendant que je roulais mais, tout à mon bonheur, j'avais laissé le téléphone sonner. Je lui rapportai les propos d'Horacio et il laissa passer un long silence.

— C'est incroyable, conclut-il une fois de plus. Incroyable et merveilleux…

Je devinai les trois petits points à la fin de sa phrase : *si c'est vrai*, disaient-ils.

— Tu me dis que tu as vu le cercueil fermé ? lui demandai-je.

— Oui, répondit-il. Au crématorium. Je n'ai pas assisté à l'incinération.

— Qui était sur place ?

— Seulement ton ex-beau-père.

Je commençais à entrevoir une possibilité. Qui me parut aussi tirée par les cheveux que certains romans policiers. Je le remerciai et composai un autre numéro.

— Dr Van Cleve, dit la voix au bout du fil.

— Docteur, c'est Tom Baldwin.

Je revis le grand nounours serein et calme à la moustache auguste et au regard doux derrière ses lunettes rondes.

— Que puis-je pour vous, Tom ? dit notre ancien médecin de famille d'un ton circonspect.

— Docteur, je vous conseille de réfléchir très soigneusement avant de répondre à la question que je vais maintenant vous poser. Très soigneusement…

Seul le silence accompagna ma phrase. Et je laissai passer une ou deux secondes avant de le rompre.

— Vous m'avez dit que Josh était mort, continuai-je. Je veux savoir si vous avez vous-même vu le corps de mon fils mort et constaté son décès… Réfléchissez bien avant de répondre, docteur.

Nouveau silence. À peine troublé par la respiration du bon docteur, qui paraissait avoir du mal à trouver son souffle.

— Pourquoi cette question, Tom ? Nous avons déjà parlé de ça…

Ma voix se durcit :

— Vous ne répondez pas, dis-je en étant conscient de ce qu'il y avait de menaçant dans mon ton.

— Non.

— Non, vous ne répondez pas ? Ou non, vous ne l'avez pas vu ?

— Non, je ne l'ai pas vu.

Je soupirai.

— Monsieur Wailand m'a demandé de signer l'acte de décès en m'assurant que Josh était mort, ajouta-t-il d'une voix presque inaudible.

— Et, bien entendu, on ne peut rien refuser à mon ex-beau-père…

Il ne fit pas de commentaire. Je devinai son embarras, sa honte peut-être, sa culpabilité, qui sait ? Ou alors sa peur des poursuites judiciaires…

— J'espère qu'il vous a bien payé pour ça, dis-je.

Et je raccrochai.

31
Tu veux m'aider ou pas ?

Viens avec moi mon amour à la mer.
Cat Power, *Sea of Love.*

Kay se traîna hors du lit jusqu'à la cuisine, le lendemain. Comme une zombie.

Elle mit la cafetière en route sur le plan de travail. Non seulement elle ne se sentait pas reposée mais elle avait mal partout. La nuit avait été étouffante. La température n'était pas descendue en dessous de trente-trois degrés, et le ventilateur avait brassé un air moite qui à aucun moment ne s'était rafraîchi.

Elle s'était tournée et retournée, en nage, dans son lit. S'était levée pour aller prendre un Pepsi Wild Cherry bien frais dans le frigo, retrouvant ensuite la chaleur qui irradiait des draps, comme un radiateur poussé à fond, là où son corps avait laissé en creux son empreinte dans le matelas.

Pour couronner le tout, à quelques jours de ses règles, elle sentait par moments des élancements planter leurs crocs acérés dans son bas-ventre, la faisant grimacer.

Elle avala un comprimé de Tylenol, sortit sur la véranda avec son mug de café à l'effigie de la Grosse Pomme, alluma une cigarette. Elle évita de regarder la maison de Tom. Penser à lui était bien plus douloureux que n'importe quelle menstruation. Mais elle n'avait que ce qu'elle méritait. Comme disait son père : *traite les autres comme tu voudrais qu'on te traite.* Bien vu, papa. Tu savais de quoi tu parlais, toi qui trompais maman avec la femme de ton frère. Elle écrasa un moustique qui jouait les vampires sur son bras. Le ciel était de nouveau bas et gris, l'air chaud et saturé d'humidité. Entre ça et cette pellicule de sueur qui ne la quittait presque jamais, c'était comme être enfermé dans un sauna vingt-quatre heures sur vingt-quatre. Elle commençait à se demander si Randy n'avait pas raison au sujet de cet endroit.

Elle fixait l'horizon, où les mouettes barattaient le vent chaud en piaillant, quand elle perçut un mouvement du côté de chez Tom. Tournant la tête, elle le vit qui marchait vers elle d'un pas décidé, à travers l'herbe rase, et quelque chose se noua dans son ventre. Il grimpa les deux marches de la véranda, fit deux pas supplémentaires pour venir finalement se planter devant elle. Elle se sentit devenir nerveuse, prête à encaisser une nouvelle salve de reproches, mais ce fut d'une voix étonnamment calme, se détachant nettement sur le bruit de fond de la mer, qu'il demanda :

— Tu veux m'aider ou pas ?

— Je ne vois qu'une seule possibilité, me dit Kay assise sur le sable à côté de moi, le regard dirigé vers le large.

Dans le soleil levant qui perçait les nuages, les vagues venaient mourir à un mètre de nos orteils avec un chuintement doux de tissu froissé et un dernier pétillement d'écume qui évoquait le bruit du champagne qu'on verse dans une coupe.

— Laquelle ? demandai-je.

— Il n'y a qu'une source d'information fiable à notre disposition : ton ex-beau-père.

— Comment ça ?

— Il faut que je parvienne à lui tirer les vers du nez. D'une manière ou d'une autre. N'oublie pas qu'officiellement je travaille pour lui…

Elle avait tourné son visage vers moi et, dans la lumière rasante de l'aube, ses grands yeux prenaient une teinte légèrement métallique, boréale, comme si une lumière d'hiver dansait en eux.

— J'ai besoin d'une information importante pour lui rendre visite et le convaincre, ajouta-t-elle.

Une idée sacrément risquée, pensai-je. Que se passerait-il si Raynard Wailand devinait que Kay était passée à l'ennemi ?

— Tu n'as qu'à lui dire que je sais de source sûre que Josh est vivant, dis-je. Mais ne lui parle pas d'Horacio.

Elle réfléchit.

— Oui, ça devrait faire l'affaire. Tu en as eu la confirmation et tu me l'as dit. Ça va l'obliger à réagir…

— Ça peut être dangereux s'il découvre que tu le trahis, tu y as pensé ?

J'avais l'impression de parler comme un de ces personnages de séries télé tant la situation était surréaliste. Elle hocha la tête.

— Ne t'inquiète pas, dit-elle. J'en ai vu d'autres.

– Et comment tu vas t'y prendre pour lui tirer les vers du nez ?

Elle haussa les épaules. La lueur tendre de l'aube jouait dans ses cheveux et sur sa joue. Elle prit une poignée de sable et la laissa couler entre ses doigts.

– J'improviserai. J'essaierai de savoir au moins dans quelle ville ou secteur Josh se trouve.

– Et comment tu comptes faire ça ?

– Ça, c'est mon affaire, Tom. Je verrai le moment venu. C'est une question de feeling. Tu as pensé au mobile du vol de ton manuscrit ? Il y en a un évident à présent.

Je la laissai poursuivre.

– Si tu publies ce livre sous ta véritable identité et qu'il a du succès, dit-elle, ton nom sera partout : dans la presse, sur Internet, sur les réseaux sociaux. Et Josh grandit. Il ne pourra pas être tenu éternellement à l'écart de toutes ces choses. Tôt ou tard, il aura accès à Internet et tôt ou tard il verra passer ton nom.

– Tu veux dire… ?

Elle acquiesça :

– Oui. Ils lui ont probablement raconté la même chose qu'à toi… *que tu étais mort dans cet accident.*

Oui. Bien sûr. C'était évident. Mais pourquoi ?

Pourquoi avoir voulu à ce point me sortir de sa vie ? Pourquoi avoir voulu priver à jamais Josh de son père ? Qu'avais-je fait qui méritât un tel châtiment ? De quoi avaient-ils peur ?

– Si ton hypothèse est la bonne, dis-je, si c'est bien mon ex-beau-père qui est à l'origine du vol du manuscrit, il ne peut pas être sûr que je n'écrirai pas d'autres choses sous mon nom…

Elle me jeta un regard aussi réfrigérant qu'un coup de froid septentrional sur un verger en fleurs.

– Il gagne du temps… La seule vraie question, c'est jusqu'où ton ex-beau-père est-il prêt à aller pour te garder en dehors de la vie de ton fils. Jusqu'où est-il prêt à aller pour s'assurer que plus jamais tu n'en feras partie.

Je me penchai sur la portière arrière du taxi, dont la vitre était baissée. Assise sur la banquette, Kay me sourit.

– T'en fais pas, dit-elle. On va le retrouver, ton Josh.

Elle avait joint Raynard Wailand, lui avait dit qu'elle avait une info urgente à lui communiquer mais qu'elle ne voulait pas en parler au téléphone, qu'elle avait l'impression d'être elle-même espionnée.

– Fais attention, dis-je avec un nœud de plus en plus serré à l'estomac, ne prends pas de risques.

– Moi ? Des risques ? Allons donc.

Mais son ton manquait de conviction. Soudain, elle m'agrippa la nuque et m'embrassa, malgré le chauffeur qui nous regardait dans le rétroviseur.

– Je t'aime, me dit-elle. Allons-y, lança-t-elle ensuite au chauffeur.

Je regardai le taxi s'éloigner, l'esprit en proie à la plus totale confusion.

J'étais perdu, j'étais sauvé.

Je souriais, je tremblais.

J'étais plein d'espoir, j'avais peur.

32
Mangrove

Toute la nature sauvage et libre,
c'est là que j'ai envie d'être.
Madonna, *La Isla Bonita.*

Les heures suivantes passèrent avec une horrible lenteur. Kay ne donna pas signe de vie et je rongeai mon frein. Pour me calmer, je sortis le canoë et pagayai jusqu'à la mangrove. Sur le trajet, j'essayai de repérer des lamantins, de petits requins, mais seul un dauphin sauta joyeusement non loin de mon esquif avec un grand *plouf!* amical.

Je me glissai ensuite parmi les canaux que je connaissais par cœur, sous la dense canopée, dans l'enchevêtrement des lianes-cordes, du gaïac, du café sauvage, de la mousse espagnole, des pistachiers lentisques et des arbres à corail. L'air vibrait du vrombissement de milliards de moustiques, la canopée au-dessus de moi explosait de cris et de chants. On trouve dans ce jardin d'Éden de multiples espèces d'oiseaux, de mammifères et de reptiles.

Ce paradis végétal et animal m'a toujours apaisé. Loin de la civilisation et des petitesses humaines, je m'y sens à l'abri, protégé. Je m'y sens moi-même. Mais, cette fois-là, le charme fut inopérant. Le tonnerre grondait au loin et, soudain, il se mit à pleuvoir. La végétation s'anima, la canopée criblée par l'averse se mit à bruire mystérieusement, telle une entité douée d'une vie propre, levant des odeurs puissantes. Je fis demi-tour, m'extrayant de ce labyrinthe végétal sous les trombes d'eau.

Et tandis que je pagayais sous la pluie, domptant les vagues, je poussai un cri sauvage, guttural, puissant et joyeux.

Rien ne m'arrêterait, maintenant.

J'allais retrouver mon fils.

33
Raynard Wailand

Allez, bébé… et elle n'avait pas peur.
Blue Oyster Cult, *(Don't Fear) The Reaper.*

— Il n'y a pas moyen de savoir qui lui a fourni cette information ?

— J'ai essayé de lui tirer les vers du nez, mentit Kay, mais il protège sa source.

Raynard Wailand se détourna de la haute porte-fenêtre dont la vue embrassait le vaste poumon vert de Central Park et la *skyline* des buildings de l'autre côté. Il passa une de ses grandes mains dans son ondulante crinière blanche, sur ses joues rasées de frais, sa cravate impeccablement nouée. Il fixa Kay en plein dans ses yeux verts. Son regard bleu acier était d'une férocité et d'une méfiance absolument terrifiantes en cet instant. Et, malgré elle, la jeune femme frissonna.

— Il va nous falloir prendre des mesures, déclara-t-il de sa voix profonde et grave. Il n'est pas question que ce petit enculé de Tom Baldwin revienne pourrir l'existence de mon petit-fils. Jamais je ne le permettrai.

Quoique calme en apparence, Kay fut bouleversée. Wailand venait de reconnaître devant elle que Josh était vivant ! Elle regarda autour d'elle et ses yeux s'arrêtèrent sur les murs lambrissés d'acajou, où des tableaux de Thomas Cole et de Frederic Edwin Church représentaient des paysages romantiques du XIXe siècle, s'arrêtèrent sur les partitions de Franz Liszt posées sur le piano, s'arrêtèrent sur les photographies dans des cadres d'argent. Raynard Wailand préférait vivre dans cet immeuble cossu de la Cinquième Avenue construit en 1895 plutôt que dans les luxueux gratte-ciel résidentiels pour nouveaux riches qui poussaient comme des champignons à Manhattan, et qui incarnaient, à ses yeux, le triomphe du mauvais goût.

— Puis-je savoir pourquoi vous lui en voulez tant ? se risqua-t-elle à demander.

Elle essayait de dissimuler sous un ton raisonnable la formidable tension qui l'habitait. Le regard de varan la couva comme si elle était la prochaine proie sur son menu.

— Tom Baldwin n'était pas un homme pour ma fille, je l'ai su dès le départ, dit-il. Il la tirait vers le bas. Et il aurait fait la même chose avec mon petit-fils si je l'avais laissé faire. Il lui aurait donné ce genre d'éducation progressiste qui en aurait fait un perdant, un loser. Et ça, il n'en était pas question. Et puis, c'était un alcoolique. Il représentait un danger pour ma fille comme pour Josh. Et quel exemple pour un enfant, non ? Je ne supportais pas l'idée que Josh eût cet exemple-là devant les yeux chaque jour, qu'il grandît près de cet homme. Ça me hantait.

Il marqua un temps avant de continuer.

— Dès le jour où ma fille m'a appris qu'elle était enceinte de Josh, j'ai compris qu'il fallait que je trouve un moyen de sortir Baldwin de nos vies. Et cette certitude s'est renforcée à mesure que Josh grandissait. Car, voyez-vous, je tiens plus à Josh qu'à la prunelle de mes yeux, je tiens plus à lui qu'à tous ces tableaux, qu'à cet appartement, qu'à tous mes biens et à toute ma fortune. Josh est ce que j'ai de plus cher au monde, madame Calloway. Je tuerais pour lui.

Kay observait Wailand. En cet instant, une conviction l'envahit : l'amour de cet homme pour son petit-fils était non seulement bien réel, mais supérieur à toutes les autres formes d'amour qu'elle avait rencontrées à ce jour. Et non seulement cela, mais le doute n'était plus permis : cet homme était fou, fou à lier. Et, comme il venait de l'avouer, dans son fantasme de toute-puissance, capable de tuer.

– Dès cet instant, poursuivit-il, je n'ai eu de cesse d'éloigner Tom Baldwin de ma fille et de mon petit-fils, quoi qu'il en coûte. Le divorce d'Annabelle a été une première étape. Puis il y a eu cet accident et le coma de Tom… J'y ai vu une opportunité extraordinaire, c'était l'occasion rêvée… Il suffisait de convaincre une ou deux personnes, et vous savez comme moi que tout homme a ses limites quand il s'agit d'argent. Même ce bon docteur Van Cleve. Surtout que je l'ai convaincu qu'en acceptant tout cet argent, il agissait pour le bien de Josh…

Bonté divine, ce type se prend pour Dieu…

– Continuez, l'encouragea-t-elle. J'ai besoin d'en savoir plus…

Raynard Wailand fit trois pas dans sa direction, ses yeux pâles braqués sur elle. Et ce regard plein d'un feu terrifiant la mit soudain terriblement mal à l'aise. Kay eut un nouveau frisson. Le regard d'acier s'était voilé d'une défiance absolue.

— Vraiment ? susurra-t-il sans la quitter des yeux. Et qu'avez-vous donc besoin de savoir ?

— Votre petit-fils, répondit-elle en essayant de soutenir le feu de ce regard sans ciller, vous lui avez dit que son père est mort, je me trompe ?

Elle avait failli dire Tom à la place de « son père ».

— Non.

De nouveau, l'éclat dans les yeux de Wailand.

— Vous trouvez que je suis un beau salopard, c'est ça ? demanda-t-il d'un ton provocant sans cesser de la dévisager.

— Ce n'est pas à moi d'en juger, éluda-t-elle. Vous êtes sûr que Tom Baldwin n'a aucun moyen de retrouver votre petit-fils ?

— Nous l'avons éloigné de New York.

— Vous, c'est qui ?

— Ma fille et moi.

— Et il n'y a pas moyen que Baldwin trouve une trace de ce voyage, une piste quelconque qui pourrait le mener là où ils se trouvent ?

De nouveau, les yeux de Wailand la couvèrent avec une lueur de méfiance qui glaça le sang de Kay.

— C'est pour le découvrir que je vous paie, rétorqua-t-il d'un ton à la fois arrogant et soupçonneux.

Elle eut soudain envie de déglutir.

— C'est difficile de savoir si Tom Baldwin se rapproche tant que je ne sais pas où se trouve votre petit-fils, objecta-t-elle.

Silence.

— Je crois que vous disposez d'assez d'informations comme ça, madame Calloway, trancha-t-il froidement.

Rassemblant tout son courage, Kay affronta une dernière fois les yeux de glace et de feu.

— Je l'ai convaincu que je peux l'aider à retrouver son fils, il se confie de plus en plus à moi. J'ai besoin de savoir d'une manière ou d'une autre si les informations qu'il partage avec moi sont importantes ou non.

Nouveau silence.

— Si, à un moment ou à un autre, il parle de Boston, prévenez-moi immédiatement, lâcha Wailand.

Kay partie, Raynard Wailand s'assit dans le fauteuil que lui avait offert un ancien secrétaire au Trésor et qui venait tout droit du Treasury Building, le siège du Département du Trésor américain à Washington. Il saisit son téléphone crypté.

— Kilgore, dit-il quand, à l'autre bout, on eut décroché, écoutez-moi bien. Je veux qu'à partir de maintenant vous surveilliez non seulement tous les faits et gestes de cette petite salope de Tom Baldwin mais aussi ceux de Kay Calloway, vous m'entendez ? Nous devons envisager l'hypothèse que madame Calloway soit passée à l'ennemi… Vous savez ce que ça signifie ?

Troisième partie
Apocalypto

34
Everglades

Je viens de l'endroit où les rivières rencontrent la mer.
Jimmy Buffett, *Floridays.*

Nous étions Adam et Ève au jardin d'Éden. Mais un jardin troublé par le vacarme infernal de l'hydroglisseur. Kay regardait autour d'elle comme une enfant émerveillée. Toute cette nature exubérante faisait penser à une cathédrale – une cathédrale érigée en l'honneur de la plus grande divinité qui soit : notre planète.

Se faufilant dans le même labyrinthe de canaux et de jungle que la fois précédente, nous parvînmes devant la cabane sur pilotis de Byron Woodruff. En avant une nouvelle fois pour le cirque des projecteurs allumés et du fusil pointé.

– C'est quoi, tous ces gens, Franklin ? glapit Woodruff du haut de sa plate-forme. C'est pas le Super Bowl ici !

Kay ne put s'empêcher de glousser et elle fut aussitôt gratifiée d'un coup d'œil incendiaire par le maître des lieux.

— Ça va coûter beaucoup plus cher, cette fois, commenta le hacker un quart d'heure plus tard dans sa cahute. Ça va coûter bonbon. C'est qui, ces gens que je dois espionner ?

— Mon ex-femme et mon ex-beau-père, répondis-je.

— Bienvenue au club, fit le barbu en brandissant sa Corona perlée de buée, ma bière est moins froide que le cœur de mon ex. Donc, vous voulez que je trace tous les appels de votre ex-beau-père et que j'essaie de localiser votre ex-femme et votre fils grâce aux appels de celui-ci, c'est bien ça ?

— C'est ça.

Il adressa un clin d'œil à Stamper dans la lueur palpitante des voyants et des écrans. Il gloussa.

— Franklin, franchement, c'est trop facile, les boulots que tu me confies.

La voix de Kay s'éleva :

— Si c'est si facile, pourquoi c'est si cher ?

Byron Woodruff tourna vers elle un regard lourd d'agacement :

— Parce que, quand vous faites appel à la police, vous savez qu'elle va agir dans le cadre de la loi. En d'autres termes que son pouvoir sera limité par toute une flopée de règlements et de garde-fous légaux mis en place par le législateur au bénéfice des citoyens et en particulier des citoyens les plus nuisibles. Tandis que, quand vous vous adressez à moi, vous savez que toutes ces contraintes n'existent pas, que j'opère en dehors de la loi, à mes risques et périls, et ça, ma p'tite dame, ça n'a pas de prix. Vous pigez ?

— Je crois que oui, mon p'tit bonhomme, répliqua-t-elle.

Oh que oui, songea Kay, qui se demanda comment Byron aurait réagi s'il avait su que « la p'tite dame » en question était une ancienne flic.

35
Eufemio Rojas entre en scène

Tous m'appellent le brun.
Chavela Vargas, *La Llorona.*

Mexico DF. L'une des villes les plus dangereuses au monde. Ce qu'il y a de bien, avec la violence au Mexique, songea Raynard Wailand tandis que le jet privé le transportant se posait sur l'une des pistes de l'aéroport Benito-Juárez, c'est qu'elle est égalitaire : elle n'épargne ni les riches, ni les pauvres, ni même les politiciens ou les chefs des cartels de la drogue qui, bien que se situant au sommet de la chaîne alimentaire, ont souvent des rivaux qui veulent les transformer en tacos.

Aussi, quand il prit pied sur le tarmac de Mexico, à deux mille deux cent quarante mètres d'altitude, à l'est de la conurbation de vingt millions d'habitants et de deux mille kilomètres carrés, une limousine blindée avec plancher anti-mines, vitres teintées et pneus anti-crevaisons l'attendait. Wailand traversa l'espace entre la passerelle et la limousine sous la surveillance de trois gorilles surarmés.

La voiture repartit, roulant dans le sens est-ouest à une allure soutenue quoique réglementaire, contournant le centre-ville par le Circuito Interior en direction de

Polanco, un quartier chic sur les hauteurs, au nord du parc de Chapultepec. Elle passa devant un premier contrôle à l'entrée de la rue Monte Parnaso, puis devant un second en franchissant le portail d'une luxueuse villa rouge et blanche à l'allure de bunker. On se gara dans un parking souterrain qui aurait pu accueillir un salon automobile – et dans lequel Wailand aperçut une demi-douzaine de Mercedes et de Porsche, une Rolls Phantom, deux Ferrari et une Lamborghini Murciélago – et on se dirigea vers un ascenseur.

Wailand entra seul dans la cabine ; il n'y avait pas de boutons et elle s'ébranla d'elle-même. Il savait que les parois étaient équipées de scanners à rayons X et qu'en ce moment même un technicien s'assurait qu'il n'était pas armé ni porteur d'un engin explosif. Dix secondes plus tard, il émergeait dans un grand hall qui évoquait un mélange d'influences coloniales espagnoles, juives et libanaises – puisque telles étaient les origines de son hôte.

— Raynard, mon ami ! s'exclama, les bras grands ouverts, Eufemio Rojas.

Il était midi passé de douze minutes, heure de Mexico, ce samedi 21 août.

Le Mexicain adressa à Raynard Wailand ce sourire chaleureux, ce sourire qu'il réservait à ses amis et à ses associés. Il en avait un autre, plus tendre, pour sa famille. Et un troisième – différent – pour ses ennemis. C'était un homme plus petit que Wailand, mince, très élégant dans un costume de lin clair et une chemise de soie ébène, à la peau mate et au collier de barbe bien taillé. Il fixait

Raynard de ses yeux très noirs et très vifs ourlés de longs cils sombres, presque féminins. Rojas était entouré de son épouse – une très belle femme de trente ans sa cadette – et de ses trois ravissantes fillettes, à la ressemblance étonnante : des triplées.

On se salua aimablement, on prit des nouvelles les uns des autres, on se congratula et on se félicita d'être en bonne santé, puis la petite famille s'éclipsa.

— Suis-moi, dit Rojas.

Ils traversèrent plusieurs salons en enfilade jusqu'à une grande salle à manger toute en dorures, tapis colorés et tableaux gigantesques. Le plafond était si haut qu'on aurait pu pratiquer la varappe en dessous, la table cirée assez longue pour y jouer au curling.

— Viens avec moi, dit encore Eufemio, conduisant Wailand dans une cuisine de dimensions raisonnables, c'est-à-dire à peine moins grande qu'un hall de gare.

Le Mexicain fouilla dans les placards.

— Tu t'y connais en *rancheras* ? demanda-t-il.

— Non, avoua Wailand. Qu'est-ce que c'est ?

— Tu vas voir. Mais d'abord buvons.

Rojas tira deux bières Tecate du frigo, les aligna sur le plan de travail à côté de citrons verts, d'un flacon de Tabasco et d'un autre de sauce Worcestershire, du sel et du chili en poudre dénichés dans les placards. Il coupa en deux les citrons verts, en exprima le jus dans un petit récipient, déposa dans une assiette en porcelaine de Dresde une petite quantité de sel et de chili à parts égales. Après quoi, il humidifia les bords de deux grands verres avec l'autre moitié des citrons, les frotta de sel et de chili, versa la sauce piquante, le reste du jus de citron et la sauce Worcestershire au fond, remua avec une longue cuillère, ajouta les glaçons puis, enfin, la bière fraîche.

— Et voilà, dit-il en tendant un des verres à Wailand, deux *micheladas* bien fraîches, le cocktail préféré des Mexicains.

— Merci, Eufemio, dit Wailand.

— Donc tu ne sais pas ce qu'est une *ranchera* ? Une *ranchera* est un genre de chanson mexicaine traditionnelle. Tu vas écouter *María Isabel Anita Carmen* de Jesús Vargas Lizano, déclara solennellement Rojas. Plus connue sous le nom de Chavela Vargas. Et aussi comme « la dame au sarape rouge ».

Son regard ourlé de longs cils transperça Wailand.

— Cette chanson s'appelle *La Llorona*. Si elle ne te fait pas pleurer, c'est que tu as un cœur de pierre, mon ami... Alexa, met *La Llorona* de Chavela Vargas, dit-il à l'enceinte.

Quelques arpèges montèrent, mélancoliques, presque aussitôt suivis d'une voix vibrante, à la fois forte et fragile, une mélopée dont Wailand ne comprenait pas les paroles mais qui sembla bouleverser Rojas, lequel se mit à fredonner doucement.

— *Celui qui ne connaît pas l'amour, Llorona, il ne sait pas ce qu'est le martyre...*, traduisit le narco, à l'évidence étreint par une émotion puissante.

Bouche bée, Wailand vit que Rojas avait les yeux rouges.

— *Emmène-moi à la rivière. Couvre-moi de ton châle, LLorona, parce que je meurs de froid.*

Wailand n'en revenait pas. Le grand Eufemio Rojas avait les yeux humides à cause d'une putain de chanson.

Puis le Mexicain s'interrompit et considéra Wailand sans la moindre gêne.

— Je soupçonnais que tu n'avais pas de cœur, déclara-t-il. Maintenant, j'en ai la preuve.

Il rit. Venant d'un homme qui avait fait exécuter ou tué de ses propres mains plusieurs centaines de personnes au long de quarante années de carrière criminelle, et torturé presque autant, la phrase ne manquait pas de sel. Wailand ne put s'empêcher, cependant, de frissonner. C'est la mesure de la folie qui règne dans ce pays, songea-t-il.

— Viens, mangeons ! lança joyeusement Rojas.

Dans la grande salle à manger, on leur apporta une profusion de petits plats : du ceviche, du *huarache* qui ressemblait à une grande pizza garnie de bœuf haché, de fromage, d'oignons et de haricots écrasés sur une pâte à base de maïs, des *tamales* et des tacos de *cochinita pibil* : un plat de porc mariné dans un mélange de jus d'orange amère, de citron vert, de pamplemousse, d'ail brûlé, d'origan, de girofle et de poivre noir.

— Je me sens d'excellent appétit, Raynard ! s'exclama le Mexicain. Et d'excellente humeur. Nos affaires n'ont jamais été aussi florissantes.

Une fois l'an, Wailand effectuait le déplacement jusqu'à Mexico. En quelques années, Eufemio Rojas avait investi des fortunes dans les entreprises Wailand. Bien sûr, l'argent de Rojas était préalablement « blanchi » à travers toute une série de sas, une trentaine de sociétés écran et même une société coréenne et une banque japonaise avant d'atterrir sur les comptes des entreprises Wailand.

— Et pourtant, tu m'as l'air soucieux, *carnal*, dit soudain Rojas en s'arrêtant de manger.

Un long frisson parcourut l'échine de Raynard Wailand. À présent, Rojas le dévisageait avec une intensité presque effrayante. Et si Wailand avait appris une chose au fil des ans, c'était que mieux valait ne pas avoir de secrets pour le Mexicain quand on travaillait pour lui.

— C'est mon ancien beau-fils…, commença-t-il.

Rojas le couvait de son regard doux mais aiguisé et Wailand raconta. Comment il avait fait croire à Tom que son fils était mort, comment celui-ci avait découvert qu'il n'en était rien.

— Tu te rends compte que si cette histoire vient à s'ébruiter, ça risque de faire beaucoup de mal à ta réputation, Raynard. Plus personne ne voudra faire affaire avec toi après un tel scandale…

— C'est une affaire privée, Eufemio, laisse-moi m'en occuper.

— Et par la même occasion cela pourrait mettre en péril ma principale source de blanchiment en Amérique, continua Rojas sans tenir compte de l'interruption, d'une voix lente et suave. Cela signifie que cette affaire n'est pas si privée que tu le prétends. Qu'au contraire elle pourrait avoir de graves répercussions sur mon business…

Le ton était patient, presque scolaire.

— Tu sais quelle est la seule, la vraie question, Raynard ?

Wailand attendit la suite sans broncher.

— Ce n'est pas l'argent. Tu en gagnes beaucoup, en grande partie grâce à moi. Et cet argent te donne du pouvoir, mais moins que tu ne le croies. Car la vraie question, c'est la vie et la mort, Raynard. Malgré tout ton pouvoir, il y a des choses que tu ne peux pas faire, des risques que tu ne peux pas prendre. Tu peux peut-être faire tuer ton ex-gendre, qui sait ? Mais prendre le risque de faire tuer deux personnes, trois, dix, vingt, le peux-tu, le veux-tu ? J'ai peu de foi dans les lois et les gens de ton pays : vous êtes trop sensibles, trop émotifs, trop ramollis. Trop bavards. Trop peu rationnels. Dans un pays où un Madoff meurt en prison et où un O.J. Simpson ressort libre du tribunal, où on refuse de dire que les femmes sont des femmes et les hommes des hommes et où on peut élire un président complètement fou et un autre sénile, tout est possible, même le plus imprévisible. Je déteste l'imprévisible, Raynard. Regarde-moi : les Mexicains te diront qu'il n'y a pas de limites à mon pouvoir, que je suis comme Dieu. Quand je mets un contrat sur la tête d'un homme, il est condamné.

Et pourtant ta famille et toi vivez assiégés dans un bunker, songea Wailand sans le dire.

– S'il te plaît, Eufemio, répéta-t-il, laisse-moi régler ça tout seul.

Il n'y eut aucune émotion cette fois dans la voix d'Eufemio Rojas quand il répondit, avec toujours la même lueur au fond des yeux :

– Pas de problème, mon ami. Comme tu voudras... Mais si tu ne le fais pas, j'envoie mes hommes dans tes putains d'États-Unis et je m'en occupe personnellement.

36
Même si ce n'est qu'un film

Le milieu de l'aventure, un endroit parfait pour commencer.
Arctic Monkeys, *505*.

Les vagues chuchotaient avec un bruit doux en venant mourir sur le sable. Le soleil se couchait dans un ciel safrané où traînaient des filaments orangés et des lueurs citron sous des nuages gris acier.

— Qu'est-ce que tu vas faire quand tu sauras où est Josh ? me demanda Kay assise sur le sable en rejetant la fumée de sa cigarette vers l'océan.

— J'irai le voir.

— Non, je veux dire concernant toutes ces informations dont tu disposes au sujet de ton ex-beau-père et de ton ex-femme… Tu vas leur faire un procès ?

Un pélican s'était posé sur un pilier du ponton, où il semblait monter la garde, hiératique et silencieux. Soudain, il s'élança dans un battement d'ailes qui fit le bruit d'une grand-voile hauturière claquant au vent.

— Que je gagnerai sans aucun doute, dis-je.

— Au pénal ou au civil ?

Ses yeux verts me traversaient, ses fins cheveux s'agitaient dans la brise du soir. J'eus envie de l'embrasser. De la coucher sur le sable et de la caresser. Je ressentais pour Kay une attirance physique presque constante.

— Au civil. Je ne priverai pas Josh de sa mère, répondis-je. En revanche je soulagerais volontiers mon ex-beau-père de quelques dizaines de millions. Quoique, concernant Raynard Wailand, j'ai bien envie de l'envoyer en prison. Il devra payer pour ce qu'il a fait, Kay...

Ma voix s'était faite glaciale. Kay contempla la mer, rêveuse.

— Pour ce qui est de le punir, le scandale qui va l'éclabousser risque de mettre sérieusement à mal ses affaires, finit-elle par dire, on ne pardonne guère ce genre de comportement aujourd'hui.

— J'espère bien, dis-je.

Elle écrasa sa cigarette dans le paquet vide qui lui servait de cendrier, passa son bras autour du mien et se serra contre moi, posant sa tête sur mon épaule. Je humai le parfum de pomme de ses cheveux, qui se mêlait à celui iodé de la mer.

— Tu as pensé à ce que tu vas raconter à Josh quand tu le verras ?

J'en eus des papillons dans le ventre.

— Oui, dis-je. Tu as vu *Toy Story* ?

— Le film ? Tu m'en as déjà parlé. Tu m'as dit que vous le regardiez souvent ensemble, Josh et toi...

— Eh bien, dans ce film il y a toutes les réponses, affirmai-je comme si j'étais en train de parler d'une œuvre de Kurosawa ou de Jean Renoir.

Je me rendis compte que ma voix tremblait – c'est à peine si je la reconnaissais – et que, de nouveau, ma vision était brouillée. J'essayais de contenir cette joie énorme et cette émotion presque suffocante qui me gonflaient la poitrine. Et, tout aussi intensément, j'éprouvais une vive inquiétude à l'idée de ce qui allait suivre, de la façon dont j'allais m'y prendre pour retrouver mon enfant – et surtout pour faire en sorte que, cette fois, il ne disparaisse pas hors de ma portée.

— Même si ce n'est qu'un film, ajoutai-je.

Kay enlaça ses doigts aux miens et les serra avec force.

Tucker Devine roulait au pas sur la partie sablonneuse de Morada Way quand il vit le GMC Sierra garé sous les arbres, à l'écart. Il stoppa. Examina la plaque d'immatriculation. Il connaissait ce véhicule. C'était celui de l'occupant de la chambre 13 – le grand type efflanqué qui avait failli étrangler son chat.

Qu'est-ce que tu fous ici, toi ?

Tucker Devine se tordit le cou pour essayer de repérer l'homme. En vain. Il repartit vers la maison de Tom. Avisa les deux tourtereaux assis sur la plage, là-bas, face à l'océan, Kay la tête posée sur l'épaule de Tom. *Eh ben, dis donc, ça roucoule…* Pendant une fraction de seconde, Tucker éprouva une légère mais indubitable pointe de jalousie.

Bah, Tom mérite bien un peu de joie après tout ce par quoi il est passé…

Il descendit de son Ford F150 Raptor, traversa la pelouse entre les palmiers, gagna la plage.

— Salut, les amis ! lança-t-il. Tu as de la visite, Tom ?

Je me retournai en souriant.

— De la visite ? Tu te souviens de Kay, je te l'ai présentée l'autre soir à…

— Salut, Kay ! m'interrompit Tucker. Ça va depuis l'autre soir ? Je ne te parle pas d'elle, Tom, mais du GMC garé plus loin sur le chemin. Je connais le type à qui il appartient : il loue une chambre dans mon motel. Et, comment dire…

Tucker gratta sa barbe de deux jours en cherchant ses mots :

— Il a le mot « emmerdes » tatoué sur le front. Alors, je me demande ce qu'un type pareil fait derrière chez toi…

Je vis les traits de Kay se modifier spectaculairement ; ils exprimaient à présent une préoccupation très lisible.

— À quoi il ressemble, votre client ?

— Grand, chauve, une gueule à jouer dans la famille Adams, le regard aussi froid que de l'azote liquide. Je l'ai vu plusieurs fois sortir la nuit et revenir très tard. Ce gaillard, il est pas net, si vous voulez mon avis.

Kay me regarda. Et ce que je lus dans ses yeux me fit froid dans le dos.

— C'est le type dont je t'ai parlé, dit-elle, celui qui travaille pour Wailand. Ce type est très dangereux. Je l'ai déjà vu une fois et je m'en souviens encore.

Je fronçai les sourcils.

— Dans quelles circonstances ? demandai-je.

Kay jeta un coup d'œil prudent à Tucker, hésita, puis elle se décida. Cela s'était passé deux ans plus tôt, par une froide nuit de novembre, à New York, sous le pont Pulaski, qui relie le Queens à Brooklyn. Dans l'ombre du pont, une voiture jaune l'attendait, à l'arrêt mais moteur tournant, au volant de laquelle était Raynard Wailand. Descendue de la sienne, elle s'était approchée de la vitre du conducteur. L'homme d'affaires lui avait fait signe de monter côté passager. En s'asseyant, Kay avait noté la présence de deux hommes assis à l'arrière, dans la pénombre, et elle avait commencé à se sentir nerveuse. Raynard Wailand avait ensuite allumé le plafonnier et Kay avait jeté un coup d'œil au rétroviseur intérieur : l'un était un homme dans la quarantaine en costume-cravate qui avait l'air mort de peur, l'autre le client chauve de Tucker au motel.

– Confirmez-vous que la personne assise à l'arrière est l'homme que vous avez vu entrer avec ma nièce dans l'Holiday Inn de Brooklyn *downtown* ? lui avait demandé Raynard Wailand.

Il avait engagé Kay deux semaines plus tôt pour suivre sa nièce mineure qu'il soupçonnait de s'être laissé séduire par un homme beaucoup plus âgé qu'elle.

– C'est lui, avait confirmé Kay, un nœud à la gorge. Mais qu'est-ce qu'il se passe ici ? avait-elle ensuite demandé.

De nouveau, son regard s'était posé non sur le quadra en question, qui suait à grosses gouttes, mais sur son voisin, le grand chauve au visage en lame de couteau, tout en saillies osseuses et aux yeux profondément enfoncés dans les orbites, qui la fixait dans le rétroviseur.

– Confirmez-vous qu'ils sont entrés tous les deux dans une chambre et en sont ressortis trois heures plus tard ?

– Oui, avait-elle répondu. Mais qu'est-ce que vous allez lui faire, Raynard ?

— Merci, Kay, avait dit Wailand. C'est tout. Vous pouvez vous en aller à présent.

— *Ne me laissez pas seul avec eux,* l'avait suppliée l'homme en costume-cravate d'une voix chevrotante.

— Bonne nuit, Kay, avait insisté Wailand.

Elle était descendue, avait regagné sa voiture.

— Dans les jours qui ont suivi, j'ai passé en revue les faits divers des journaux, appelé quelques journalistes et flics de ma connaissance, dit Kay. Je connaissais le nom du type puisque c'est moi qui l'avais identifié. J'ai fini par apprendre qu'il était à l'hôpital après avoir été « agressé par des voyous dans la rue » avec de multiples fractures des jambes, du bassin, des côtes, pratiquement plus une seule dent en place et un traumatisme crânien. Un toubib m'a expliqué que même la chirurgie réparatrice ne lui rendrait pas son visage d'antan. Mais, au moins, il était vivant…

— Et tu soupçonnes le type qui dort au motel de lui avoir fait ça ? demandai-je en frissonnant.

Elle me lança un coup d'œil sinistre.

— Ou ton ex-beau-père et lui, qui sait ? Quoi qu'il en soit, une chose est sûre, Tom : ce type est là pour toi, cette fois.

Je la fixai. J'étais en état de choc, à la fois très en colère et très effrayé. Kay se leva.

— Il faut que j'y aille. Randy ne va pas tarder. L'un d'entre vous a-t-il une arme ? nous demanda-t-elle, une fois debout.

Tucker fit signe que non, je fis de même.

— Eh bien, il serait grand temps d'en acheter une.

Un silence.

— Tu n'es pas sérieuse ? dis-je.

Elle me fixa.

— Oh que si, répliqua-t-elle en époussetant le sable sur elle. En attendant, j'ai la mienne et un port d'arme. Enferme-toi à double tour. Et s'il y a quoi que ce soit, tu m'appelles.

— Et Randy ?

— J'emmerde Randy.

— Je crois que je vais attendre que ce gars soit sorti pour fouiller un peu dans sa chambre, proposa Tucker, fidèle à son impulsivité naturelle et toujours prêt à se mettre en valeur devant une dame. On pourra peut-être y trouver des choses intéressantes…

Kay le considéra comme une maîtresse d'école jaugeant un élève particulièrement stupide.

— N'y pensez même pas, Tucker, dit-elle d'un ton sévère. Si j'ai un conseil à vous donner, c'est de ne vous approcher de lui sous aucun prétexte.

37
Frida Kahlo

Tu as fini empêtrée dans les griffes du lion.

Sergio Arau, *Mi Frida sufrida.*

Raynard Wailand regarda autour de lui, son regard s'arrêtant sur les pots de pinceaux, la petite bibliothèque, l'énorme chevalet et surtout l'antique fauteuil roulant immobilisé devant une nature morte aux couleurs éclatantes. Il faisait nuit. Le silence régnait dans la *Caza Azul* – la « Maison bleue » –, aujourd'hui musée Frida-Kahlo, qu'Eufemio Rojas avait fait rouvrir rien que pour eux. Ils continuèrent leur visite des lieux où avaient vécu – et aimé – Diego Rivera et Frida.

— Il paraît que Trotsky a séjourné ici pendant deux ans, dit le Mexicain, et qu'il a eu une liaison passionnée avec Frida.

Ils marchaient à travers les pièces aux murs blancs et au sol jaune, Raynard s'attardant sur les autoportraits colorés. Dans l'un d'eux apparaissait Karl Marx (un tableau qui datait de 1954 et qui s'appelait *Le Marxisme donnera la santé aux malades*, rien que ça), dans un autre Staline.

— Raynard, demanda Roja dans son dos, il y a d'autres personnes impliquées dans cette affaire en dehors de ton gendre ?

— Ne t'inquiète pas, Eufemio, je vais régler cette histoire, promit Wailand pour la troisième fois.

— Ce n'est pas ce que je t'ai demandé.

La voix douce et suave fit frissonner le New-Yorkais.

— Deux personnes, pas plus.

— Faire croire à ton ex-gendre que son fils est mort, commenta Rojas, jamais je n'aurais cru que tu étais un plus grand fils de pute que moi… Il vit où, tu m'as dit ?

— Je ne te l'ai pas dit… Islamorada.

— Seul ?

— Eufemio…, commença Wailand.

Soudain, le Mexicain fut devant lui, son visage à quelques centimètres du sien.

— Ne t'avise plus jamais de ne pas répondre à une de mes questions, murmura-t-il, ses yeux noirs plantés dans ceux de Wailand, tu as compris ?

Surpris, Wailand chancela.

— Oui. Bien sûr. Il vit seul, oui…

— Tom Baldwin, c'est ça ?

— Oui.

— Bien, fit Rojas en haussant les épaules, je veux juste savoir, c'est tout…

Croisant les mains dans son dos, il se dirigea nonchalamment vers la salle suivante.

— Mais que les choses soient claires, dit-il sans se retourner, et sa voix s'éleva dans les pièces vides et sonores, je ne permettrai à personne de mettre en péril mes affaires aux États-Unis. J'ai besoin que tu aies l'esprit libre, Raynard, que tu sois opérationnel. Et surtout que ta réputation soit intacte. Si tu ne règles pas cette affaire rapidement, je m'en chargerai. Ne m'oblige pas à le répéter.

38
Tom fait le tri

Il ne faut pas lui faire confiance.
The Record Company, *Turn Me Loose.*

Je reçus l'appel alors que je prenais mon premier café du matin.

— Vous lui avez parlé ? me demanda Horacio sans même un bonjour en guise de préambule.

— Quoi ? Je ne comprends pas.

— Quelqu'un a donné mon nom à Wailand. Il vient juste de me remercier. Ce fils de pute de Wailand m'a renvoyé.

Je restai muet. Mais, comme Horacio ne parlait plus, je me sentis obligé de prononcer quelques mots :

— Je ne sais pas quoi vous dire, Horacio…

— Je *vous* faisais confiance. Apparemment, j'ai eu tort, conclut-il avant de raccrocher.

J'étais sidéré. Qui avait bien pu rapporter ma conversation avec Horacio à Raynard Wailand ? Je réfléchis. Il n'y avait que deux possibilités. Chris et Kay… Pendant un long moment, je restai pensif. La réponse la plus évidente était aussi la plus déplaisante. Pour ne pas dire la plus désespérante. Kay… Je lui avais dit comment j'avais appris que mon fils était vivant et elle m'avait révélé qu'elle travaillait pour

Wailand. Pourquoi me l'avoir avoué si elle avait l'intention de continuer ? Pour mieux gagner ma confiance ?

Je jetai un coup d'œil par la fenêtre. Le fourgon de Randy était garé devant leur maison. Je décidai de lui envoyer néanmoins un message :

Tu as parlé d'Horacio Diaz
à Wailand ?

Deux minutes s'écoulèrent. Puis la réponse arriva :

Quoi ? Bien sûr que non !

Je la vis sortir de la maison une minute plus tard en tenue de sport et se mettre à courir le long de la plage comme elle le faisait chaque matin. Mon téléphone sonna presque aussitôt.

— C'est quoi cette histoire ? me demanda-t-elle.

— Quelqu'un a parlé à Wailand, il vient de renvoyer Horacio.

— Et tu crois que c'est moi ?

J'entendis la colère – peut-être aussi la déception – dans sa voix.

— Je n'en ai parlé qu'à deux personnes : Chris et toi.

— Alors, tu as ta réponse, dit-elle durement.

— Kay..., commençai-je.

Elle avait raccroché. Je me sentis stupide. Et furieux. Chris... Ce n'était pas possible. C'était à peine moins déprimant que s'il se fût agi de Kay. Chris était mon agent et supposément mon ami – dans la mesure où l'amitié d'un agent ou d'un avocat peut être sincère et désintéressée. Je respirai un bon coup, fis son numéro.

— Tom ?

— J'ai une super nouvelle, annonçai-je d'emblée en m'efforçant de prendre un ton allègre.

— Laquelle ?

— J'ai trouvé une clé USB contenant le texte de *L'Accident*. Presque tout le texte !

Silence.

— Comment ça se fait que tu avais oublié son existence ? demanda-t-il au bout de quelques secondes.

— Parce que j'ai fait plusieurs copies en même temps sans vraiment y penser, mentis-je.

— Tom, c'est une super nouvelle ça !

Tu parles... Celle-là aussi, tu vas l'annoncer à mon ex-beau-père ?

— J'ai un autre appel, dis-je. Je te laisse.

— OK.

C'était Byron... J'appuyai sur le bouton vert.

— J'ai retrouvé votre ex-femme et votre fils, m'annonça-t-il.

39
Jour de chance

Il n'y a rien qui puisse te nuire.
Sam Cooke, *Summertime.*

— Où ça ?

Je déglutis, j'avais un nœud à l'estomac mais, dans le même temps, un vent fou, un vent d'espoir soufflait à travers mon crâne. J'allais enfin savoir ! J'allais retrouver mon fils ! Bon sang de bonsoir, j'avais du mal à y croire…

— Carmel-by-the-Sea, répondit-il.

Je ne pus m'empêcher de sourire. « Si, à un moment ou à un autre, il parle de Boston, prévenez-moi immédiatement », avait dit Wailand à Kay. *Il savait déjà qu'elle était passée à l'ennemi…* Il nous avait envoyés à l'exact opposé de l'endroit où se trouvait Josh, le rusé salopard.

— J'ai passé toute la nuit à tracer leurs échanges et leurs données. Ils ont loué une maison sur Spindrift Road à Carmel Highlands, à travers un prête-nom. Josh est inscrit à la Carmel Point School sous le nom de Josh Wailand.

Nom de Dieu, songeai-je. Byron avait fait un sacré boulot en si peu de temps.

— Bien sûr, je vais vous facturer tout ça en heures supplémentaires…

— Pas de problème, dis-je, tout à ma joie.

Je lui aurais versé un million de dollars, si je l'avais eu sur mon compte.

— J'ai aussi trouvé quelques petites choses croustillantes concernant le vieux, ajouta-t-il l'air de rien, sûr de son effet.

Gagné. Je fus aussitôt sur le qui-vive.

— Croustillantes comment ?

— Du lourd... mais ça sera plus cher.

— Envoyez, Byron, dis-je. C'est votre jour de chance.

— C'est surtout le vôtre, répliqua-t-il.

Au-dessus du golf de Chapultepec, ce dimanche, le ciel était d'un bleu gris sale. Au bas des pelouses en pente et au-delà de la cime des arbres, on apercevait les buildings de Mexico noyés dans le *smog*. Arborant pantalon écossais, polo à fines rayures, casquette bleue et chaussures blanches dignes d'un magazine de mode pour golfeurs, Eufemio Rojas allait tenter une approche quand il s'interrompit et se tourna vers l'homme qui attendait patiemment à trois mètres de là.

Diego Fonseca était un homme séduisant, brun, dans la quarantaine, avec un physique d'acteur ou de chanteur de charme, un croisement entre Enrique Iglesias et Alfonso Herrera. Mais avec quelque chose de plus sombre et de plus inquiétant. Les femmes mariées aimaient le mettre dans leur lit, les maris le redoutaient – car tous savaient qui l'employait et ce dont il était capable. Diego Fonseca, lui, ne redoutait personne. Pas même son patron, bien qu'il le servît loyalement.

— Je veux que tu m'enlèves une épine du pied, Diego, dit Rojas ce matin-là. Je crains que la réputation de ce *pendejo* de Raynard Wailand ne soit en danger par la faute d'un petit con de *gringo* nommé Tom Baldwin. Un type qui vit en Floride et qui a été marié à sa fille.

— Et en quoi ça nous concerne ? demanda Fonseca.

— Ce Tom Baldwin sait, au sujet de Wailand, des choses extrêmement compromettantes, des choses qui pourraient ruiner sa réputation. Ou amener certaines administrations à mettre leur nez dans ses affaires. Et, par la même occasion, dans les miennes. Tu sais combien les *gringos* sont dingues quand il s'agit de réputation. Chez eux, mieux vaut être un tueur qu'un mauvais père, qu'un mari infidèle ou qu'un harceleur…

— Et qu'est-ce que tu veux que je fasse, *jefe* ? demanda tranquillement Fonseca, dont une demi-douzaine de gardes du corps étaient postés à bonne distance, déguisés en golfeurs, disposés en un cercle invisible mais infranchissable.

— Je veux qu'avec tes hommes vous vous rendiez dans les Keys et que vous vous renseigniez sur ce Tom Baldwin, que vous le surveilliez et que, le cas échéant, vous fassiez le nécessaire.

— Tu veux que je tue un *gringo* ? dit Fonseca, qui aimait les ordres clairs – afin de ne pas se voir reprocher le moment venu de les avoir mal exécutés.

— En dernier recours, Diego, dit Rojas. En dernier recours…

40
Robbie's

Nos corps étaient parfaitement ajustés.
Crosby, Stills & Nash, *Lady of the Island.*

Kay n'avait pas rappelé.

J'éprouvai de plus en plus le besoin de partager la nouvelle avec elle, de lui annoncer qu'on avait retrouvé Josh. Je lui envoyai donc un message :

On a trouvé Josh. Quand
est-ce qu'on peut se parler ?

La réponse tomba quatre minutes plus tard :

Retrouve-moi au Robbie's dans
une heure.

Le Robbie's se trouve sur Lower Matecumbe Key, un des Keys faisant partie intégrante d'Islamorada, qui est en réalité une suite de plusieurs îles. Il faut, pour s'y rendre, traverser un long îlot réduit à une étroite bande de végétation inhabitée, puis emprunter la chaussée aérienne qui survole les eaux de l'Indian Key Channel. Ce que je fis une heure plus tard. La route est étroite, à deux voies, bordée de plots en béton – et on a l'impression de rouler carrément sur la mer.

Je franchis un dernier îlot minuscule et entrai dans Lower Matecumbe. Le Robbie's se trouve à main droite quand on vient du nord, niché au milieu de la végétation, au bord d'une petite marina d'une douzaine de bateaux. Impossible de le louper : l'endroit est dans tous les guides. On peut y nourrir des tarpons – ces longs poissons voraces – qui évoluent dans un bassin, louer des kayaks ou bien des bateaux, et il y a toujours des voitures garées devant.

En entrant sur le parking, sous les palmiers, je vis que le SUV de Kay était déjà là. Je la rejoignis à l'intérieur, me glissant entre les tables. Elle était assise près de l'eau et des pontons en bois, observant les pélicans et les iguanes qui se doraient au soleil, entourée par des touristes qui se faisaient des *selfies* – comme si la nature de Floride ne se suffisait pas à elle-même.

L'endroit est sympa : des souches jaillissent du plancher en bois brut, la végétation menace constamment d'envahir la terrasse abritée de la chaleur par de grandes voiles de bateaux tendues au bout de mâts et des planches de surf complètent la déco.

Kay me lança un coup d'œil mi-figue mi-raisin quand je m'assis. Elle n'avait toujours pas digéré que je l'aie soupçonnée. Je fis comme si de rien n'était. D'ailleurs, je n'eus pas besoin de faire semblant : j'étais trop heureux de partager la nouvelle avec elle.

— On l'a trouvé, Kay !

Son visage s'éclaira aussitôt.

— Où ça ?

— Carmel, en Californie.

Je la vis hocher la tête.

— Wailand m'avait dit Boston... Cet enfoiré avait deviné que j'essayais de lui tirer les vers du nez.

— Ça m'en a tout l'air, dis-je en souriant.

Le clapotis de l'eau et le cliquetis des bateaux ponctuaient notre conversation.

— Ça n'est pas une plaisanterie, Tom : cet homme est dangereux. Et la présence de son gorille dans les parages ne me dit rien qui vaille.

— Je sais. Tu n'es pas contente que je l'ai retrouvé ?

Elle me prit la main, les yeux brillants.

— Bien sûr que si ! Tom, c'est merveilleux ! Je suis si heureuse pour toi !

Randy tirait sur un joint en contemplant la mer quand la voix de Kay s'éleva derrière lui :

— Je vais faire des courses au Publix, tu as besoin de quelque chose ?

Il fit mine de reporter son attention sur l'océan où des dizaines d'oiseaux de mer exécutaient un ballet aérien réglé au millimètre. Kay monta dans son SUV, Randy attendit. Cinq minutes plus tard, il vit ce petit sournois de Tom Baldwin sortir de chez lui et monter en voiture lui aussi. L'œil glacé de Randy le suivit. Très visiblement, monsieur Tom Baldwin était pressé.

Où tu cours comme ça, toi ?

Randy se leva. Retournant à l'intérieur, il prit les clés du Ford Transit, ressortit, marcha jusqu'au fourgon. D'abord, il remonta Morada Way, ensuite l'Old Highway. Il avisa la voiture de Tom sur l'US1, roulant en direction du sud, se glissa dans la circulation.

Quand on eut franchi l'un derrière l'autre Indian Key et Milos Key, Randy vit cette petite pute de Tom Baldwin quitter l'Overseas Highway à l'entrée de Lower Matecumbe Key pour s'engager sur la contre-allée menant au Robbie's.

Randy comprit. Il ralentit. Roulant au pas, il laissa à Tom tout le temps de descendre, puis pénétra à son tour sur le parking du Robbie's et chercha des yeux le SUV de Kay.

Là, tout au fond, près des arbres…

Un nuage noir sous son crâne. Ses mains se crispèrent sur le volant.

Kay, petite salope, ne me dis pas que tu baises avec ce petit con d'écrivain snobinard…

Quoiqu'il dût bien l'admettre, Tom, en vérité, n'était pas si snob que ça. Randy l'aurait même trouvé plutôt cool – surtout pour un écrivain – s'il ne l'avait soupçonné de renifler sous les jupons de sa femme comme un clébard en rut.

Les mains tremblantes, Randy alluma une cigarette pour se calmer. Mais il n'avait pas vraiment envie de se calmer. Il avait envie de laisser cette braise de colère enflammer son cœur et déclencher un grand incendie à l'intérieur. Descendant du fourgon, indifférent au va-et-vient des véhicules et des touristes, il se mit en marche vers la marina, contournant les paillottes du Robbie's et du Hungry Tarpon.

Parvenu au bord de l'eau, il s'avança sur l'un des pontons de bois comme s'il voulait admirer les bateaux, puis se retourna, balaya les terrasses du regard. Une seconde plus tard, il repérait Kay en compagnie de cet enfoiré de Baldwin. Attablés près de l'eau, ils parlaient avec animation, penchés l'un vers l'autre. Et Randy constata que leur complicité ne faisait pas le moindre doute.

Je vous tiens, mes salauds.

L'espace d'un instant, il éprouva une joie mauvaise. Un très curieux et très paradoxal mélange de fureur et de satisfaction. Impossible de chasser de son esprit l'image de Kay et de Baldwin nus dans un lit de motel, sa femme écartant les cuisses et Tom en nage jouant les joyeux ramoneurs.

Putain, tu n'aurais pas dû fourrer ta queue dans la chatte de ma femme, l'ami… Tu aurais mieux fait de t'en trouver une autre…

Il se demanda s'il devait débouler illico sur la terrasse et lui casser la figure devant tout le monde, histoire de lui apprendre une bonne fois pour toutes qu'on ne baise pas sa locataire, encore moins quand la dame est mariée. *Et te rappeler au bon souvenir des flics, mon p'tit Randy ? Deux séjours en taule, ça t'a pas suffi ? Tu en veux un troisième ? Un qui sera beaucoup plus loooonnng cette fois ?*

D'accord, d'accord, ne pas s'emballer, garder la tête froide. D'abord accumuler les preuves (*après tout, peut-être qu'ils sont juste en train de parler littérature, poésie et bouquins, qu'est-ce que t'en penses, Randy, mon chou ?* dit une petite voix railleuse en lui).

Ensuite, la vengeance était un plat qui se mangeait… tiède, ça suffirait.

Il retourna au fourgon, considéra la voiture de Tom. Examina les alentours.

Personne sur le parking. C'était un signe.Faisant jaillir la lame du cran d'arrêt le long de sa jambe, il s'approcha de la caisse de Tom, s'inclina et la planta profondément dans le pneu arrière, puis dans le pneu avant – puis dans les deux autres.

— Tu vas faire quoi maintenant ? me demanda Kay.

— Aller le voir.

— Quand ça ?

— Demain. Je prends un vol à Miami pour Monterey.

— Moi aussi, j'ai des infos, me dit-elle.

Je haussai un sourcil.

— Il paraît que tu as une copie de ton dernier manuscrit sur une clé USB, Wailand m'a demandé de la voler. C'est vrai ou c'est un piège que tu as tendu à…

— Chris, confirmai-je, abattu. C'est lui la taupe.

J'eus un petit coup de blues, mais qui passa vite : j'allais revoir mon fils. Trois ans après. Il était vivant ! Et il aurait bientôt un papa. Annabelle n'aurait pas le choix, si elle ne voulait pas que son père et elle finissent en prison. Chris pouvait bien aller se faire foutre.

— Il vaut mieux que j'y aille, dit Kay en consultant sa montre.

Nous nous levâmes. Ma voiture était la plus proche de l'entrée. Je vis tout de suite que les quatre pneus étaient crevés. Kay l'avait vu aussi.

— Bon Dieu, dis-je. Tu crois que c'est Wailand ?

Elle secoua la tête, sourcils froncés.

— Non. Tu crois vraiment que le vieux se contenterait de ça ? C'est un coup de Randy. Il est venu jusqu'ici. Ça veut dire qu'il nous a vus ensemble… Viens, allons-y, je te ramène.

Je lui lançai un regard inquiet.

— Comment il va réagir quand il va nous voir rentrer ensemble ?

— Mal, mais ça m'est égal, répliqua-t-elle.

— Tu en es sûre ?

— Oui.

41
Narcos

Il y a un tueur sur la route.
The Doors, *Riders On The Storm.*

Ils débarquèrent à l'aéroport international de Miami à onze heures trente du matin pétantes, d'un vol Aeromexico. Ils étaient quatre. Une Jeep Grand Cherokee les attendait à l'agence de location Hertz. Elle repartit très exactement quarante minutes plus tard, les formalités accomplies, avec les quatre hommes à son bord : Diego Fonseca et trois autres.

Ils prirent la route des Keys.

Sur le trajet, on se disputa pour savoir quelle musique on allait écouter : du rock, du hip-hop ou des *narcocorridos*[1]. Avec leurs chemises à fleurs et leurs lunettes de soleil, on aurait dit des touristes en goguette. Des pêcheurs au gros ou des fanas de plongée. Ils dépassèrent Key Largo, Newport, Rock Harbor, Tavernier, Plantation…

Dans la voiture, on n'arrivait pas à se mettre d'accord. Fonseca mit fin à la discussion : il trouvait les *narcocorridos*

1. Au Mexique, les *narcocorridos* sont des chansons qui célèbrent les exploits des narcotrafiquants, des tueurs à gages et des membres d'organisations criminelles. Elles font régulièrement l'objet de polémiques.

débiles et le rap lui faisait saigner les oreilles. Du rock. Point. Personne ne chercha à discuter le bien-fondé de cette opinion, si partiale fût-elle. Si Diego Fonseca voulait qu'on écoutât du rock, on écouterait du rock.

— C'est chouette ici, dit l'un d'eux.

Kay aperçut tout de suite Randy sur la véranda, assis une bière à la main. Elle se raidit. Une fois le moteur coupé, elle me dit :

— Rentre chez toi, Tom.

— Tu es sûre ?

— S'il te plaît, laisse-moi régler ça, d'accord ?

Nous descendîmes. Je jetai un coup d'œil à Randy. Ce dernier me salua avec sa bière, souriant, et je répondis d'un hochement de tête circonspect.

— Tu es sûre que ça va aller ? insistai-je.

— Rentre chez toi, Tom, répéta-t-elle.

Randy regarda Kay approcher en sirotant très paisiblement sa Spencer Monks.

— Qu'est-ce qui est arrivé à Tom pour qu'il rentre dans ta voiture ? demanda-t-il quand elle l'eut rejoint.

Kay fut surprise. Il n'y avait pas la moindre once d'agressivité dans sa voix. Mais elle avait déjà connu ça avant : la douceur trompeuse, puis l'explosion. Sauf que cette fois son ton ne trahissait rien. Elle montra le sac de courses Publix. Elle avait fait quelques emplettes avant de rentrer.

— J'ai trouvé Tom qui faisait du stop au bord de la route. Quelqu'un lui a crevé ses pneus.

– Où ça ?

Elle se rendit compte qu'elle ne pouvait pas dire au Robbie's, ça ne collerait pas : le Publix était au nord et Lower Matecumbe au sud.

– À la hauteur du Burger King.

– Il était peut-être à la boutique de lingerie, plaisanta Randy, en train d'acheter un cadeau pour sa belle.

Il y avait effectivement une boutique de lingerie à côté du Burger King, qui vendait aussi, été comme hiver, des maillots de bain – on était dans les Keys. Ça y est : les insinuations reprenaient. Bientôt le ton monterait, et puis ce serait l'explosion. Mais, cette fois, elle était bien décidée à faire front.

– Parfait, ajouta cependant Randy d'un ton amène, tu tombes à pic, chérie. J'ai une faim de loup !

Il la contemplait en souriant, comme s'il était content de la voir. Sans la moindre trace de sarcasme dans la voix. Ça ne collait pas. Pourquoi ne lui disait-il pas qu'il les avait vus ensemble ?

– Tu veux une bière ? lui demanda-t-il ensuite. Je vais m'en prendre une deuxième.

Elle accepta.

Ils avaient disparu à l'intérieur. Randy avait l'air détendu. Je me demandai ce qu'il préparait. Mais j'avais autre chose en tête. Quelque chose qui me démangeait depuis un moment. C'était débile, je le savais. Et surtout dangereux. Josh devait être ma priorité. Mais, après tout, ça pourrait aussi distraire mon ex-beau-père, le déstabiliser le temps que je revoie mon fils.

Je pris le téléphone, composai le numéro. À ma grande surprise, la voix profonde et grave répondit presque aussitôt avec une amabilité déconcertante :

— Tom…, dit-elle simplement. Ça fait un bail.

— Tu as menti, Raynard, déclarai-je sans attendre, d'une voix vibrante. Tu as fait croire à un père que son fils était mort, tu as corrompu un médecin et mon agent dans ce but, tu as aussi détourné l'argent de tes actionnaires… Et tu travailles pour une organisation criminelle… Je vais t'expédier en prison, fils de pute.

Sur ces mots, je raccrochai.

42
Kilgore joue les marchands de sable

Je vois des ennuis qui approchent.
Thea Gilmore, *Bad Moon Rising.*

À New York, Raynard Wailand fixa le tableau accroché à la cimaise en face de lui. Une grande toile hyperréaliste de Bo Bartlett représentant un homme en costume-cravate qui pointait un fusil sur une cible se trouvant hors champ.

Dès qu'il eut raccroché, il composa un autre numéro.

— Josh est là, Annabelle ? demanda-t-il. J'aimerais lui parler si tu le permets. Oui… comme d'habitude…

Se tournant vers l'ordinateur à sa droite, il appuya sur une touche. Sur l'écran, le visage joyeux, encore un peu poupin, aux traits plus tout à fait enfantins mais pas encore adolescents, de son petit-fils apparut.

— Bonjour, papy !

— Bonjour, mon garçon, dit Raynard d'une voix enrouée, étranglée par l'émotion, mais aussi d'une douceur que personne d'autre ne lui connaissait. Comment va aujourd'hui ?

— J'ai ma leçon de surf cet après-midi ! s'exclama Josh. Quand est-ce que tu viens nous voir, papy ? Tu me manques…

Raynard Wailand eut un hoquet. Gorge nouée, au bord des larmes, il répondit :

— Bientôt, bouchon, bientôt. Josh, ajouta-t-il, très ému, il faut que je te dise quelque chose…

Il réprima la vague d'émotion qui menaçait de le submerger.

— Il est possible que je ne puisse pas venir te voir pendant un certain temps. Mais je veux que tu saches que je t'aime, mon garçon. Plus que tout au monde, tu m'entends ? Et que je t'aimerai toujours… Même si je suis… absent.

— Moi aussi, je t'aime, papy !

— Je sais, fiston, je sais… Embrasse ta maman de ma part, dit Wailand avant de couper la communication.

Il ferma les paupières. Les rouvrit. Le regard de nouveau d'une dureté, d'une férocité terrifiantes, il fit un autre numéro.

— Kilgore, déclara-t-il lentement et distinctement, je veux que tu en finisses avec Tom Baldwin cette nuit. Je ne veux pas savoir comment tu t'y prendras, ça m'est égal. Ce que je veux, c'est ne plus jamais entendre parler de cet enfant de putain, tu m'as compris ?

— Une autre bière ?

La nuit était tombée. Kay avait attendu toute la journée l'explosion de colère et l'affrontement, mais ils n'étaient pas venus. Randy avait continué de faire preuve de la même sollicitude et de la même suspecte allégresse, comme si de rien n'était. Il était méconnaissable. *Où était le piège ?* Parce que Kay n'était pas assez naïve pour croire que Randy était devenu tout à coup un autre homme, que la vision de Tom et elle ensemble l'avait décidé à s'amender. Conneries. Les types comme Randy ne changent jamais.

– Je ne sais pas, hésita-t-elle.

– Allez, une petite dernière avec moi, mon cœur…

– D'accord, Randy.

Il se leva, rentra dans la maison, revint avec deux nouvelles bières bien fraîches, lui en tendit une, s'assit à côté d'elle sur le banc. Dans la nuit, les projecteurs illuminaient les troncs élancés et duveteux des palmiers. Des éclairs de plus en plus nombreux jouaient du stroboscope sur la mer, tandis que le tonnerre grondait sur l'océan et que le vent commençait à forcir.

– Ça sent la tempête, dit Randy. J'adore ça, putain ! Quand ça se déchaîne. Finalement, je commence à vachement me plaire ici, ajouta-t-il. C'est quand même un coin sacrément chouette !

Il y avait dans son enthousiasme quelque chose de forcé, d'artificiel, qui mit la puce à l'oreille de Kay. Où voulait-il en venir ?

– C'est une vraie étuve à l'intérieur, fit-elle remarquer, la clim est en panne…

– Détends-toi, chérie. Je la répare demain sans faute. Promis.

Kay fixa l'océan obscur. Elle ressentit de nouveau la même désagréable démangeaison que ce matin. *À quoi jouait-il ?* Randy en mari parfait ? L'idée était aussi saugrenue qu'une baleine avec des ailes. Ça n'allait pas durer. Elle tourna la tête vers lui. Il lui souriait. Avec une forme de… oui, de tendresse. *Merde, c'est quoi ce cirque ?* Il posa une main sur son genou bronzé.

— Toi aussi, tu te plais ici, je le sais, Kay, admets-le. Tu vas voir : à partir d'aujourd'hui, tout ira bien. Ce sera merveilleux...

Sa main remonta lentement. Un sourire graveleux effleura ses lèvres.

— Tu sais que t'es drôlement craquante ce soir.

Kay se raidit. La tête lui tournait. *Qu'est-ce qu'il lui arrivait ?* Elle avait l'impression d'être Keith Richards un jour de mauvais trip. Une sueur froide lui inonda le visage. La main de Randy était très haut sur sa cuisse. L'autre se glissa, brûlante, sous son débardeur, prit un sein dans sa paume, le caressa doucement.

Elle frissonna, se demanda fugitivement si Tom les voyait. Ses paupières pesaient une tonne, sa tête deux. Sa nuque était en coton et son crâne voulait tomber en avant.

— Je ne me sens pas bien, Randy. Je vais aller m'allonger.

— Quel dommage, dit-il d'un ton cajoleur, ce soir je t'aurais bien fait ta fête. Qui sait ? Peut-être que je viendrai te rejoindre un peu plus tard, qu'est-ce que t'en penses ?

— Je me sens vraiment bizarre, dit-elle en se levant.

— Va te reposer, chérie. T'as l'air complètement à l'ouest.

Le vent se levait. L'océan grondait et se creusait.

Une succession d'éclairs ressemblant à des flashes d'appareil photo découpèrent la nuit au-dessus de l'horizon. Les puissants coups de canon du tonnerre les suivirent au bout d'une ou deux secondes.

Randy fixait l'océan noir, les cheveux empoignés par les remous d'air chaud. Minuit passé. Les lumières venaient de s'éteindre dans la maison de Tom. Kay devait dormir à poings fermés. Encore une heure et il se mettrait en action. Il considéra sa bière, la reposa sur le banc de bois. Il avait assez bu. Il avait besoin d'avoir les idées claires.

Kilgore se gara assez loin sous les arbres agités par la tempête, dans l'obscurité.

Il avait éteint ses phares dès qu'il s'était engagé sur l'allée sablonneuse, n'ayant aucun mal à se repérer grâce aux éclairs qui se succédaient à un rythme rapide. Et puis, il connaissait le chemin par cœur. Il coupa le moteur, se pencha entre les sièges, attrapa la corde qui se trouvait sur la banquette arrière : une écoute de bateau, capable de résister à une force de traction élevée autant qu'aux frottements – le matériau idéal. Personne dans les Keys ne trouverait surprenant que Tom Baldwin ait eu ce genre de cordage chez lui.

Descendant du GMC, il écarta d'un geste les feuillages qui s'agitaient. Le vent mugissait, se calmait, sifflait puis mugissait de nouveau. Tout ce ramdam allait lui faciliter la tâche. Personne ne ferait attention à un bruit de plus par une nuit pareille. Il consulta l'écran de son téléphone. Une heure du matin. Il connaissait les habitudes de Tom Baldwin. Il savait donc qu'à cette heure-là ce dernier dormait selon toute probabilité du sommeil du juste.

Dans la pénombre, Kilgore s'avança. Marchant très tranquillement, presque nonchalamment, il remonta l'allée au moment où il se mettait à pleuvoir, la corde décrivant plusieurs boucles dans sa main gauche, comme un de ces lassos qu'on voit dans les westerns. Arrivé à hauteur de l'endroit où les buissons cessaient et où commençait la pelouse, il s'immobilisa, étudia la maison. Après quoi, grimpant les marches de la véranda à l'arrière, il introduisit avec une délicatesse d'horloger le passe dans la serrure, poussa le battant, dont le faible gémissement fut recouvert par les assauts du vent.

Il avait visité l'intérieur, il connaissait donc la disposition des lieux. S'orientant dans le noir grâce à son téléphone et à la lueur des éclairs à travers les persiennes, Kilgore progressa sans hâte jusqu'à la chambre de Baldwin, dont la porte était entrouverte. Posant la corde sur un meuble dans le couloir, il sortit de sa poche une compresse et un tout petit flacon d'un anesthésique bien plus puissant que le chloroforme des films mais ne laissant pas de trace dans le sang. Poussant très doucement le battant, il vit la silhouette dans le lit, qui dormait, paisible, dans la lueur des éclairs. À aucun moment, même lorsqu'il ne fut plus qu'à quelques centimètres de sa victime, son pouls ne dépassa les cent battements par minute.

Randy secoua doucement Kay.

Pas de réaction.

Satisfait, il récupéra la batte de base-ball sous le lit. Une heure du matin passée de huit minutes. Entre les lames des stores, la nuit était le théâtre d'un feu d'artifice géant.

Son esprit était lui-même le point focal d'une tornade d'émotions : rage, jalousie, désir de vengeance. Empoignant la batte de base-ball d'une main, une pierre entourée d'un linge dans l'autre, il sortit et traversa l'espace gazonné qui séparait les deux maisons.

Des trombes d'eau s'abattaient sur les pelouses, entre les palmiers ployant sous le vent. La pluie lui coulait dans le dos, sous la chemise, ses chaussures se remplirent d'eau en un rien de temps.

Parfait. Les hurlements du vent et le bruit de la pluie allaient couvrir celui qu'il ferait en cassant la vitre. C'était une nuit idéale pour se faire justice – et apprendre à chacun à rester à sa place.

Ouais, mon pote, tu vas voir ce que tu vas voir…

43

Randy entre en scène

As-tu entendu parler du promeneur de minuit ?

The Rolling Stones, *Midnight Rambler.*

J'ouvris les yeux.

Ensuite, ce fut la bouche que j'ouvris, en grand, pour aspirer une goulée d'air. Quelque chose m'écrasait la trachée, me coupant la respiration.

Je portai une main à cet endroit. Une corde ! J'avais une corde passée autour du cou !

Je discernai la silhouette debout près de moi dans l'ombre, me rendis compte que la tête me tournait, que la pièce tanguait, que je n'étais plus dans mon lit ni même dans la chambre mais dans le living.

Je n'eus pas le temps d'y réfléchir davantage. Car, dans les secondes qui suivirent, mes fesses décollèrent de la chaise sur laquelle j'étais assis et je fus soulevé dans les airs, entraîné vers le haut par une force de traction irrésistible. C'est tout juste si elle ne m'arracha pas la tête du tronc !

Les battements de mon cœur s'accélérèrent. Je grimaçai de douleur. Un vent d'hystérie souffla sous mon crâne.

Les yeux exorbités, tel *Le Cri* de Munch, je barattai le sol avec les pieds, puis cherchai un appui sur la chaise, qui se renversa. Je regardai désespérément autour de moi, tournoyant à moins d'un mètre du plancher. Je vis la haute silhouette se découpant sur la nuit d'orage qui tirait l'autre bout de la corde, la même corde qui me serrait la gorge et qui s'avéra être passée – je le compris dans la seconde – autour d'un des barreaux supérieurs de la rampe d'escalier. Je vis le visage en lame de couteau qui émergeait de l'ombre, les yeux froids enfoncés dans les orbites m'observant avec une indifférence et, en même temps, paradoxalement, une attention glaçantes.

– NON ! hurlai-je. NON !

Mon hurlement fut coupé net, réduit à un râle par la pression du cordage sur mon cou. Je lançai mes pieds dans tous les sens, mais mon action n'eut pour effet que de resserrer un peu plus l'étau autour des muscles de ma gorge, sous mon menton et sur mes artères carotides, coupant en grande partie l'afflux sanguin à mon cerveau.

Je toussai, suffoquai.

– ARRGHHHHH !

Terrifié, incapable de prononcer le moindre mot, je poussai un long gémissement, ma langue jaillit hors de ma bouche, mes globes oculaires hors de ma tête, comme si je m'apprêtais à jouer aux billes avec. Des phosphènes blancs dansèrent devant mes yeux, tandis que la lueur des éclairs découpait la pièce avec un effet stroboscopique des plus réjouissants, conférant à la scène un côté irréel.

J'étais sur le point de perdre définitivement connaissance quand, tout à coup, il se produisit un autre événement inattendu : la force qui me tirait vers le haut cessa brutalement – et je retombai lourdement sur le sol, en même temps que la pression sur mon cou diminuait drastiquement.

En proie à une panique aveugle, j'aspirai de grandes goulées d'air, affamé d'oxygène. Je portai mes mains à mon cou pour me déprendre de l'étreinte fatale, devinant vaguement quelqu'un qui se penchait sur moi. L'éclat aveuglant de la foudre me révéla la présence de Randy, qui me contemplait, perplexe, une batte de base-ball à la main.

— Randy ? m'égosillai-je en toussant. Qu'est-ce que…

— Putain, on dirait que je suis arrivé à temps, mec, dit Randy comme à regret. Un vrai *home run*. Barry Bonds n'aurait pas fait mieux. C'est qui ce type ?

Je respirai péniblement. Mon cœur semblait bien parti pour gagner le championnat du monde des battements. Je toussai à plusieurs reprises.

— Tu devrais le savoir, articulai-je d'une voix éraillée. Il a le même employeur que ta fe…

Soudain, j'ouvris grand les yeux d'effroi en regardant par-dessus son épaule. Comme dans une nouvelle de Stephen King qui aurait pu s'intituler *Le Chauve fou revenu d'entre les morts*, la silhouette noire venait de se relever derrière Randy et pointait une arme sur nous.

J'eus le réflexe d'écarter Randy au dernier moment tout en me jetant moi-même de côté. Le coup de feu partit. La balle passa entre nous avec un *djoïnggg !* très audible. Puis Randy se précipita sur l'homme et, pendant quelques minutes, je ne distinguai qu'une mêlée furieuse ponctuée d'ahanements et de grognements jusqu'au moment où un nouveau coup de feu retentit et où les deux silhouettes s'immobilisèrent. Suspense insoutenable – comme on dit dans les livres. Qui du visiteur du soir et de Randy allait gagner la course à la survie ?

Ouf ! Randy...

C'était bien la première fois que je me réjouissais pour lui. Mais l'autre option aurait signifié ma propre condamnation...

Tout mon corps parcouru de fourmillements, la gorge et les poumons en feu, j'avais le vertige. Je tournai la tête et vis un visage blafard à moins d'un mètre du mien, sur le plancher, dans la pénombre. Quoique son crâne baignât dans une quantité de sang assez invraisemblable, j'eus peur pendant un instant qu'il ne se réveille encore une fois pour nous attaquer. Aucun danger. Sa bouche entrouverte était bizarrement tordue sur de petites dents pointues, ses yeux me regardaient sans me voir avec une fixité dérangeante. Je m'exclamai :

— Merde, Randy, il est mort !

— On ne peut plus, commenta Randy. On est sacrément dans la merde, Tom...

C'était pour le moins l'euphémisme du siècle. Je me redressai péniblement sur un coude, me mis debout.

— Il faut appeler la police, dis-je.

Pendant plusieurs secondes, Randy ne prononça pas le moindre mot. Puis, posant une main sur mon bras, il étreignit mon biceps avec force, son ton se faisant presque suppliant :

— Tom, si on fait ça, je finirai ma vie en taule... Il faut que je te dise : j'y ai déjà fait deux séjours et...

— Je suis au courant, l'interrompis-je sans cesser de tousser et de faire jouer ma mâchoire endolorie.

Il fronça les sourcils.

— Randy, cet homme est mort, ajoutai-je. On ne peut pas…

— Espèce d'enfoiré ! tonna-t-il. Tu baises ma femme et je t'ai sauvé la vie ! Sans moi, tu serais mort à l'heure qu'il est, espèce de salopard ! Et tu veux m'envoyer derrière les barreaux ?

Voilà un argument qui ne manquait pas de validité, il fallait bien le reconnaître. Randy avait raison sur toute la ligne : on était dans la merde…

— Et tu proposes quoi ? demandai-je, de la même voix fluette et éraillée, comme si j'avais une extinction.

— Je connais ce genre de type, continua Randy. C'est rien qu'un putain de tueur. Personne ne le regrettera. Tout le monde pensera à un règlement de comptes, et la police ne fera aucun effort pour identifier son meurtrier. Les types comme lui finissent toujours comme ça… morts ou disparus.

Qu'est-ce qu'il voulait dire par là ?

— Qu'est-ce que tu veux dire par là ?

Je commençais à avoir la chair de poule.

— Qu'on va faire disparaître le corps. Après tout, c'est pas les endroits qui manquent par ici. Et puis, il y a l'océan. On peut le balancer loin au large…

Il était sérieux là ?

— La mer rejettera son cadavre sur le rivage, objectai-je.

— Pas si on le leste…

Je n'en revenais pas qu'on ait cette conversation. Mon cerveau fonctionnait à plein. Randy disait vrai : si j'étais encore vivant, c'était grâce à lui. Il avait déjà eu deux condamnations et on était dans l'État de Floride : la troisième serait la bonne[1]. Qu'il se soit porté à mon secours n'y changerait rien. Sans compter que, si je refusais, il était capable, pour éviter la prison, de terminer le travail commencé par ce type et d'expliquer ensuite qu'il était arrivé trop tard.

Ce serait facile : il y avait les empreintes de l'autre gars partout sur la corde et la marque de la corde sur mon cou – et il venait d'éliminer le seul témoin.

— Je connais un meilleur endroit, dis-je. T'as déjà fait du kayak ?

La nuit pluvieuse nous accueillit et il y eut quelque chose de miséricordieux, de purificateur dans cet accueil.

— Où est Kay ? demandai-je.

— Elle dort.

On se dirigea vers l'abri de jardin transformé en paradis de la fumette par les soins de Randy. C'était aussi là que je rangeais mes kayaks. On en traîna deux sur la pelouse en direction de la plage.

— Et cette batte, c'était pour Kilgore ? dis-je en tirant le mien.

La pluie n'avait pas cessé, mais le vent avait faibli, et elle tombait plus verticale. Seule une faible houle subsistait sur l'océan.

1. *Three Strikes Law*, « loi des trois coups » : cette loi, appliquée en Floride et dans d'autres États, stipule que toute personne condamnée une troisième fois pour un crime ou un délit même mineur fait l'objet d'une peine plancher de vingt-cinq ans, voire de la perpétuité (dans certains États).

– C'était pour toi, dit Randy. Je voulais te défoncer le crâne avec, espèce d'enfoiré.

– Et Kay ? dis-je en m'arrêtant soudain au milieu des palmiers.

– Quoi, Kay ?

– Tu lui as fait quelque chose ?

– Elle dort, je t'ai dit.

– Je veux la voir…

– Bordel !

Sans attendre, je lâchai le kayak et me dirigeai d'un pas rapide vers leur maison, grimpai deux à deux les marches de la véranda, me souciant comme d'une guigne de la réaction de Randy. Il n'allait pas tuer deux personnes la même nuit, pas vrai ?

Pas vrai… ?

Je connus un bref instant de panique en traversant le living obscur, poussai la porte de leur chambre, qui grinça faiblement. Je me sentis complètement bouleversé, plein d'une indescriptible tendresse, en apercevant la silhouette de Kay couchée en chien de fusil dans le lit. M'approchant, je me penchai sur elle, perçus distinctement sa respiration paisible et le parfum de pomme de ses cheveux.

Kay dormait…

Un soulagement énorme m'envahit. En même temps qu'une envie terrible de la réveiller toutes affaires cessantes pour la serrer dans mes bras, mais je ressortis et rejoignis Randy dehors. Il me regarda approcher l'air sinistre, les yeux réduits à deux fentes. Et, pendant un instant, je me demandai ce qu'il avait fait de la batte de base-ball. Je lui montrai ma maison d'un coup de menton :

— Allons-y.

Nous en ressortîmes quelques instants plus tard, portant le cadavre. Il était lourd et glissant entre nos doigts. À plusieurs reprises, nous dûmes le poser sur l'herbe détrempée et essuyer nos mains avant de repartir. Je soufflais comme un phoque quand nous parvînmes à la plage, le sable était humide et collait à nos semelles. Randy m'aida à caler le corps sur le siège avant de mon kayak à deux places. Nous l'avions saucissonné avec la même écoute qu'il avait utilisée pour tenter de me pendre.

J'avais choisi un kayak *sit-in* pour le corps et pour moi. De cette manière les jambes du cadavre se trouveraient à l'intérieur de la coque fermée et il risquait moins de basculer dans l'eau. Pour Randy, j'avais porté mon choix sur un kayak une place *sit-on-top* plus lourd mais plus stable.

Il considéra l'océan, inquiet, en tirant sur sa moustache.

— Je ne sais pas si je vais y arriver, mec, dit-il. Je suis pas aussi entraîné que toi.

— Tu as déjà fait du kayak ?

— Mmm. En rivière…

Je vérifiai qu'il n'y avait personne dans les environs ainsi que le fonctionnement de ma lampe étanche.

— Tu feras exactement comme moi, lui lançai-je en élevant la voix pour couvrir le bruit de l'océan.

Tout en me demandant si moi-même je parviendrais à pagayer sur une aussi longue distance avec ce poids mort à bord.

44
Le bateau

Chutant à travers des forêts humides.
The Doors, *Moonlight Drive.*

Nous longeâmes la côte est de l'île vers le sud, à faible distance du rivage, pagayant dans le noir, en eau peu profonde. J'eus une première frayeur quand j'aperçus un bateau un peu plus au large, à hauteur de Ocean Terrace, et, pendant un instant, je craignis qu'il ne s'agît des garde-côtes qui surveillaient le littoral des Keys, lequel était un des points d'entrée de la drogue en provenance du Mexique et de Cuba.

Mais ce n'était qu'un bateau de plaisance – je me demandai ce qu'il foutait là par une nuit pareille.

On repartit. Je connus une nouvelle inquiétude quand nous dûmes virer à tribord, à quelques mètres à peine des lumières de la Bud N' Mary's Marina, à la pointe sud de l'île, pour passer sous le tablier de béton de l'Overseas Highway.

Pendant quelques éprouvantes minutes, nous glissâmes à quelques mètres à peine des pilotis que léchaient les flots noirs de l'Atlantique, des bateaux cliquetant sur leur mouillage et surtout des lampes sur les pontons, qui jetaient des flaques de lumière jaune sur nos kayaks, mais, par chance, il pleuvait à verse et les quais étaient déserts cette nuit-là.

Une fois que nous fûmes passés sous le pont de l'autoroute – et des eaux de l'Atlantique à celles du golfe du Mexique par la même occasion –, l'obscurité nous avala de nouveau.

Je jetais de fréquents coups d'œil à Randy, me maintenant aussi près de lui que possible. Il s'en sortait bien. Il était costaud, dur au mal, et il imitait mes mouvements, mais, malgré ça, on ne dépassait pas les deux à trois nœuds. Et je soupçonnais que viendrait un moment où il serait épuisé. J'avais calculé qu'entre l'aller et le retour, nous devrions souquer sur environ huit miles. Une sacrée distance sur une mer houleuse pour quelqu'un manquant d'entraînement.

L'averse tiède crépitait comme de la grêle sur les coques des kayaks. Nous progressions sans trop de difficulté. Cependant, je sentais la tension nerveuse dans tous mes muscles, le stress qui les menaçait de tétanie. Devant moi, la silhouette du cadavre se balançait d'un bord à l'autre avec le roulis, comme s'il s'agissait d'un vieux marin accompagnant un air de musique au bandonéon.

– C'est encore loin ? me demanda Randy dans l'obscurité, sa voix presque couverte par le fracas de la pluie sur les coques.

Je devinai qu'il commençait à fatiguer.

– On y est presque.

– Tant mieux parce que j'en ai plein les bottes, souffla-t-il.

Il s'écoula encore plusieurs minutes avant que les silhouettes noires de la mangrove ne se rapprochent. Je me repérai rapidement et, peu après, nous glissâmes dans une sorte de tunnel naturel percé au milieu de la jungle immergée et des grosses racines à fleur d'eau. À l'abri des regards, j'allumai la lampe torche carrée pour nous guider, me penchai pour la poser sur la trappe avant, devant le cadavre. Elle creusa un puits de lumière qui illumina les troncs, les lianes et la voûte des feuillages.

– Putain, on a besoin de l'emmener si loin ? gémit Randy, à bout de forces. On aurait pu prendre le fourgon.

Trempés jusqu'aux os, nous étions environnés par le clapotis des vagues battant contre le labyrinthe inextricable des racines et par le crépitement de la pluie sur les feuillages.

– On y est presque, dis-je.

Dix mètres encore et nous atteignîmes une sorte de carrefour en étoile où plusieurs canaux se rejoignaient. Le nôtre et celui qui venait à notre gauche formaient une pointe où les racines, particulièrement nombreuses et entremêlées, évoquaient des tentacules. Une vraie prison naturelle, plongée dans un mètre quarante d'eau de mer. Je pagayai vers elle, tendis le bras pour empoigner une des racines et tirai dessus pour en approcher mon kayak.

– C'est ici qu'on va l'immerger, expliquai-je. On va le coincer en dessous. Comme ça, il ne remontera pas. J'ai lu quelque part que les cadavres immergés ont tendance à se gonfler de gaz et à remonter à la surface. Les racines l'en empêcheront. Les poissons feront le reste. Et personne ne passe jamais par ici.

— Super, dit Randy en sautant dans l'eau. Un vrai petit paradis, y a pas à dire. Magnons-nous, j'en ai plein les chaussettes, de toute cette flotte.

Je l'imitai. Nous avions pied, mais de l'eau tantôt jusqu'à la poitrine, tantôt jusqu'au menton. La pluie hérissait les vagues qui nous battaient les flancs. Mes vêtements trempés collaient à ma peau, mais c'était le cadet de mes soucis. J'attachai le kayak aux racines, Randy fit de même avec le sien, et nous entreprîmes d'en extraire le corps que nous allongeâmes à la surface de l'eau – où il flotta comme s'il faisait tranquillement la planche au milieu d'une piscine.

Je braquai ma lampe sur le cadavre flottant. Il était pâle, les yeux vitreux, ses vêtements noirs bougeant autour de lui au rythme de l'eau, et je me fermai à cette vision d'horreur.

— Bien vu, Tom, me dit soudain Randy. Tu avais raison : c'est la planque rêvée.

Il n'y avait plus aucune trace d'hostilité dans son regard ni dans sa voix. Comme si ce qui venait de se passer nous avait rapprochés. Et, en somme, c'était le cas. Même si je n'oubliais pas une seule minute son attitude envers Kay.

— Prêt ? lui demandai-je.

Il me fit signe que oui. Je coinçai la torche étanche entre les racines, l'orientai vers le bas, de manière à éclairer leur dense maillage végétal immergé. L'eau diffractait le halo. En d'autres circonstances, j'aurais trouvé ça beau. Puis, d'un même mouvement, nous plongeâmes nos têtes sous l'eau et, dans le faisceau lumineux, nous poussâmes le corps vers le fond, aussi loin que nous pûmes, avant de l'enfoncer horizontalement entre les racines comme si nous voulions l'y encastrer – ce qui était exactement notre intention. La manœuvre n'était guère aisée car, à cause de cette bonne vieille poussée d'Archimède, le corps s'entêtait à remonter à la surface. Il fallait donc exercer une poussée inverse vers le bas, tout en essayant de l'enfoncer entre les racines les plus près du fond. Nos deux premières tentatives furent infructueuses et le corps remonta comme un jouet flottant dans une baignoire. J'émergeai de l'eau, repris ma respiration.

— Tu as besoin de te reposer ? demandai-je.

Dans la lueur de la torche, Randy avait l'air épuisé.

— Non, c'est bon, allons-y.

— Dans ce cas, mieux vaut ne pas traîner, dis-je.

Nous allions faire une nouvelle tentative quand il me sembla entendre un bourdonnement lointain, derrière le crépitement de la pluie. Je posai une main sur le bras de Randy, lui fis signe de ne pas bouger. Prêtant l'oreille, j'entendis distinctement le bruit d'un moteur. Celui d'un bateau. Randy l'avait entendu aussi. Nous restâmes immobiles, à écouter.

— Qu'est-ce que c'est, putain ? dit-il enfin.

Je saisis la torche et l'éteignis.

— En tout cas, ça vient par ici, dis-je en pliant les jambes pour m'enfoncer dans l'eau.

Randy m'imita, nos têtes seules émergeant. En revanche les kayaks, eux, étaient bien visibles. Tout comme le corps flottant à la surface. Le faisceau d'un projecteur troua soudain la jungle à quelques dizaines de mètres, et le bruit grandit encore, jusqu'au moment où nous devinâmes, grâce au mouvement de son projecteur, que le bateau était entré dans la mangrove par une autre voie.

— Merde, murmura Randy à côté de moi.

Nous suivîmes les évolutions du projecteur à travers la mangrove, qu'il réveillait. Il avait l'air de chercher quelque chose. Ou quelqu'un. Il ne tarderait pas à tomber sur nous, s'il continuait à tourner ainsi parmi les canaux. Ça ne pouvait être que les garde-côtes et, le cœur dans la gorge, je me voyais déjà découvrir les joies des prisons de Floride. Pourquoi avais-je accepté de faire disparaître ce corps ? Ils n'étaient pas là par hasard, ils avaient dû nous voir passer. Puis je songeai au bateau de plaisance croisé sur le trajet. Quelle raison aurait-il eu de nous suivre jusqu'ici ?

— Ils s'en vont, dit Randy.

Il avait raison. Nous vîmes le projecteur ressortir de la mangrove et s'éloigner, entendîmes le bruit faiblir. Nous nous redressâmes. Mon cœur battait à mille à l'heure. Je me gardai d'allumer trop vite ma lampe.

— Oh, merde, dit Randy, j'ai cru que j'allais faire dans mon froc.

— Attends !

Là-bas, sur l'océan, le phare du bateau venait brusquement de décrire une ample courbe. Je le vis avec horreur revenir vers la mangrove, droit sur nous, pénétrer cette fois par le canal naturel que nous avions emprunté.

Qu'il remonta en bien moins de temps qu'il ne nous en avait fallu. Moins d'une minute plus tard, non seulement son projecteur nous aveuglait comme des phares surprenant un alligator sur l'Overseas Highway mais une voix s'élevait du bateau.

— *Hola vatos* ! lança-t-elle en espagnol.

Des Mexicains… ou des Cubains… Qu'est-ce qu'ils foutaient ici ?

L'embarcation finit de glisser sur son erre jusqu'à n'être plus qu'à quelques mètres de nous. Ébloui par le projecteur, je ne distinguais que des silhouettes, en comptai quatre à bord.

Dont deux au moins tenaient des pistolets-mitrailleurs.

Ce n'étaient pas des garde-côtes…

Et nous formions un sacré tableau, Randy et moi, immergés dans l'eau jusqu'au menton avec un mort flottant entre nous.

— Lequel de vous deux est Tom Baldwin ? demanda une voix.

45
Sauver sa peau

Tu ne peux pas m'arrêter, fils de pute,
je suis sur un bateau.
The Lonely Island, *I'm on a boat.*

– Lequel de vous deux est Tom Baldwin ?

L'homme qui se penchait sur le bastingage avait dans la quarantaine pour ce que j'en voyais, un visage aux traits réguliers, des cheveux noirs, et il parlait un anglais impeccable. Il souriait. Son sourire était celui d'un cobra.

– C'est moi, dis-je en réussissant à garder mon sang-froid, même si toutes mes alarmes sonnaient en même temps. Et vous, vous êtes qui ?

Son sourire s'agrandit. Il était vêtu d'une veste étanche mais tête nue sous la pluie, ce qui semblait le laisser d'une indifférence minérale.

– Des amis de monsieur Wailand, ça te dit quelque chose ?

Je me souvins de ce que Byron Woodruff m'avait raconté au sujet des affaires très louches de mon ex-beau-père. De ses liens avec le Mexique. Je n'en croyais pas mes oreilles. Était-il possible que ces hommes fussent des *sicarios* ?

Que Raynard Wailand m'eût envoyé des tueurs à gage mexicains ?

— Pourquoi vous nous avez suivis ? réussis-je à demander, la voix cassée par la peur.

— Qu'est-ce que vous voulez ? lança Randy de son côté d'un ton rogue – mais je devinai qu'il n'en menait pas large.

— Pour commencer, que vous montiez à bord, répondit calmement le brun.

Nous obéîmes. Comment faire autrement ? Vues de près, leurs armes ressemblaient à ces joujoux terriblement meurtriers qu'on voit dans les films, légers et maniables mais lâchant des rafales capables de vous couper en deux. Et les types mutiques qui les tenaient n'avaient pas l'air du genre à hésiter à s'en servir. Je suppose que Randy avait passé suffisamment de temps en prison pour reconnaître de vrais salopards quand il en voyait, car il déclara courageusement :

— Écoutez, les gars, j'ai rien à voir avec tout ça, moi ! Je sais pas qui vous êtes. Et je serais même pas foutu de vous reconnaître si je vous recroisais dans la rue. Si la police me le demandait, je serais incapable de dire si vous êtes des enfoirés de Mexicains, des putains de Cubains ou des enculés d'Honduriens. Et je veux pas être mêlé à cette…

— Ta gueule, lança le chef de la joyeuse petite bande.

Il s'approcha de Randy.

— Nous sommes des enfoirés de Mexicains et mon nom est Diego Fonseca.

— Je veux pas le savoir ! gueula Randy. J'ai rien entendu !

L'homme lui colla le canon de son arme sous le menton.

— Je t'ai dit de la fermer... Et lui, c'est qui ? me demanda-t-il en montrant le cadavre se balançant dans la flotte.

— Légitime défense, dis-je, un tueur payé par mon ex-beau-père...

Je n'étais pas sûr que l'argument de la légitime défense fût d'une quelconque validité en présence de tueurs eux-mêmes envoyés par mon ex-beau-père ou par un de ses associés de l'autre côté de la frontière. Je me balançais sur le pont qui tanguait et, l'espace d'une seconde, je fus tenté de plonger dans l'eau et de m'enfuir à la nage. *Et te faire couper en deux par une rafale ?* Avec ces joujoux-là, je n'avais pas une chance sur mille de réussir, je ne ferais pas dix mètres.

Mais, après tout, rafale pour rafale, autant tenter sa chance.

— Une minute, lançai-je, pris d'une soudaine inspiration, vous travaillez pour le *señor* Eufemio Rojas ?

Il y eut un instant pendant lequel plus personne ne parla. Je vis nettement le dénommé Fonseca se raidir. Il me tournait le dos. Il se retourna très lentement, se balançant un peu à cause du roulis, ses yeux brûlant si intensément que je crus qu'il allait me descendre sur-le-champ. Cinq secondes s'écoulèrent.

— Où tu as entendu ce nom-là ?

J'avalai ma salive.

— Vous travaillez pour lui ou pas ?

Dans la lueur des torches, son regard était réduit à deux trous noirs et si profondément planté dans le mien qu'il devait me ressortir par la nuque. Tout à coup, quelque chose de dur, de métallique s'enfonça dans ma pomme d'Adam, me coupant le souffle.

— Réponds, Tom Baldwin, dit-il. Ou par la Vierge et tous ses saints, je jure que je te brûle la cervelle séance tenante.

Je déglutis encore une fois, mais je n'avais plus de salive à avaler, ma gorge était aussi sèche que le désert de Sonora.

— J'ai des informations pour monsieur Rojas, chevrotai-je.

— Quelles informations ? demanda-t-il trop doucement.

— J'ai la preuve que mon ex-beau-père détourne une partie de l'argent que monsieur Rojas lui confie et que l'arnaque dure depuis des années… Je peux faire parvenir ces preuves à n'importe quelle adresse postale ou mail que vous me donnerez si vous nous laissez rentrer chez nous.

Je vis le regard noir vaciller, devinai que le cerveau du Mexicain travaillait à toute berzingue.

— Du baratin, dit-il, tu cherches à gagner du temps.

— J'ai toutes les preuves. Les comptes aux Caïmans et au Curaçao où mon ex-beau-père envoie l'argent, la façon dont il s'y prend pour que vous n'y voyiez que du feu.

Il plissa un peu plus les yeux, mais la lueur entre ses paupières brûlait plus intensément que jamais.

— Comment tu as obtenu ces informations ?

— Je ne peux pas répondre à ça.

De nouveau, le métal heurta ma pomme d'Adam, et je ressentis une vive douleur à hauteur du larynx tandis que ma tête basculait vers l'arrière.

— Comment ?

— C'est l'info qui vous intéresse, non ? gémis-je, menton levé. Pas comment je l'ai obtenue. Vous aurez tout le loisir de vérifier que ce que je vous dis est vrai une fois que vous l'aurez. Et vous n'allez pas buter quelqu'un qui ne vous a rien fait pour rendre service à un type qui entube votre patron depuis des lustres, qu'est-ce que vous en pensez ? Et votre *jefe*, lui, qu'est-ce qu'il en penserait ? Il a sûrement envie de savoir, non ? Enlevez ce truc de mon cou, *s'il vous plaît…*

À ma grande surprise et à mon grand soulagement, il obtempéra, avant d'entrer dans la cabine et d'en ressortir muni d'un téléphone satellite.

– *Jefe*, dit-il trente secondes plus tard dans l'appareil, c'est moi. Je suis avec Tom Baldwin, ajouta-t-il en espagnol. Non… je ne l'ai pas encore buté. Il y a du nouveau.

Dans les instants qui suivirent, il écouta, puis traduisit mot pour mot en espagnol ce que je venais de lui apprendre. Il avait une excellente mémoire. Puis il écouta de nouveau. La pluie me dégringolait sur le crâne, mais je ne la sentais plus. Il me dit :

– Il veut vous parler.

Me tendit le téléphone. Ma pomme d'Adam me faisait l'effet d'un gros noyau de pêche douloureusement coincé dans ma gorge qui tantôt montait, tantôt descendait.

– Monsieur Baldwin, dit une voix étonnamment guillerette et polie dans le gros téléphone. Comment allez-vous ? Désolé pour le désagrément. Ce que vous dites est vrai, j'espère. Vous ne dites pas ça uniquement pour gagner du temps, n'est-ce pas ? Parce que ce ne serait vraiment pas une bonne idée, parce que si c'était le cas, avant de vous coller une balle, mes hommes vous feraient plein de choses tellement désagréables que vous les supplierez de vous achever…

— Tout est parfaitement exact, monsieur Rojas.

Ma voix était bizarre, irréelle – je ne la reconnus pas.

— Et comment vous avez découvert ça, monsieur Baldwin, dites-moi ?

J'observai le dénommé Fonseca, qui ne me quittait pas des yeux, Randy, qui ne me quittait pas des yeux, et les hommes armés de pistolets-mitrailleurs – qui ne me quittaient pas des yeux non plus. Tous attendaient. Dans les minutes suivantes, je racontai l'histoire de l'accident, parlai de mon fils, de la façon dont mon ex-beau-père m'avait fait croire à sa mort, et comment j'avais découvert que ce n'était pas vrai, comment j'avais enquêté, sans citer le nom de Franklin Stamper ni celui de Byron Woodruff, pour retrouver mon fils et comment, chemin faisant, j'avais trouvé ces informations. Je parlai même du cadavre juste en dessous de nous, à la surface de l'eau. Je bafouillai, me répétai, revins en arrière quand j'oubliais un détail, m'emmêlant les pinceaux plusieurs fois dans mes explications, rectifiant aussitôt, presque certain qu'il ne me croyait pas. J'ignore s'il comprit tout ce que je lui racontais. Je l'assurai que c'était la vérité à plusieurs reprises.

— Et vous avez l'intention de lui faire quoi à votre ex-beau-père ? me demanda-t-il très calmement quand j'eus terminé. Le dénoncer à la justice de votre pays ?

J'hésitai, me demandant tout à coup quelle réponse il avait envie d'entendre.

— Je ne vais pas envoyer en prison le grand-père de mon fils, dis-je. Je veux seulement revoir mon fils… c'est tout.

Pendant le long silence qui suivit, je pris conscience du bourdonnement dans mes oreilles, du sang qui battait à mes tempes, des cinq hommes présents sur le bateau qui continuaient de me fixer sans rien dire, sous la pluie, leurs armes pointées vers moi.

– Merci, monsieur Baldwin, passez-moi monsieur Fonseca à présent, s'il vous plaît, conclut poliment Rojas.

Je tendis l'appareil au beau brun au sourire de serpent. Randy et moi nous ne le lâchâmes pas du regard tout le temps qu'il reçut les instructions de son chef. Après quoi, il reposa le gros téléphone sur une banquette près du plat-bord et nous fixa l'un après l'autre de ses yeux très bruns. Debout sous la pluie battante, tremblant de peur, j'attendis la sentence en me rendant compte d'une chose : peut-être que je ne reverrais jamais mon fils. En cet instant, c'était le seul fait qui importait. Au moment où j'avais enfin découvert qu'il était vivant, quelqu'un allait m'empêcher de le retrouver, quelqu'un allait me priver de ces retrouvailles. Non, la vie ne pouvait pas être à ce point cruelle, à ce point merdique. *Oh si, elle le peut*, murmura la petite voix négative en moi.

– Montez-moi ce type à bord, ordonna-t-il à ses hommes en désignant le cadavre. Et récupérez les kayaks.

Quand ce fut fait, il montra la sortie de la mangrove.

– On y va, dit-il. Au large. Le plus loin possible de la côte.

– On va où ? demandai-je, inquiet.

Il ne répondit pas.

Nous émergeâmes de la mangrove et le bateau accéléra, fonçant droit vers le large. Bientôt, la terre fut hors de vue et Fonseca – puisque tel était son nom – donna l'ordre de couper les gaz. Le bateau ralentit jusqu'à s'immobiliser presque complètement, seulement bercé par la houle. Le vent miaulait, les embruns me mouillaient la figure. Je regardai l'océan extraordinairement noir et vide autour de nous, au point que seuls se devinaient dans cette obscurité écumante les moutons blancs au sommet des vagues.

— Balancez-moi ces deux *pendejos* à la flotte ! lança soudain le Mexicain.

— Non ! hurlai-je, d'abord interdit, puis maudissant à la fois ma naïveté et son cynisme, tandis que des mains me saisissaient.

— Bande d'enfoirés, lâchez-moi ! gueula Randy en se débattant et en frappant tout ce qui était à portée de ses pieds.

— Je blague, dit Fonseca avec un large sourire.

Il se tourna vers ses hommes.

— Lâchez-les ! Et trouvez-moi un truc pour lester cette chose, dit-il en montrant le cadavre, et la balancer à la baille.

Puis il me regarda, toujours souriant :

— Monsieur Rojas accepte ta proposition, Tom Baldwin. Tu en as, de la chance.

46
Je pars

Chaque jour je continue de penser
à toi et moi.

Ghostly Kisses, *Touch.*

– Monsieur Rojas estime que vous avez été d'une aide inestimable qui mérite d'être récompensée, poursuivit Fonseca. Il vous laisse – pour le moment – la vie sauve et, de toute façon, vous ne représentez plus aucune menace, compte tenu de ce que nous savons sur vous et sur ce… cadavre…

Le Mexicain me présenta l'écran de son téléphone et la photo qu'il avait prise plus tôt : dans la lueur du projecteur, au milieu de la mangrove, nous avions l'air de deux lapins figés dans la lumière des phares, Randy et moi – et le cadavre qui flottait entre nous avait bien l'air de ce qu'il était : un homme à qui on avait fracassé le crâne et troué la poitrine d'une balle.

– Si un jour cette photo arrive dans les ordinateurs de la police de Floride ou du FBI, continua-t-il, vous aurez bien du mal à invoquer la légitime défense.

– Et Wailand ? demandai-je en grelottant.

— Ne vous inquiétez pas, il sera puni. Mais nous avons encore besoin de lui pour nos affaires aux States. Alors, nous avons pensé à un autre genre de punition : un beau matin, quand il s'y attendra le moins, Raynard Wailand sera agressé par des inconnus à son domicile new-yorkais. Oh, rassurez-vous, il s'en sortira vivant. Mais il ne se montrera plus jamais en photo dans les magazines ni à la télé après ça, si vous voulez mon avis. Ce sera sans nul doute très douloureux et très moche. En ce moment même, il n'a aucune idée du châtiment qui l'attend. Qu'il en profite encore un peu…

— Vous n'avez pas traîné.

— Nous avons des hommes partout, *señor* Baldwin, ne l'oubliez jamais.

— Ne vous inquiétez pas, dis-je, on n'est pas près d'oublier. Et vous n'entendrez plus jamais parler de nous.

— Dans ce cas, nous allons vous ramener. C'est la dernière fois que nous nous voyons, monsieur Baldwin, me dit-il, satisfait, en me tendant la main comme si nous étions deux hommes d'affaires venant de signer un important contrat. Content de vous avoir connu.

Le trajet du retour fut infiniment moins long, car Fonseca nous libéra à proximité de la plage. Quand nous l'atteignîmes cependant, la première chose que nous fîmes fut de nous asseoir sur le sable, malgré la pluie qui continuait de tomber, et de reprendre notre respiration. Randy contempla longuement le large. Il finit par dire, essoufflé :

— Je m'en vais.

Je me tournai vers lui.

— Comment ça, tu t'en vas ?

Nos regards s'affrontèrent.

— Je pars… Si je reste ici, je vais tuer l'un de vous deux. Ou les deux…

— Je ne sais pas de quoi tu parles.

— Ne me prends pas pour un con, Tom Baldwin.

Il avait dit cela sans animosité. C'était un autre Randy qui était assis sur cette plage cette nuit-là. Je lus une épouvantable solitude dans son regard. Quant à moi, je ne savais pas trop comment je me sentais. Je flottais. Étrangement, je ne m'étais jamais trouvé dans un tel état : aussi vivant. Je suppose que c'est ce qu'expérimentent ceux qui ont échappé à un naufrage ou affronté une terrible tempête en montagne et frôlé la mort.

— Et tu comptes aller où ? dis-je.

Il haussa les épaules, saisit une poignée de sable, le laissa glisser entre ses doigts, mais le sable mouillé refusait de couler et resta en partie collé à sa paume. Il laissa la pluie la nettoyer.

— Je vais retourner à New York.

— Kay est au courant ?

Randy me dévisagea.

— Non. Pas encore. Je te laisse le soin de le lui apprendre. On devrait tout remballer avant qu'elle se réveille.

Il me tapa sur l'épaule et se leva.

La pluie a cessé. Le soleil flamboie, demi-disque aveuglant à l'horizon, au ras de l'océan qui m'éblouit de son poudroiement brasillant. Les palmiers bruissent. Des milliers d'oiseaux volent dans la lumière acide du matin.

Je ne sais pas depuis combien de temps je suis assis là. Randy m'a aidé à nettoyer les kayaks et à les remettre en place. Il est ensuite rentré se changer et rassembler ses affaires. Il est ressorti dix minutes plus tard avec un sac de voyage. Puis il est monté dans son Ford Transit. J'étais resté sur la plage. Il m'a regardé un moment, de loin, un bras sur la portière, sans rien dire. Après quoi il est parti.

Étrange comme son départ m'a ému. J'aime à croire qu'il n'a jamais frappé Kay. Mais je n'en suis pas si sûr. Peut-être me le dira-t-elle un jour.

Au cours des heures qui ont précédé l'aube, puis alors qu'une pointe de gris commençait à éclaircir le ciel, je me suis douché, séché et changé. Ensuite je suis revenu m'asseoir sur le sable, exactement à la même place, devant la mer. Dix mille pensées confuses incluant Josh, Kay, mon ex-beau-père et mon ex-femme, et même Chris et Tucker, m'ont traversé l'esprit pendant ces heures où le ciel s'est éclairci. Comme si cette nuit j'avais sniffé une quantité de coke ou pris un autre de ces trucs qui vous explosent le cerveau: je me sens plus d'attaque que jamais. J'ai même songé à mes séances d'hypnose avec le Dr Veronica Fox. Je sais que je n'en aurai plus besoin.

Je respire l'odeur iodée, l'odeur de l'océan. C'est l'odeur la plus merveilleuse au monde. Tous mes sens sont décuplés par ce nouvel appétit de vivre. J'entends les cris aigus des oiseaux, le bruit apaisant des vagues. Je sens la brise tiède caresser mes joues. Il fait déjà chaud. Je suis de plus en plus impatient que Kay se réveille. Pourtant je ne ressens aucune inquiétude.

Rien qu'un bonheur paisible, complet, définitif.

Quand enfin monte derrière moi le grincement de la porte à moustiquaire, je ne me retourne pas. Je continue de fixer la mer éblouissante.

Je la devine traversant la pelouse entre les palmiers, sous le soleil, regardant mon dos, marchant vers moi pieds nus, et mon cœur bat tellement fort contre mes côtes que je crains de m'évanouir.

– Qu'est-ce que tu fais là ? demande derrière moi la voix la plus adorable au monde.

– Je t'attendais.

Kay se laisse tomber à côté de moi. Elle tend ses jambes bronzées et ses orteils vers les vaguelettes qui viennent mourir à un mètre de nous – et elle est telle qu'en mon souvenir : incroyablement belle au réveil.

– Randy n'est pas là, dit-elle. Et son Ford n'est pas là non plus. Il ne m'a rien dit et j'ai dormi comme une morte… C'est étrange.

La brise légère porte son parfum jusqu'à mes narines.

– Oui, je sais, dis-je.

Elle plonge ses yeux verts interrogateurs dans les miens et l'intensité de mon amour pour cette femme me sidère moi-même.

– Randy est parti, Kay.

– Quoi ?

– Il s'est passé pas mal de choses cette nuit. Laisse-moi te raconter…

Épilogue
Une fin qui n'en est pas une

Accroche-toi à moi
Ne me laisse pas partir.
Pharrell Williams, *Freedom.*

À New York, sur la Cinquième Avenue, ce matin-là, Raynard Wailand prenait tranquillement son petit déjeuner – café américain, orange pressée, *avocado toast* et saumon fumé – sur son balcon tandis que Central Park s'éveillait dans la lumière du matin. Il pensait à Kilgore.

Celui-ci n'avait plus donné signe de vie depuis qu'il lui avait ordonné de régler le problème Baldwin, deux jours plus tôt. Qu'est-ce que ça signifiait ? Il avait essayé de le joindre, mais il tombait directement sur sa messagerie. Et on avait localisé son téléphone portable au Mexique. Cela rendait Wailand très nerveux. Il ne voyait aucune raison pour que le téléphone de Kilgore eût atterri au Mexique, sauf une…

Il terminait son *avocado toast* quand on lui apporta une enveloppe à son nom. Raynard Wailand l'ouvrit. Une clé USB et un mot plié en deux à l'intérieur :

Ce n'est pas la clé USB que tu cherchais mais
je pense que celle-ci pourrait t'intéresser encore plus.

Tom

Dans un premier temps, Raynard Wailand ne réagit en aucune façon, se contentant de poser sur le mot un regard extrêmement rêveur, absent, lointain. Puis il se leva.

Passant dans son bureau, il alluma l'ordinateur qui paraissait minuscule sur la grande table de travail en noyer, glissa la clé USB dans son logement.

S'agissant de ses opérations bancaires, Raynard Wailand pouvait faire preuve d'une mémoire quasi surhumaine, au vrai presque effrayante. Il savait au cents près quelles sommes transitaient sur ses comptes, quand, par où et comment. Et quoique les chiffres s'affichassent par centaines sur son écran en cet instant, il les reconnut immédiatement. Ses comptes aux Caïmans et à Curaçao. Ses opérations de blanchiment. Ses malversations. Les modestes sommes – pas si modestes en vérité – qu'il prélevait semaine après semaine, mois après mois, année après année, dans l'argent du cartel. Ni vu ni connu.

Il déglutit, renversa la tête en arrière pour contempler le plafond.

Des centaines, des milliers de chiffres accusateurs s'ils venaient à tomber entre les mauvaises mains. Comment ce petit enculé de Tom Baldwin se les était-il procurés ?

C'était impossible.

La sonnerie du téléphone sur le bureau le fit bondir sur place comme un coup de fusil. Raynard Wailand regarda le numéro qui s'affichait, son sang se figea. Peut-être aurait-il le temps de foncer à JFK et de sauter dans un avion pour une destination connue de lui seul ? Peut-être ne devait-il pas répondre, mais tout planter là – sa fille, Josh, sa vie luxueuse, le réseau de ses amis et de ses contacts, ses affaires – s'il voulait survivre à cette journée ? Il décrocha pourtant, lentement, prit le téléphone, s'approcha des portes-fenêtres. En ouvrit une. La rumeur de Manhattan monta jusqu'à lui quand il émergea de nouveau sur le balcon, dans le soleil, tout Central Park étalé à ses pieds.

Il se pencha. Il y avait deux types en bas, sur le trottoir, de l'autre côté de la Cinquième Avenue, qui levaient la tête vers lui.

— *Hola* Reynard, dit la voix toujours aussi distinguée dans le téléphone, comment vas-tu, *amigo* ?

Chris Georgiadis prenait son petit déjeuner – œufs brouillés, bacon, pain perdu, café noir – chez Gianni's, sa cantine préférée, sur Ocean Drive, à Miami Beach, quand un jeune homme blond dans la trentaine tiré à quatre épingles s'approcha entre les tables, saisit la chaise de l'autre côté de la sienne et s'assit.

Interloqué, Chris considéra l'importun, tandis que celui-ci lui décochait un sourire amical puis faisait signe à un serveur.

— Vous devez vous tromper de table, je n'attends personne, dit très paisiblement Chris, et j'aime bien déjeuner tranquille.

— Moi aussi, Chris, répondit le jeune homme blond à la dentition et au bronzage parfaits sans cesser de sourire, c'est pourquoi je ne serai pas long.

Le serveur s'approcha.

— Qui êtes-vous ? demanda Chris en plissant ses yeux bruns, son regard dur comme celui d'un oiseau de proie.

— Je vais prendre la même chose, dit le blond au serveur en montrant le café, les œufs brouillés et le bacon. Et ajoutez-y deux coupes de champagne : nous avons quelque chose à fêter, monsieur Georgiadis et moi.

— Je répète ma question : qui êtes-vous ? dit Chris beaucoup plus froidement cette fois, quand le serveur se fut éloigné.

— Je m'appelle Rick, déclara le blond en tendant une main par-dessus la table. Enchanté de faire votre connaissance, Chris. Je suis le nouvel agent de monsieur Baldwin et nous avons un certain nombre de choses à voir ensemble.

De lourds nuages voguent au-dessus de l'océan. Les pins de Carmel-by-the-Sea, sur la côte californienne, bruissent et se profilent en ombres chinoises sur le ciel gris quand les enfants commencent à sortir de l'école.

Kay me serre brièvement mais fiévreusement la main.

— Tout va bien se passer, me dit-elle.

J'ai envie de la croire.

Pour la première fois depuis l'enfance, j'adresse une prière à ce Dieu qui, selon certains, est là-haut, vous savez, un truc du genre : Vous là-haut, Vous m'avez assez fait de crasses comme ça, non, qu'en pensez-Vous ? Alors, s'il Vous plaît, je Vous en conjure, laissez-moi retrouver mon fils et fichez-nous la paix.

Bon, d'accord, ça n'est peut-être pas exactement ça. Pourtant c'est bel et bien une prière muette que j'envoie vers le ciel.

La gorge serrée, je scrute les enfants à la sortie de l'école. Au bord des larmes, je le cherche des yeux. J'essaie de réprimer mes émotions, de les tenir à distance, mais rien à faire, elles me submergent. Je n'arrive pas à y croire. Ça y est, je vais enfin le voir. Mon fils. Jusqu'au dernier moment je doute. Quelque chose va se passer, qui l'empêchera. Comme les autres fois… Mais pas celle-ci. Non, pas celle-ci. Car, dans la seconde suivante, il apparaît, franchissant les portes au milieu des autres élèves, un sourire aux lèvres. Josh. Mon Josh.

— Le voilà ! je m'exclame.

Je n'en crois pas mes yeux. Il est là… mon garçon… à une quinzaine de mètres de moi à peine, de l'autre côté de la rue. Mon fils ! Il m'a fallu un quart de seconde pour le reconnaître, car, en trois ans, il a drôlement changé : déjà il a grandi ; et puis, ses cheveux blonds sont plus longs, plus épais, ses traits mieux dessinés, moins enfantins, comme si un sculpteur avait retouché sa statue au fil des ans. Il porte un pantalon cargo court et une chemisette imprimée, il a des Air Jordan aux pieds.

Mais c'est bien lui, pas de doute. Josh… J'ai des larmes plein les yeux, maintenant. J'ai envie de ne jamais cesser de le regarder, j'ai envie de courir et de le prendre dans mes bras.

— Tu es prêt ? me demande Kay doucement.

— Oui. Je suis prêt.

Elle serre ma main, puis la lâche et me pousse en avant, comme si j'allais prendre mon envol.

Josh a rejoint sa mère, qui se penche vers lui en souriant. Elle nous tourne le dos.

Je fonce.

Je traverse la route en courant. Je fixe mon fils comme si j'avais peur qu'il s'évanouisse, qu'il disparaisse une fois de plus. Autour de moi, ce ne sont que rires, exclamations, cris, portières qui claquent, moteurs qui tournent : *la vie sans histoire de milliers de parents…* Brusquement, Josh tourne la tête alors que je m'approche et, incroyable, il me reconnaît. Il a l'air surpris. Plus que ça – scotché, sidéré.

— Papa ? C'est toi ??

— Salut, Buzz, mon grand ! je dis, la gorge nouée, comme si on s'était quittés hier.

— Papa, tu es vivant ? dit Josh, et je devine qu'il ne comprend rien à ce qu'il se passe.

Merde, j'ai les yeux inondés de larmes, tout est flou, je m'efforce de sourire.

— Oui, mon grand, dis-je en m'accroupissant devant lui, je te raconterai, c'est une longue histoire. Mais je suis là maintenant : « Vers l'infini et au-delà », tu te rappelles ?

Je vois le sourire de Josh s'agrandir, son visage s'illuminer et mon cœur est sur le point d'exploser de bonheur quand il me tombe dans les bras en serrant de toutes ses forces son petit corps contre le mien.

— Oh, papa ! Pourquoi tu as disparu comme ça ?

— Je t'expliquerai, Buzz… Mais c'est fini maintenant, c'est fini : je suis là…

Les larmes coulent abondamment sur mes joues, sur mon menton ; je sens leur goût sur mes lèvres et celles de mon fils mouillent le tissu de ma chemise.

— Qu'est-ce que tu fais là ? demande Annabelle, qui est en cet instant d'une pâleur extrême, qui cligne des yeux comme un hibou.

Je lève la tête. Elle aussi a changé : ses traits se sont durcis, ses joues sont tout en méplats, lignes dures et angles, son regard s'est terni comme une vieille pièce de monnaie.

– Tu vois, dis-je en souriant, je suis revenu.

Je me relève pour lui faire face, caresse les cheveux de mon fils, essuie mes yeux humides de l'autre main. Je surprends des coups d'œil autour de nous.

– Comment tu nous as retrouvés ? demande-t-elle de la même voix sèche et dure.

– Ça aussi, c'est une longue histoire, Annabelle.

– Je ne te laisserai pas mettre de nouveau la vie de notre fils en danger, crache-t-elle, tendant la main vers Josh, mais mon garçon l'ignore et reste agrippé à moi. Tu n'as pas oublié l'accident, je suppose ? Tu as failli tuer Josh parce que tu étais ivre !

– Je n'étais pas ivre, dis-je. J'ai retrouvé la mémoire : j'avais déjà cessé de boire à ce moment-là. Et je n'ai pas bu une goutte d'alcool depuis trois ans…

– Foutaises ! Je m'arrangerai pour obtenir une ordonnance d'éloignement, je t'interdis de le voir et je t'interdis de lui parler !

Elle est pâle à faire peur. Elle va ajouter quelque chose quand une main effleure son coude et elle tourne vivement la tête en direction de l'importun en costume gris et cravate noire, aussi souriant qu'un infarctus, qui s'est approché d'elle et qui la fixe. Interloquée, elle le foudroie du regard.

– Madame Wailand ? dit calmement le nouveau venu. Bonjour, madame Wailand, je suis maître Simpson, avocat à Monterey. Je représente monsieur Baldwin ici présent…

Je baisse les yeux vers Josh.

— Tu veux qu'on ailler manger une glace ? je lui demande, pendant que maître Simpson débite son laïus à mon ex-femme. Maman en a pour un petit moment.

Il lève les yeux vers sa mère :

— Maman, je peux ?

Mais Annabelle ne l'entend pas. Elle est à la fois livide et muette en écoutant maître Simpson.

— Pour pêcher les poissons de la mangrove, il faut de la patience, beaucoup de patience, de la ruse et de la douceur, dit Tucker à voix très basse en surveillant sa ligne plongée dans à peine trente centimètres d'eau. C'est autrement plus subtil que la pêche au gros, tu vois, mon garçon ? Pas besoin d'avoir des gros muscles et un gros moulinet, c'est de ça dont il faut se servir, ajouta-t-il en tapotant sa tempe du bout de l'index.

— Oncle Tucker, je m'ennuie. On pourrait rentrer maintenant ?

Tucker Devine poussa un long soupir.

— Gamin de la ville, fit-il en reposant sa canne. D'accord, d'accord, on rentre, cow-boy.

Tucker attrapa la perche, la planta dans l'eau. Il poussa doucement la barque à fond plat vers le large. Quand ils eurent parcouru une dizaine de mètres, il mit le moteur en marche.

— Ce jeune homme n'est pas encore un véritable habitant des Keys, me lança-t-il en s'approchant dans le soleil.

Je surveillais le barbecue, entre les palmiers.

— C'est vrai ça, Buzz ? dis-je en retournant la viande.

La graisse grésilla. Josh fit la moue, puis nous sourit joyeusement.

— Je veux pêcher le requin ! s'exclama-t-il. Comme dans *Les Dents de la mer* !

Mon fils fit le geste d'un pêcheur s'arc-boutant sur sa canne et tournant un moulinet.

— Il n'est pas un peu jeune pour *Les Dents de la mer* ? demanda Tucker. D'accord, d'accord, concéda-t-il en levant les mains en signe de reddition. Puisque vous êtes de gros bourrins de touristes, la prochaine fois je vous emmène à la pêche au gros. Je vous avertis, ça va secouer.

— Chouette ! s'exclama Josh. T'as entendu ça, papa ?

— Oui, oui… j'ai entendu.

— Josh, tu m'aides à mettre la table ? lança Kay.

Je regardai ma montre : c'était l'heure de prendre la route.

— Je peux pas rester encore un peu ?

(Josh, presque suppliant.)

Quelque chose remua dans mon ventre. *Oh, fiston, si tu savais comme j'aimerais te dire oui !*

Mais c'était l'accord que nous avions signé, Annabelle et moi : j'aurais Josh pendant la moitié des vacances scolaires, et il poursuivrait sa scolarité à Carmel-by-the-Sea. Je serais également libre de passer le voir aussi souvent que je le désirais à la condition d'en aviser mon ex-femme au moins une semaine à l'avance. J'avais demandé à Byron de garder un œil sur elle : je ne tenais pas à les voir prendre la poudre d'escampette une seconde fois.

Dans un deuxième temps, nous envisagions, Kay et moi, de quitter les Keys pour nous poser sur la côte californienne, afin d'être plus près de Josh.

Malgré ce que son père et elle m'avaient fait, je ne ressentais aucune rancune à l'égard d'Annabelle – elle avait agi en croyant protéger notre fils – et je me disais que ce n'était pas plus mal de mettre de l'huile dans les rouages : cela simplifierait l'existence de tout le monde, en particulier celle de Josh.

C'était la seule chose, en réalité, qui m'importât : je l'avais retrouvé. Et j'avais retrouvé l'amour. Bien plus qu'il n'en faut pour être heureux, pas vrai ?

Quant au père d'Annabelle, il avait été victime d'une très violente agression, il avait reçu de nombreux coups de batte et il se rétablissait à l'hôpital. Les médecins lui avaient expliqué qu'il lui faudrait désormais marcher avec une canne. Et vivre sans rate. Et avec un seul rein. De mon côté, j'avais proposé à Horacio, l'homme qui m'avait permis de retrouver mon fils, de déménager en Floride. Avec mon nouvel agent, on se faisait fort de lui trouver des clients, et j'allais lui donner un petit coup de pouce pour commencer.

À l'aéroport, nous accompagnâmes Josh jusqu'à sa porte, où une hôtesse le prit en charge. Derrière les vitres, des avions étaient au roulage sur les pistes, d'autres décollaient les uns après les autres dans le ciel bleu.

Kay prit Josh dans ses bras, puis ce fut mon tour. Là-dessus, Josh se baissa, sortit un papier plié en deux de sa petite valise et le tendit à Kay.

— Tu le donneras à papa quand vous serez dans la voiture, dit-il. Pas avant.

— Très bien, champion, dit Kay en souriant.

Mon cœur se serra quand mon fils franchit les portes vitrées, tête basse. Je tenais la main de Kay dans la mienne et, malgré moi, la pressai un peu trop fort. Soudain, je vis mon fils se retourner, échapper à l'hôtesse et remonter la passerelle vers la porte pour me lancer un : « Vers l'infini et au-delà ! »

— Maintenant, je comprends pourquoi vous aimez tant ce film, me dit Kay en passant son bras autour du mien.

Le soleil brille. Nous roulons vers le sud, sur l'US 1, l'Overseas Higway, « l'autoroute au-dessus des flots », et l'océan scintille comme une plaque de métal. J'ai baissé ma vitre. Je me sens bien. Une radio locale passe *Freedom* de Pharrell Williams. Je jette un coup d'œil à Kay. Elle est resplendissante avec ses cheveux qui dansent dans le vent et la lumière qui brille dans ses yeux.

— Où tu as mis le papier de Josh ? je demande.

Kay ouvre la boîte à gants, le prend et le déplie devant moi, sur le tableau de bord. Un instant, je quitte la route des yeux pour regarder le dessin que Josh a fait. Il est écrit :

Papa, moi, Kay.

bre
DAD ME KAY

Les chansons de *Sur la route de Key West*

Weezer, *Island in the Sun*

Cole Swindell, *You Should Be Here*

Cat Stevens, *Father and Son*

Al Stewart, *Year of the Cat*

Maroon 5, *Memories*

Eric Clapton, *Mainline Florida*

Jack Johnson, *Only the Ocean*

Neil Young, *Harvest Moon*

Lord Huron, *The Night We Met*

Jimmy Buffett, *Floridays*

Midland, *Drinkin' Problem*

Don Henley, *The Boys of Summer*

Elvis Presley, *If I Can Dream*

Bee Gees, *Islands in the Stream*

Aerosmith, *I Don't Want to Miss a Thing*

Billie Eilish, *Your Power*

Ottis Redding, *(Sittin' On) The Dock of the Bay*

Josh Ritter, *Homecoming*

Sufjan Stevens, *John Wayne Gacy Jr.*

Radiohead, *Paranoid Android*

Eminem, *Stan*

Steppenwolf, *Born to Be Wild*

Bing Crosby, *Don't Fence me In*

R.E.M., *It's the End of the World as We Know It*

Johnny Cash, *Folsom Prison Blues*

Michael Kiwanuka, *One More Night*

Rupert Holmes, *Escape (The Piña Colada Song)*

The Record Company, *Off the Ground*

Bob Dylan, *Like a Rolling Stone*

Cat Power, *Sea of Love*

Madonna, *La Isla Bonita*

Blue Oyster Cult, *(Don't Fear) The Reaper*

Chavela Vargas, *La Llorona*

Arctic Monkeys, *505*

Sergio Arau, *Mi Frida sufrida*

The Record Company, *Turn Me Loose*

Sam Cooke, *Summertime*

Crosby, Stills & Nash, *Lady of the Island*

The Doors, *Riders On The Storm*

Thea Gilmore, *Bad Moon Rising*

Rolling Stones, *Midnight Rambler*

The Doors, *Moonlight Drive*

The Lonely Island, *I'm on a Boat*

Ghostly Kisses, *Touch*

Pharrell Williams, *Freedom*

Deezer

Spotify

Table

Deuxième partie
Action ou vérité

Troisième partie
Apocalypto

Du même auteur

Minuit ! New York, XO Éditions, 2021.

Achevé d'imprimer sur Roto-Page
par l'Imprimerie Floch à Mayenne
en mai 2022

N° d'édition : 4774/01 – N° d'impression : 100475
Dépôt légal : mai 2022

Imprimé en France